KB104088

다크사이드 Ⅰ

# 다크사이드 I

**제레미 오** 장편소설

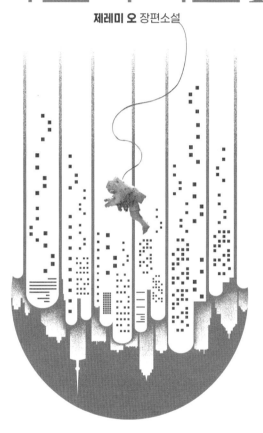

고즈넉
이엔티

# 다크사이드 I

**1쇄 발행** 2022년 12월 17일

**지은이** 제레미 오
**펴낸이** 배선아
**편 집** 유민우
**디자인** 엄인경
**펴낸곳** 고즈넉이엔티

**출판등록** 2017년 3월 13일 제2022-000078호
**주소** 서울시 중구 남대문로9길 24, 패스트파이브 시청1호점 904호, 1007호
**대표전화** 02-6269-8166 **팩스** 02-6166-9199
**이메일** gozknockent@gozknock.com
**홈페이지** www.gozknock.com
**블로그** blog.naver.com/gozknock
**페이스북** www.facebook.com/gozknock
**인스타그램** www.instagram.com/gozknock

ⓒ 제레미 오, 2022
ISBN 979-11-6316-458-6  04810
     979-11-6316-457-9  (세트)

표지/내지이미지 Designed by Getty Images Bank, Freepik

# 차 례

사랑하는 서울에게

"노벰버 알파 원. 준비 완료."

"스탠바이."

국제우주정거장 퀘스트에서 우주복 위에 EMU(Extravehicular Maneuvering Unit: 선외활동 장치)를 장착한 정민준 대장이 에어로크 천장 손잡이를 꼭 잡고 있었다.

머지않아 감압 완료를 알리는 초록색 등에 불이 들어온 것을 확인한 민준이 외부용 해치를 천천히 밀었다. 동그란 해치가 육중한 무게를 자랑하며 바깥으로 활짝 열렸고, 시야를 절반 이상 채운 푸르른 지구가 그의 발밑에 드러났다.

"언제 봐도 적응이 안 되는군."

민준이 조심스럽게 에어로크 밖으로 나서며 뒤따르는 이서윤 대원을 바라보았다.

"저는 벌써 익숙해졌는걸요?"

서윤이 민준의 등을 살짝 밀며 에어로크 밖으로 나섰다. 민준이 EMU의 조이스틱을 조정하자 질소추진제가 사방으로 뿜어져 나왔다.

"미션 넘버 BE-21 시작했습니다."

"좋습니다. 계속 진행하세요."

두 사람은 곧 에어로크에서 50여 미터 멀어진 지점에 도착했다. 눈앞에는 지름 30미터의 거대한 중력휠이 천천히 회전하고 있었다.

"휴스턴, 들리십니까?"

민준이 교신 채널을 바꾸어 휴스턴과 연락을 시도했지만 지지직거리는 잡음만이 들려왔다.

"또 통신이 말썽인가 봐요."

"그러게. 지난번에도 그랬는데."

그가 대수롭지 않다는 듯이 EMU의 속도를 높인 다음, 국제우주정거장의 반대편으로 방향을 바꾸었다. 300여 미터 떨어진 곳에 전체 길이 130미터, 10여 개의 모듈로 구성된 화성 탐사선 마스보이저(Mars Voyager)의 윤곽이 드러났다. 마스보이저 주위로는 수십 명의 우주인이 우주 공간을 바쁘게 오가며 조립 작업을 하고 있었다.

두 사람이 지구를 등지고 이동하려는데, 뒤늦게 헤드셋에서 휴스턴의 교신이 들려왔다.

"노벰버 알파 원, 휴스턴입니다. 모든 것이 정상이지만 이전 작업이 30분 정도 지연되고 있습니다."

"휴스턴, 노벰버 알파 원. 에어로크로 다시 돌아갈까요?"

"노벰버 알파 원, 오렌지 공역에서 대기하기 바랍니다."

"라저."

휴스턴의 지시를 들은 민준이 서윤을 향해 고개를 돌렸다.

"30분 지연이면 오늘은 양호한 편이네."

"그렇네요."

서윤이 고개를 끄덕이며 헬멧 유리에 떠오른 작업 매뉴얼을 재차 확인했다.

"너무 긴장하지 마. 그냥 드릴로 볼트 조이고 두드리는 작업일 뿐이야."

"예, 잘 알고 있습니다."

당당한 목소리로 답했지만 그녀의 얼굴은 살짝 굳어 있었다.

이윽고 마스보이저에서 50여 미터 떨어진 오렌지 공역에 도착한 민준이 EMU의 조종레버를 홀드 상태로 바꾸었다. 민준의 속력이 줄어들자 구명줄로 연결된 채 뒤따르던 서윤이 민준의 EMU를 가볍게 붙잡았다.

"저기, 다 된 것 같은데요?"

오렌지 공역에서 작업자들의 움직임을 살피던 서윤이 말했다. 모듈을 연결하기 위해 펼쳐져 있던 로봇 팔이 각도를 줄이며 다시 제자리로 움직였다.

"노벰버 알파 원, 휴스턴. 모듈 조립이 완료되었습니다. 작업 위치로 이동하세요."

휴스턴의 지시에 따라 마스보이저 근처에서 작업하던 10여 명의 미국 우주인들이 위치를 옮기기 시작했다.

"드디어 우리 차례가 왔군."

민준이 오렌지 공역을 벗어나기 위해 EMU의 조이스틱을 다시 밀었다. 가슴팍에 구명줄을 연결하고 있는 서윤 또한 민준에게 이끌리며 이동했다.

"노벰버 알파 원, 휴스턴입니다. 이전 작업팀으로부터 볼트의 체결 토크를 반드시 10뉴턴(N) 이하로 유지해달라는 부탁이 있었습니다."

"휴스턴, 매뉴얼을 숙지하고 있습니다. 잘 알겠습니다."

민준이 자존심이 상한다는 투로 답하고는 외부 교신 버튼을 일시적으로 껐다.

"아주 어린애들 취급하고 있군."

"그냥 우주 체험 온 관광객 정도로 생각하는 거겠죠."

서윤이 허리춤에 차고 있던 무반동 드릴을 오른손에 쥐며 넉살 좋게 답했다. 그리고 드릴의 상태창을 통해 최대 토크 수치를 다시 한번 확인했다.

"아무튼 잘 마무리하자고. ISS(International Space Station: 국제우

주정거장)에 돌아가서 망신당할 일 없게."

어느새 마스보이저의 작업 구역에 도착한 민준이 가조립 상태에 있는 모듈 옆에 몸을 바짝 붙이며 말했다. 원형으로 둘러진 모듈 연결 부위에는 길이 10센티미터의 티타늄 볼트들이 반쯤 튀어나온 채 체결을 기다리고 있었다.

"대장님, 작업 시작하겠습니다."

"그래. VR 룸에서 배운 대로 드릴에 초록색 불이 들어오면 버튼을 눌러."

민준이 무반동 드릴을 쥔 서윤의 왼손을 맞잡으며 드릴을 볼트 위에 살며시 올려놓았다. 이어 볼트와 드릴의 각도가 일치함을 알리는 초록색 LED 등에 불이 들어오자 서윤이 손잡이의 버튼을 눌렀다. 드릴이 돌아가는 진동과 함께 볼트가 빠르게 안으로 밀려들어갔다.

"이거 완전 단순 작업이네요."

첫 볼트 체결을 손쉽게 마친 서윤이 긴장이 조금 풀린 얼굴로 민준에게 웃어 보였다.

"우주 체험 활동 성공을 축하합니다."

민준이 익살스러운 표정으로 서윤과 눈을 맞추고는 따라 웃었다. 그리고서 그가 다음 볼트로 드릴을 옮기려는데, 두 사람의 헬멧 안에서 갑작스레 목소리가 들려왔다.

"코드 레드! 코드 레드! 전 우주인은 지금 즉시……."

누구인지 가늠할 수 없을 만큼 다급한 목소리에 놀란 서윤이 드릴을 손에서 놓쳐버렸다.

"뭐죠?"

서윤이 몸을 돌려 국제우주정거장 쪽을 보았지만, 마스보이저의 음영에 가려 제대로 보이지 않았다.

"코드 레드! 전 모듈 탑승자는 지금 즉시 소유스 모듈로 대피할 것!"

"소유스 모듈이라고요? 비상탈출하려는 것 같은데요?"

서윤이 어쩔 줄 몰라 하며 민준을 쳐다보았다. 민준은 상황을 파악하려 주위를 두리번거렸다. 마스보이저 근처에서 작업 중이던 10여 명의 우주인이 다급하게 국제우주정거장을 향해 날아가고 있었다.

"도대체 무슨 일이……."

민준은 순간 머릿속이 새하얘지는 것을 느꼈다. 국제우주정거장의 비상 절차에 대해 수십 차례 교육을 받은 민준이었지만 선외활동 중 코드 레드 상황이 발생했을 때 어떻게 해야 하는지는 알지 못했다. 코드 레드는 선내 화재를 의미하는 신호였다. 국제우주정거장 내에 있었다면 화재 진압이 불가능하다고 판단되는 즉시 우주선을 탈출하여 지구로 귀환하는 것이 최선책이었다.

"저들을 따라가야만 해요."

"잠깐만, 아직 휴스턴에서 아무런 말이 없었잖아."

서윤이 민준을 재촉하며 뒤에서 밀었는데도 민준은 머뭇거리며 EMU의 조종간을 당기지 않았다.

"휴스턴, 노벰버 알파 원. 지금 코드 레드 방송을 들었습니다. 선외활동 중인 우주인들은 어떻게 합니까?"

민준이 초조하게 신호를 보냈다.

"휴스턴! 노벰버 알파 원. 즉시 지시를 내려주십시오!"

연달아 교신 버튼을 누르며 다급하게 외쳤음에도 휴스턴은 여전히 침묵했다.

민준은 허망하게 국제우주정거장 쪽을 다시 돌아봤다. 이미 마스보이저를 떠난 십여 명의 다국적 우주인들이 에어로크 근처에서 서성이고 있었다.

"우리도 어서 가야 해요!"

서윤이 재차 떠밀자 민준이 마지못해 EMU의 조이스틱을 힘껏 밀었다. 질소추진제가 최대로 뿜어져 나오며 뒤에 있던 서윤의 시야를 가렸다. 이내 구명줄이 팽팽해지더니 빠르게 속도가 올라갔다.

"소유스 캡슐은 여섯 명이 정원이야. 우리는 다른 캡슐로 가야만 살 수 있어."

날아가는 중에도 민준은 눈을 부릅뜨고 국제우주정거장 주변을 살폈다. 소유스 캡슐이 연결된 반대편에는 자신들이 지구에서 타고 온 크루-드래곤 캡슐 두 기가 나란히 붙어 있었다.

"안 돼요, 대장님! 마지막 교신에서 소유스 캡슐로 탈출하라고 했잖아요!"

서윤이 지시를 따르지 않는 민준에게 애원하듯 말했다. 하지만 민준은 이미 방향을 바꾸어 크루-드래곤 캡슐이 있는 쪽으로 날아가고 있었다.

"우주에서는 각자 살아남아야 해."

민준이 결의에 찬 표정으로 읊조렸다. 그리고 그 순간, 눈앞에 믿을 수 없는 광경이 펼쳐졌다. 국제우주정거장의 한가운데서 강렬한 섬광이 일더니 거대한 우주선이 처참하게 반으로 갈라졌다.

"말도 안 돼."

서윤의 헬멧 유리에 반사된 불꽃은 빠른 속도로 커져갔다. 불길이 번지는 방향을 확인한 민준이 EMU의 조종간을 급하게 꺾었다.

"대장님, 조심하세요!"

이어 폭발의 충격으로 국제우주정거장에서 떨어져 나온 태양전지판 하나가 두 사람을 향해 세차게 날아왔다.

"젠장!"

민준이 조이스틱을 다시 반대편으로 끝까지 꺾어 가까스로 피했다. 그러나 아직 끝이 아니었다.

"안 돼요, 그쪽으로 가면!"

두 사람의 뒤쪽에서 또다시 거대한 섬광이 일었다. 마스보이저가 있는 방향이었다. 마스보이저에는 지구 궤도를 벗어날 때 사용할 팔콘 13 액체연료 로켓이 있었다. 우주에서의 연소 시험을 위해 수십 톤의 연료가 탑재된 상태였다. 국제우주정거장이 폭발하며 날아온 태양전지판이 그런 마스보이저의 산화제 탱크 외벽을 찢어버리면서 폭발이 일어난 것이었다.

"망할!"

폭발음이 들리지 않기에 더욱 소름 끼치는 섬광이 두 사람을 덮치더니, 곧이어 산산조각 난 마스보이저의 파편들이 맹렬하게 날아오기 시작했다.

# 1

## 실제는 꿈을 이기지 못한다

### 2028년 04월 08일

전남 고흥 나로우주센터 부근 승무원 격리 숙소

식은땀이 흥건한 민준이 거친 호흡을 내쉬며 침대에서 일어났다. 건너편 탁상 위의 시계가 새벽 4시 51분을 가리키며 깜박이고 있었다.

지나치게 생생한 꿈이었다. 6개월 전, 세 번째로 국제우주정거장을 다녀온 이후 그는 매일같이 악몽에 시달렸다. 끔찍한 폭발과 함께 동료들이 산화하는 장면이 끊임없이 반복됐다. 특히 지난밤 마스보이저의 사고와 관련된 꿈은 화성 탐사를 열망하던 민준의 바람을 비웃는 듯했다.

꿈은 언제부턴가 현실로 넘어와 일상에서도 강한 불안과 죽을 것만 같은 공포감을 유발했다. 시뮬레이션 훈련 때마다 민준은 금방이라도 터질 것만 같은 불안을 느꼈다. 손에 힘을 잔뜩 주었다 서서히 푸는 이완법으로 위기를 넘겼지만, 전문가의 눈길을 피할 수는 없었다.

어느 날은 그의 생체 신호를 면밀히 모니터링하고 있던 팀 닥터가 비정상적인 심박수와 심박변이도를 확인하고 인터뷰를 요청했다. 그는 최선을 다해 자신의 공황 증상을 숨겼지만 이미 수십 명의 우주인을 면담한 정신과 의사의 촉을 피하지는 못했다. 간신히 '비행 적합' 판정을 받긴 했으나, 그는 결국 대한민국 최초의 유인 우주로켓 '누리 10호'의 선발대에서 제외됐다. 그리고 그로 인해 더 심한 악몽과 불안에 시달렸다.

공군사관학교 수석 졸업, 3년 연속 F-35K 탑건 조종사 선발. 대한민국 최초의 우주인이자 유일하게 국제우주정거장 근무 경력이 있는 그였다. 독보적인 경력을 쌓아가던 그는 대한민국 우주개발의 이정표가 될 유인 우주로켓 발사에 참여하지 못하고 백업 멤버로 전락하고 만 것을 도저히 받아들일 수 없었다.

바로 오늘, 2028년 4월 8일이 대한민국 최초의 유인 우주로켓 누리 10호의 발사가 예정된 날이었다.

"정민준 대원님. 좋은 아침입니다. 발사장 이동 준비 부탁드립니다."

민준이 아직 악몽에서 헤어 나오지 못하고 있는 사이, 방 천장 스피커에서 발사 크루의 목소리가 들려왔다.

그는 식어버린 식은땀을 닦아내며 침대에서 일어났다. 그리고 닫힌 블라인드 창을 걷어냈다. 저 멀리 나로우주센터 발사장에 직립해 있는 누리 10호 로켓의 모습이 한눈에 들어왔다.

"올 것이 왔군."

어제저녁 실시된 파이널 메디컬 테스트에서 누리 10호에 탑승 예정인 세 명의 한국 우주인 김준, 송시온, 이수민은 단 1점의 감점도 없이 통과했다. 그 결과를 비공식적으로 전달받은 민준은 자신의 역할이 곧 끝나리라는 것을 잘 알고 있었다. 선발 우주인들에게서 급작스러운 건강 이상이나 감염 징후가 발견될 경우 발사 당일 아침까지는 두 명의 백업 우주인으로 대체될 가능성이 있었다. 하지만 어디까지나 비상시를 대비한 매뉴얼일 뿐, 실제로 백업 우주인이 급히 로켓에 탑승하는 것은 흔한 일이 아니었다. 게다가 40대 중반에 들어선 자신과 달리, 세 명의 선발대 우주인들은 모두 20대 후반과 30대 초반의 젊고 건강한 공군 대원이었다.

"곧 나갑니다."

민준이 테이블에 놓인 통신기의 버튼을 눌러 답을 보내고는 벽에 걸린 선내용 우주복으로 갈아입었다.

잠시 후, 방문을 노크하는 소리가 들렸다.

"대원님, 지금 이동하셔야 할 것 같습니다."

우주복을 착용한 민준이 거울을 한번 살피고는 문을 열었다.

"잘 주무셨습니까. 격리 기간을 견디시느라 고생 많으셨습니다."

방호복을 입지 않은 나로우주센터 직원이 밝은 미소로 민준을 맞이했다.

"이제부터 동선이 완전히 달라지는 건가?"

그동안 열 번 넘게 로켓에 탑승했지만, 백업 멤버로서는 민준도 처음 경험하는 일이었다.

"예, 선발대는 이미 이동 차량에 탑승했습니다. 대장님과 서윤 대원은 다음 차량으로 이동을······."

"오케이."

민준은 직원의 말을 끊고는 통로로 나왔다. 이미 준비를 마친 서윤이 출구 쪽에서 대기하고 있었다.

"잘 주무셨어요?"

서윤이 반갑게 인사를 건넸지만 민준은 의례적으로 눈만 마주치고는 직원을 따라 격리 숙소 출입문 앞에 섰다. 두 대의 전기 SUV 주위로 거리를 유지한 취재진이 촬영에 몰두하고 있었다.

"안녕하십니까. KBN의 김리아 기자입니다. 저는 지금 누리 10호의 발사를 앞두고 승무원 격리 구역 현장에 나와 있습니다."

짧은 단발머리를 한 김리아 기자가 첫 번째 SUV와 10여 미터 떨어진 곳에서 방호복을 입은 채 취재 카메라 앞에 서 있었다.

"승무원들의 감염을 막고 안전을 지키기 위해, 저희는 철저한 검사와 검역을 거쳐 이곳 격리 현장에 출입했습니다."

"예, 화면으로만 봐도 삼엄한 분위기네요. 이제 발사가 7시간 앞으로 다가왔는데요. 어떻게, 발사는 순조롭게 준비되고 있는 겁니까?"

생중계로 연결된 KBN의 스튜디오에서는 채민서 앵커가 화면을 보며 뉴스를 진행하고 있었다.

"그렇습니다. 이제 세 명의 한국 우주인 김준, 송시온, 이수민 대원이 발사 현장으로 이동해 소정의 검사 절차를 거친 다음, 누리 10호 로켓에 탑승할 예정입니다. 그럼 나로우주센터 연결해서 발사 진행 상황 알아보겠습니다. 나로우주센터, 나와주세요."

김리아 기자가 마지막 멘트를 마치자 곧바로 카메라의 붉은 등이 꺼졌다.

"수고 많으셨습니다."

뒤이어 스태프들이 간단한 인사를 주고받았다. 그들은 곧 선발대가 타고 있는 SUV에서 멀어지기 시작했다.

"이제 내려가셔도 됩니다."

생중계가 끝난 것을 확인한 크루가 무전 교신을 확인한 다음 민준과 서윤을 계단으로 안내했다.

"이렇게 스포트라이트를 안 받아보기도 처음이군."

민준이 씁쓸한 웃음을 지으며 서윤을 돌아봤다. 서윤은 그저 말없이 고개를 끄덕였다.

"선배님은 어색하시겠어요. 저는 뭐, 아직 우주에 가본 적이 없어서."

서윤의 말을 듣던 민준이 잠시 멈칫했다. 반복된 악몽에서는 서윤 또한 자신과 함께 우주에 있었다. 그러나 민준보다 공군사관학교 기수가 15기나 낮은 서윤은 아직 유인 우주로켓에 탑승한 경험이 없었다. 그러니 그녀는 대한민국 최초 유인 우주로켓의 백업 우주인으로 발탁된 것만으로도 영광스럽게 생각하고 있었다.

꿈을 상기하자 알 수 없는 공포가 또다시 스미려 했다. 그는 눈을 감고 짧게 심호흡을 한 뒤 짐짓 아무렇지 않은 표정을 지었다.

"어색하지는 않고, 그냥 쪽팔릴 뿐이지."

민준이 무심히 답하고는 아직 자리를 떠나지 않은 KBN 촬영팀을 멀거니 보다가 두 번째 SUV를 향해 걸어 내려갔다. 그 모습을 유심히 보던 김리아 기자가 단걸음에 그가 있는 곳으로 달려왔다.

"정민준 대장님! 안녕하세요."

그동안 발사 현장에서 수차례 인터뷰를 진행해온 그녀는 민준의 동선을 이미 꿰고 있었다.

"죄송합니다. 저희가 지금 바로 이동해야 해서요."

보안요원들이 포토 라인 근처까지 다가온 김리아 기자를 막아섰다. 하지만 리아는 물러서지 않았다.

"대장님, 이번 누리 10호 로켓에 탑승하지 못하시게 된 것은 유감입니다. 이번 발사의 성공 가능성을 어떻게 보시나요?"

카메라는 꺼져 있었지만 리아는 한마디라도 끌어내기 위해 대뜸 자극적인 질문을 던졌다.

민준은 리아에게 시선조차 주지 않고 앞만 보며 걸었다. SUV의 팔콘윙이 위로 열리자 서윤이 먼저 안으로 들어갔다. 뒤이어 민준이 탑승하려는 때, 리아가 다시 목소리를 높였다.

"대한민국 최고의 우주인으로서 역사적인 발사팀에 합류하지 못한 이유가 있을까요? 국민들이 궁금해하고 있습니다."

최초의 한국 우주인이자 가장 많은 우주여행 경험이 있는 민준이 누리 10호에 선발대로 탑승하지 못한 것은 전혀 예상치 못한 일이었다. 나로우주센터에서는 적합한 기준과 엄격한 테스트를 거쳐 우주인들을 선발했다고 발표했을 뿐, 민준이 어떠한 이유로 배제되었는지는 밝히지 않았다.

"누리 10호의 발사 성공을 진심으로 바라고 있습니다. 그게 전부입니다."

민준이 리아와 눈을 마주치며 짧게 인사를 건네고는 서둘러

SUV에 탑승했다.

"발사 준비 과정에서 고위 관료와 의견 충돌이 있었다는데, 사실인가요?"

팔콘윙이 닫히는 중에도 리아는 포기하지 않고 질문을 던졌다. 민준이 일순 움찔하더니 짜증스럽게 버튼을 눌렀다. 닫히던 자동문이 멈추더니 다시 위로 열렸다.

"선배님, 그냥 가시는 게 좋겠어요."

서윤이 민준의 왼팔을 잡으며 제지했지만 그의 시선은 이미 바깥을 향해 있었다.

"기자님, 자꾸 이러시면 저도 취재 수칙 위반으로 보고할 수밖에 없습니다. 얼른 비켜주세요."

보안요원이 두 사람 사이에 끼어들며 서둘러 SUV의 문을 다시 닫았다. 천천히 닫혀가는 문 틈새로 리아는 민준을 쳐다보았다. 무언가 미심쩍다는 표정을 지은 채로.

\* \* \*

승무원 격리 구역은 나로우주센터 발사장과 2킬로미터 떨어진 산속에 있었다. 세 개의 철문과 경비 구역을 지나고서야 구불구불한 산 비탈길이 나타났다.

민준과 서윤이 탄 차량은 앞선 SUV의 뒤를 따랐다. 앞뒤로 이들을 호위하는 경찰 차량과 함께 정문을 나서자 붉은 플래카드와 팻말을 든 십여 명의 시위자들이 창밖으로 빠르게 스쳐 지나갔다.

미국의 우주 하청업체 OUT
막대한 세금을 허비하는 유인 우주 탐사 결사반대!

사전에 승인받은 집회였기에 1개 중대의 병력이 빈틈없이 시위대를 에워싸고 있었다. 확성기를 통해 시위대의 목소리가 쩌렁쩌렁 울려 퍼졌다.

"다른 나라들은 화성에 간다고 난리인데, 우리는 이제 지구 앞마당에 가서 무엇 합니까! 정치적 쇼를 위한 우주개발, 결사반대합니다!"

짙게 선팅되어 있었지만 바깥은 똑똑히 보였다. 시위대 중 한 사람이 서윤을 똑바로 응시하며 불길한 미소를 지은 채 엄지손가락을 치켜세우고 있었다.

"도대체 누구를 위한 시위인지."

서윤이 고개를 가로저으며 중얼거렸다. 민준은 이런 상황이 익숙하다는 듯이 별다른 동요 없이 정면만을 바라보았다. 그의 머릿속은 이미 조금 전 김리아 기자가 건넨 질문들이 차지하고 있었다.

"선배님은 어떻게 생각하세요?"

두 사람이 탄 차량이 시위 대열을 벗어나자 서윤이 민준에게 물었다.

"응, 뭘?"

딴생각에 빠져 있던 민준이 그제야 서윤과 눈을 마주쳤다.

"방금 시위대 말이에요. 다른 나라보다 60년도 더 뒤처졌지만 이제라도 좀 잘해보겠다는 건데, 저렇게 필사적으로 반대하는 이유가 뭔지……."

서윤은 자신이 일생을 건 일을 누군가 싫어하고 있다는 것이 영 실망스러운 얼굴이었다.

"어쩌면 틀린 말이 아닐 수도 있지. 곧 30억만 내면 국제우주정거장에 갈 수 있는 시대가 올 텐데, 우린 1조 원이나 들여서 가는 셈이니."

"예?"

예상치 못한 진지한 답에 놀란 서윤이 눈을 크게 떴다.

"농담이야, 농담. 저런 거 하나하나 신경 쓰면 중요한 임무를 수행할 수 없어. 얼른 익숙해지라는 의미야."

민준이 서윤의 어깨를 가볍게 두드렸다. 서윤은 민준의 말을 듣고 오히려 더 깊은 고민에 빠진 듯했다.

잠시 침묵이 흐르는 사이, 어느새 두 사람이 탄 SUV가 나로우주센터의 정문을 지나 발사장 근처에 다다랐다. 차량 전면 유리 너머에는 높이가 100미터에 가까운 누리 10호 로켓이 우뚝 서 있었다.

*　*　*

"헬기 준비되었습니다. 30분 후 탑승하실 수 있습니다."

정하진 비서실장이 조심스럽게 다가서며 말했다. 최윤중 대통령은 청와대 집무실 책상에 앉아 무언가를 유심히 보고 있었다.

"그래, 발사까지는 얼마나 남았지?"

"정확히 7시간 31분 남았습니다."

하진이 손목을 들어 시계를 보며 답했다. 손목시계의 타이머는 초 단위로 시간을 가리키고 있었다.

"방금 승무원들이 이동했다는 뉴스도 보았고……. 비행 시간은 얼마나 되려나?"

"누리 10호가 국제우주정거장까지 가는 데 걸리는 시간 말씀입니까?"

윤중이 자리에서 일어나 창을 향해 걸어가자 하진이 그와 거리를 두며 따라갔다.

"아니, 여기서 고흥까지 걸리는 시간 말이야."

"아, 헬기로 3시간 정도 걸립니다. 발사 4시간 전에 나로우주센터에 도착해서 김세준 센터장을 만나신 다음…….”

“다들 준비하느라 정신없을 텐데…….”

윤중이 구름 한 점 없이 청명한 아침 하늘을 올려다보며 말끝을 흐렸다.

“하지만 사전에 의전 일정이 모두 조율되었으니 걱정하실 필요는 없을 것 같습니다.”

하진이 윤중의 눈치를 계속 살피며 말했다.

“발사 취소 가능성은?”

“안 그래도 방금 보고받았습니다. 오늘은 보시다시피 고고도 기상도 매우 양호하고 날씨도 좋아서 그대로 진행 가능하다고 합니다.”

하진이 조심스레 얼굴에 미소를 지어 보이며 답했다.

“날씨가 좋다…….”

윤중은 여전히 차분한 표정으로 천천히 고개를 끄덕였다. 잠시 뜸을 들이던 윤중이 몸을 돌려 책상을 향해 걸어갔다.

“센터장은 발사 성공 이후에 만나기로 하고, 우리는 바로 관람석으로 이동합시다. 뭐 4시간 정도 기다리는 거야 할 수 있는 일이지. 이토록 중요한 날에 말이야.”

“아, 예. 그럼 언론 인터뷰는 어떻게……?”

“인터뷰도 발사를 성공하고 나서 해야지. 괜히 먼저 호들갑 떠는 거 야당에서도 좋아하지 않을 거야.”

우주개발을 통한 경제 성장은 2년 전, 최윤중 대통령이 첫 중임제 대통령 선거에서 내세운 1순위 공약이었다. 누리 10호는 단순히 자국의 우주인을 태우는 셔틀 로켓이 아니었다. 윤중이 핵심 공약으로 내세운 독자적 유인 달 탐사를 성공시켜 줄 자원이 바로 누리 10호 로켓이었다.

누리 10호 로켓과 유인 달 탐사선 한울을 개발하기 위해 수십조 원의 예산을 투입했으니 늘 야당의 거센 반대를 받았다. 그럼에도 40대 중반의 엔지니어 출신 대통령을 지지하는 국민들 덕분에 윤중은 이 자리까지 올라올 수 있었다.

오늘은 그런 그의 리더십이 처음으로 결실을 거두는 중요한 날이었다.

\* \* \*

누리 10호 로켓 발사 6시간 전
나로우주센터 발사관제실

"기상 관측 자료 수신되었습니다."

수십 개의 콘솔이 빼곡히 놓인 발사관제실에서 기상관제원의 보고를 들은 비행감독관(Flight Director) 성재윤이 무표정한 얼굴로 스크린을 보고 있었다. 이윽고 스크린에 고흥 주변 상공의 기상 레이더 화면이 떠오르자 재윤이 목에 걸고 있던 헤드셋을 썼다.

"날씨는 괜찮은 것 같네요."

"예, 고도 5킬로미터에서 기온은 15도, 풍속은 9노트로 양호합니다."

기상관제원의 답에 재윤이 말없이 고개를 끄덕이다 이내 입을 열었다.

"좋습니다. 누리 10호 로켓 전원은 잘 들어가고 있나요?"

"그렇습니다. 전원 상태 양호합니다."

"케로신 로딩은?"

"지금 1단과 2단 로켓에 RP-1 충전 중입니다. 40분 후부터 산화제 주입 예정입니다."

로켓기술팀 직원이 상세히 발사 준비 현황을 보고했다. 스크린 한편에 진행 중인 임무 목록이 자세히 나타나고 있었지만, 재윤은 그것을 재차 확인하는 버릇이 있었다. 그와 오랫동안 호흡을 맞춘 직원들도 어느 정도 예상한 듯 재윤의 질문에 지체 없이 답을 건넸다. 원하던 답을 들은 재윤이 그제야 만족스러운 표정을 지었다.

그때, 관제실 뒤편 출입문이 열리더니 키가 190센티미터는 되어 보이는 중년 남성이 들어왔다. 단정하게 슈트를 차려입은 그는 곧바로 재윤을 향해 걸어 내려왔다.

"잘 진행되고 있는 거죠?"

"예, 센터장님. 현재까지 아무 문제 없습니다."

"뭐, 워낙 감독관님이 잘해주시니까."

나로우주센터장 김세준은 10개월 전 갑작스럽게 이곳으로 발령받았다. 행정학을 전공한 전통 관료 출신인 데다가 우주 공학에 대한 경험이 전무했기에 그는 '낙하산'이라 불렸다. 그러니 그의 부임을 반기는 직원들은 아무도 없었다. 하지만 그 '낙하' 배경에 정하진 비서실장이 있다는 것이 알려지면서, 어느 누구도 이의를 제기할 수 없었다. 열정만 가득한 대통령의 꿈을 실행시키는 원동력이 바로 하진이었기 때문이다. 게다가 세준이 이곳으로 온 뒤로 나로우주센터의 숙원 사업들이 하나둘씩 해결되면서, 그는 미워할 수도, 그렇다고 무작정 따를 수도 없는 '외부인' 취급을 받고 있었다.

직속상관이 바로 옆에 섰음에도 재윤은 팔짱을 낀 채 관제실 정면만을 바라보고 있었다.

"조금 있으면 VIP께서도 오실 겁니다. 워낙 보는 눈이 많으니까 신경 좀 써주세요."

세준이 멋쩍은 듯 재윤의 어깨를 가볍게 잡고는 다시 관제실 뒤로 나섰다.

"예, 알겠습니다."

눈도 마주치지 않고 대답하는 재윤을 뒤로하고 세준은 서둘러 관제실을 떠났다.

"감독관님, 우주인들이 승무원 거주 구역에 도착했습니다."

임무관리팀 직원의 보고를 들은 재윤의 얼굴에 옅은 미소가 번졌다.

"좋습니다. 화이트 룸 상태 확인하고 곧 언론 브리핑 준비해주세요."

* * *

"여기서부터는 따로 이동하시겠습니다."

민준과 서윤이 타고 있던 SUV의 운전사가 뒤를 돌아보며 조심스럽게 안내했다. 세 명의 선발대 우주인을 태운 채 앞장서고 있던 SUV가 먼저 육중한 문 너머로 들어섰고, 곧이어 철문이 닫혔다.

"이제 우리 임무도 끝이 났군."

민준이 씁쓸한 표정을 지으며 고개를 숙였다. 민준과 서윤이 탄 SUV는 오르막길을 따라 발사관제실이 있는 B 구역으로 이동하기 시작했다.

"아직 시간이 많이 남았는데, 저희는 어디서 대기하죠?"

서윤이 몸을 앞으로 숙여 운전사에게 질문했다.

"저도 따로 전달받은 것은 없습니다. 그저 발사관제실 관람 구역으로 모시라는 말밖에는……."

운전사가 말끝을 흐리자 민준이 피식 웃으며 등받이에 몸을 기댔다.

"그냥 기다리는 거지 뭐. 이참에 백업 멤버들의 서러움도 경험해보자고."

민준이 애써 태연한 표정을 지으며 서윤에게 눈짓했다.

* * *

누리 10호 로켓 발사 3시간 전
나로우주센터 로켓발사장

"김리아 기자, 나로우주센터 상황 전해주세요."

"예, 저는 지금 나로우주센터 로켓발사장 앞에 나와 있습니다. 잠시 후면, 대한민국 최초의 유인 우주로켓에 탑승할 세 명의 우주인, 김준, 송시온 그리고 이수민 대원이 여기 우뚝 서 있는 누리 10호 로켓에 탑승할 예정입니다."

리아의 멘트와 함께 희뿌연 연기가 조금씩 새어 나오고 있는 누리 10호의 모습이 화면에 클로즈업되었다.

"아직 발사까지 시간이 좀 남았는데요. 우주인들이 벌써 로켓에 탑승하나요?"

"그렇습니다. 우주인들은 로켓 옆에 나란히 설치된 이 엘리베이터를 타고 최상부에 있는 해성 모듈에 탑승합니다. 모듈로 들어가기 직전, '화이트 룸'이라 불리는 작은 공간에서 생존유지 장치와 우주복 상태 등을 점검하게 됩니다."

"알겠습니다. 아, 지금 우주인들이 발사장으로 이동한다는 소식이 들어왔군요."

KBN 스튜디오에서는 채민서 앵커가 실시간으로 상황을 전달하고 있었다.

"예, 지금 방금 우주인들이 이곳 발사장 현장에 도착했습니다."

리아가 짧게 답하자마자 카메라가 흰색 SUV 차량을 클로즈업했다. 곧이어 SUV의 팔콘윙이 위로 열리더니, 세 선발 대원이 차례로 내렸다. 주황색 선내용 우주복에 헬멧까지 갖추어 쓴 이들은 일시적으로 공기를 공급해주는 가방 모양의 생존유지 장치를 손에 들고 있었다.

"방금 우주인들이 로켓 발사대에 도착했다는 소식입니다. 혹시 모를 감염과 돌발 상황을 막기 위해 인터뷰가 제한된 점 양해 부탁드립니다. 김리아 기자."

민서가 밝은 미소를 머금으며 리아를 불렀다.

"막 이송 차량에서 내린 우주인들이 손을 흔들며 마중 나온 직원들과 취재진에게 인사를 건네고 있습니다. 이제 3시간 후면, 이 세 명의 우주인들은 대한민국의 기술로 탄생한 누리 10

호 로켓을 타고 국제우주정거장으로 향할 예정입니다."

세 명의 우주인이 카메라 플래시 세례를 받으며 엘리베이터에 들어섰다. 곧 이들을 태운 엘리베이터가 90미터 높이에 있는 혜성 모듈을 향해 수직으로 상승하기 시작했다.

\* \* \*

"저 때가 제일 긴장되지."

20여 개의 좌석이 2열로 배열된 나로우주센터 발사관제실에서 민준과 서윤은 맨 구석 자리를 배정받았다. 승무원 격리 숙소에서 입고 있던 파란색 활동복만이 이들이 우주인 신분임을 알려주고 있었다. 의자마다 명찰이 붙어 있었지만, 민준은 그것을 일일이 확인하지 않은 채 아무 자리에나 털썩 앉았다.

"저도 곧 들어갈 날이 있겠죠?"

스크린 화면에 화이트 룸이 나타나자 서윤이 부러운 얼굴로 물었다.

"이번 발사 마치고 나면, 3개월 후에 11호, 3년 후에는 유인 달 탐사선 발사가 있으니까. 나는 몰라도 너는 꼭 저 로켓을 타게 될 거야."

민준이 서윤을 넌지시 보며 말했다. 민준은 열 번 넘게 유인 우주로켓에 탑승했지만 매번 미국과 러시아 우주인 사이에 낀

'우주 승객' 신분이었다. 자신이 해외에서만 경험했던 것들이 자국 땅에서 그대로 재현되고 있다는 사실에 민준은 사뭇 가슴이 뛰는 것을 느꼈다.

그때, 어떤 소란이 두 사람의 감상을 깨뜨렸다. 관람 구역 밖에서 웅성대는 소리가 들리더니 문이 덜컹하고 열렸다.

"잠시 자리에서 일어나주십시오."

누가 보아도 경호원인 듯한 건장한 사내들이 위압적인 태도로 민준 앞에 우뚝 섰다. 민준이 일어서지 않고 물끄러미 올려다보기만 하자 경호원이 한 발 더 다가왔다.

"대통령께서 곧 들어오실 예정입니다. 자리에서 일어나주십시오."

그제야 민준이 서윤과 눈을 마주치며 자리에서 천천히 일어섰다.

"대통령이 온다고 했었나?"

"저도 처음 듣는 이야기예요."

"하긴, 축제 현장에 주인공이 안 올 수도 없겠지."

민준이 작은 목소리로 서윤과 대화를 나누는 사이, 최윤중 대통령이 당당한 걸음으로 관람 구역에 들어섰다. 텅 빈 관람 구역 맨 앞자리로 내려가려던 윤중이 뒤편에 서 있는 민준을 발견하고는 방향을 바꾸어 다가왔다.

"정민준 대장님, 여기 계셨군요."

밝은 표정으로 악수를 건네자 민준이 머뭇거리며 그의 손을 잡았다.

"뵙게 되어 영광입니다. 오늘 이 자리에 함께해주셨군요."

윤중이 민준을 위아래로 훑어보며 요란하게 손을 흔들었다.

"아, 예. 발사 성공을 기원해야죠."

"아쉬움이 많으시겠습니다."

민준은 어색한 표정을 지을 뿐 아무 답도 하지 않았다.

"여기 계실 분이 아닌데, 안 그렇습니까?"

윤중이 주변을 둘러보자 모두가 멋쩍게 고개를 끄덕였다.

"아무튼, 끝까지 잘 부탁드립니다."

윤중이 다시 한번 민준과 눈을 맞추고는 서둘러 앞줄로 내려갔다. 다소 씁쓸한 표정으로 고개를 끄덕이던 민준은 윤중이 자리에 앉기 전에 먼저 좌석에 털썩 앉았다.

\* \* \*

누리 10호 로켓 해성 모듈

"해성, 여기는 나로. 교신 상태 점검 중입니다."

화이트 룸에서 점검을 마친 김준 대장이 제일 먼저 해성 모듈 안으로 들어섰다. 세 평 남짓한 공간에 일곱 개의 의자가

2열로 배열된 해성 모듈은 텅 빈 미니버스 같은 구조였다. 비행기 조종석에서 흔히 볼 수 있는 조이스틱이나 콘솔도 없었다. 천장에 매달린 세 개의 LED 모니터가 해성 모듈의 상태를 확인하고 조종할 수 있는 유일한 장치였다.

"나로, 여기는 해성. 교신 상태 양호합니다."

모니터를 터치하며 교신 상태를 점검하는 김준의 주변을 하얀색 보호복을 입은 지원 인력들이 둘러싸고 있었다. 그들이 벨트를 준의 몸에 고정했다.

"해성, 좋습니다. 발사까지 2시간 17분 30초 남았습니다. 송시온, 이수민 대원이 마저 탑승하면 해성 셸터의 해치를 폐쇄하겠습니다."

"나로, 잘 알겠습니다."

김준 대장이 다소 긴장된 표정으로 모니터를 응시했다. 해성 모듈과 누리 10호 로켓의 상태를 나타내는 각종 계기가 초록색과 붉은색 글씨로 깜빡이며 어지러이 움직였다.

곧 시온과 수민이 준의 양옆 좌석에 탑승해 몸을 고정했다.

"이제 실감 나지?"

준이 고개를 돌려 벨트를 매고 있는 시온에게 물었다.

"저야 뭐, 처음이니까 그렇죠. 대장님은 세 번째잖아요."

시온이 미소를 지어 보였지만 그의 얼굴에는 긴장감이 역력했다.

"그래도 러시아 애들 로켓보다는 아늑하니 좋은 것 같네."

준이 반대편으로 고개를 돌렸다. 수민이 눈을 크게 뜬 채 의자에 몸을 바짝 붙이고 있었다.

"수민이는 좀 어때?"

"글쎄요. 아직은 시뮬레이터랑 별 차이가 없어 보이는데요?"

수민이 말을 마칠 즈음, 지원 인력들이 해성 모듈 바깥으로 하나둘 빠져나갔다. 곧이어 해성 모듈과 화이트 룸을 연결하는 해치가 천천히 닫히기 시작했다.

잠시 후, 쿵 하는 소리와 함께 해치가 완전히 닫혔다. 해성 모듈 내부에는 묘한 긴장감이 감돌았다. 모듈 오른편에 난 작은 창 너머로 액체산소 탱크의 블리드 밸브(bleed valve)에서 새어 나온 연기가 아른거리고 있었다.

"저걸 보니 이제 실감이 나네요."

연기가 창 전체를 가렸다 사라지기를 반복하는 것을 보며 수민이 눈을 지그시 감았다.


\* \* \*


나로 10호 로켓 발사 13분 전

나로우주센터 발사관제실 관람 구역


"저게 왜 멈췄지?"

순조롭게 줄어들던 타이머의 숫자가 13분 5초에서 갑자기 멈췄다. 두 시간 가까이 관람 구역에 앉아 발사 과정을 지켜보던 대통령 윤중은 타이머가 멈추자마자 이상을 알아차렸다. 윤중이 반응하자 하진이 곧바로 관람 창에 바짝 얼굴을 붙여 아래를 내려다보았다. 직원들은 한결같이 분주하게 움직이고 있었다.

　"카운트다운은 발사 과정에서 흔히 멈출 수 있습니다. 조금 기다리시면 됩니다."

　두 사람을 보고 있던 민준이 자리에서 살짝 일어나 하진의 뒤통수를 보며 말했다. 그러나 하진은 슬쩍 흘긋대고는 무시했다. 그저 무전기 너머의 누군가에게 교신을 보낼 뿐이었다.

*　*　*

　"해결되었나요?"

　"예, 체크리스트 완료했습니다. PMS 업링크도 마쳤습니다. 다시 카운트다운 시작하겠습니다."

　"좋습니다. 발사 진행합시다. 그라운드 컨트롤?"

　발사관제실 맨 앞 연단에 서 있는 재윤이 손을 번쩍 들어 직원들을 호출했다. 동시에 스크린의 타이머가 다시 움직였다. 타이머는 T 마이너스 12분 58초를 가리키고 있었다.

"고(go)!"

"가이던스(guidance)?"

"고!"

"프롭(prop)?"

"고!"

"지앤시(GNC)?"

"고!"

재윤이 각 부서를 호출할 때마다 콘솔 앞에 앉은 직원들이 손을 들며 발사에 별다른 문제가 없음을 알렸다.

"이컴(EECOM)?"

"……."

"이컴?"

"잠시만 펜딩하겠습니다. 지상 직원이 교신 상태를 마지막으로 점검 중입니다."

순조롭게 진행되던 과정이 다시 지연되자 발사관제실 안이 일순간 조용해졌다.

"해결했습니다. 고!"

"디피에스(DPS)?"

"고!"

몇 초 후, 통신팀의 승인이 떨어지자 재윤이 이어 담당 부서를 호출했다.

"좋습니다. 특이 사항 없으면 이대로 발사 진행하겠습니다. 자동발사 시퀀스 시작해주세요."

재윤이 고개를 돌려 스크린을 바라봤다. 곧장 스크린에서 자동발사 시퀀스가 시작되었음을 알리는 문구가 붉은색으로 깜박였다.

*　*　*

"발사를 10분 남겨두고 로켓과 발사대를 연결하는 다리가 분리되기 시작했습니다."

발사장과 멀찍이 떨어진 곳에서 발사 과정을 중계하던 김리아 기자가 차분한 목소리로 상황을 전했다.

"예, 이제 승무원들을 탑승시키기 위한 가교가 분리되고 본격적인 발사 준비에 돌입한 것으로 보입니다. 김 교수님께서는 오늘 발사 어떻게 보시는지요?"

KBN 스튜디오에는 채민서 앵커와 김승식 항공우주공학과 교수가 앉아 있었다. 민서가 옆에 앉은 김승식 교수에게 약속한 듯 질문을 건넸다.

"방금 자막에 나왔다시피 나로 10호 로켓이 자동발사 시퀀스에 돌입했습니다. 지금부터는 컴퓨터가 발사에 필요한 모든 변수와 상황들을 감시하고 발사를 총괄하게 됩니다."

"인간이 개입하지 않는다는 의미인가요?"

"그렇습니다. 발사 직전까지 살펴야 할 사항이 수천 개가 넘기 때문에 인간이 직접 카운트다운을 하고 발사 버튼을 누르는 식의 방식은 사용하지 않습니다. 카운트다운은 그대로 진행되고, 별다른 문제가 없으면 7분 35초 후 로켓이 점화하며 발사될 예정입니다."

"그렇군요. 대한민국이 우주개발에 뛰어든 지 약 40년 만에, 독자적으로 개발한 로켓에 자국 우주인을 태우고 발사한 다섯 번째 나라가 될 역사적인 순간을 맞이하고 있습니다. 과거 구소련이 1961년 4월 12일 보스토크 1호를 발사한 지 약 67년 만의 일입니다."

채민서 앵커의 뒤편 스크린에는 곧 발사를 앞둔 누리 10호 로켓의 모습이 클로즈업되어 나타나고 있었다.

* * *

"모듈 보조파워유닛 작동 시작했습니다."

"컨펌(confirmed)."

해성 모듈 안에서는 김준 대장이 발사관제실과 교신을 주고받으며 로켓의 동작 상태를 확인하고 있었다.

"산소 환기 통로 개방 완료."

"카피(copy)."

"자, 이제 우주선에서 내릴 방법은 없습니다."

조작을 마친 준이 농담 섞인 말투로 이야기했다. 시온과 수민은 별다른 대꾸를 하지 않았다. 의자 등받이에서 로켓의 미세한 진동이 전해지자 시온이 온몸에 힘을 주며 긴장감을 내비쳤다.

*　　*　　*

"엔진 아홉 개 모두 준비 완료되었습니다."

"카피, 엔진 준비 완료."

발사관제실 스크린의 타이머가 59초로 접어들자, 100분의 1초 단위의 숫자가 나타나며 카운트다운의 긴장감을 높였다. 스크린 너머로 보이는 발사장 주변에서는 발사 소음을 줄이기 위한 소음억제 시스템이 가동되며 엄청난 양의 물이 뿜어져 나오고 있었다.

"발사 15초 전."

"모든 환기구 개방 완료!"

"10초."

"주 엔진 점화."

"7초."

관제팀의 교신에 맞추어 누리 10호의 1단 로켓 아홉 개 엔진에 불꽃이 일더니 로켓 전체가 가볍게 흔들렸다. 점점 커지는 진동에 해성 모듈에 타고 있는 세 명의 우주인들은 의자에 몸을 더욱 바짝 붙였다.

"2초, 1초…… 발사!"

자동발사 시퀀스가 T 마이너스 0초를 알리며 깜박이는 찰나, 누리 10호 로켓이 엄청난 양의 화염을 뿜어내며 상승하기 시작했다.

"리프트 오프(lift off)!"

"리프트 오프 컨펌."

재윤이 차분한 표정으로 스크린을 응시했다. 소음억제 시스템이 뿜어내는 물과 로켓의 화염이 만나 거대한 수증기 구름이 형성됐다. 잠시 후, 그 구름을 뚫고 나로 10호가 공중으로 빠른 속도로 솟구쳤다.

"T 플러스 15초. 롤 프로그램(roll program)."

"라저, 롤."

재윤의 확인과 함께 나로 10호 로켓이 천천히 회전하며 궤도를 수정했다.

"모드 원 찰리(Mode I C). 대기해주세요."

"라저."

"마크 원 찰리(Mark I C)."

어느새 스크린의 타이머는 T 플러스 68초를 가리키고 있었다.

* * *

"발사 성공을 축하드립니다."

화염을 내뿜는 누리 10호 로켓이 스크린에서 흐릿하게 멀어지자 하진이 만족스러운 미소를 지으며 윤중에게 속삭였다.

"아직 끝난 게 아니지."

발사 후 98초를 지나고 있었지만 윤중의 표정은 아직 굳어 있었다.

"현재 속도 시속 3,198킬로미터, 고도는 18킬로미터입니다."

관람 구역 천장에 매달린 스피커에서는 관제실의 교신이 실시간으로 전달되고 있었다.

"이 정도면 위기 상황은 다 지났다고 보셔도 괜찮을 것 같습니다. 다 대통령님의 리더십 덕분입니다."

하진이 계속해서 대통령의 심기를 맞추려 했다. 하지만 윤중은 여전히 긴장의 끈을 놓지 않았다.

"국제우주정거장과 도킹하려면 얼마나 남았지?"

"아, 예. 도킹은 지구 저궤도에 진입한 뒤 12시간 이후에 진행될 예정입니다. 대략 10분 후면 지구 저궤도에 진입할 텐데 지금 이 정도 시점이면 발사 성공으로 보셔도……."

그때, 뒤편에서 스크린 화면을 응시하고 있던 민준이 다급히 관람석 앞 열로 내려왔다.

"대장님, 뭐 하세요!"

서윤이 손을 뻗어 말리려 했지만 민준은 이미 관람 창 근처까지 가 있었다.

당황한 대통령 경호원들이 서둘러 민준에게로 달려가 그를 에워쌌다. 하지만 민준은 전혀 개의치 않는다는 듯 경호원을 밀쳐내고는, 관람 창 유리에 얼굴을 바짝 붙였다.

"뭔가 이상해."

민준이 중얼거렸다. 무언가 문제가 생겼다는 듯이. 곧 스크린에 누리 10호의 1단 로켓에서 하얀 연기가 비대칭적으로 새어 나오는 것이 보였다.

"당장 탈출시켜야 해! 지금 당장!"

민준이 떨리는 손으로 관람 창을 세게 두드렸다. 곧이어 그가 대통령 앞을 지나 출구를 향해 달려가자, 경호원들이 민준의 팔을 잡아 비틀며 강하게 제지했다.

"이거 놔, 새끼들아! 당장 관제실에 알려야 해!"

소리치며 저항했지만 건장한 경호원들을 물리력으로 이겨 낼 수는 없었다.

그사이 스크린에 클로즈업된 로켓의 연기가 검은색으로 바뀌더니, 순식간에 강한 화염과 함께 로켓이 폭발했다.

"맙소사."

순간 관람 구역에 정적이 흘렀다.

"이럴 수가……."

상황을 확인한 하진이 얼굴을 감싸며 차마 말을 잇지 못했다. 가운데 자리에 앉아 있던 윤중은 여전히 미동도 하지 않은 채 굳은 표정을 유지하고 있었다.

"대통령님, 우선 자리를 옮기시는 게……."

관람 구역의 스피커에서는 당황한 직원들의 교신 소리가 정신없이 들려오고 있었다. 하진의 제안에도 윤중은 묵묵부답하며 자리를 지켰다.

"이런 개새끼들!"

민준은 자신을 제지한 경호원들을 한번 쏘아보고는 서둘러 관람 구역 밖으로 나섰다.

\* \* \*

계단을 빠르게 내려가 도착한 관제실은 이미 아수라장 그 자체였다.

"탈출 모듈은 작동했어?"

"아, 아니요. 탈출 모듈은 사출되지 않은 것 같습니다."

교신을 들은 재윤이 절망적인 얼굴로 고개를 푹 숙였다.

"로켓 잔해들은 어떻게 되었지? 추적팀?"

"추적 중입니다. 통제를 잃은 고체 로켓 한 기는 외나로도 남서쪽 50킬로미터 해상에 추락한 것으로 확인되었습니다. 다른 잔해들의 행방은 아직 추적이 안 되고 있습니다."

"당장 그곳에 구조팀을 보내요! 언론은 다 내보내고. 지금부터는 생존자 수색이 제일 우선입니다!"

재윤이 정신을 가다듬으며 사고 수습을 지휘했다.

"준은, 수민은? 승무원들 생존 신호 있어요?"

민준은 혼란스러운 관제실 뒤편에서 콘솔에 앉은 직원들을 붙잡고 물었다. 하지만 누구도 민준의 질문에 답하지 않았다. 숨 고를 틈도 없이 각자의 일에 몰두할 뿐이었다.

"선배님, 여기서 이러시면 안 돼요."

"기다려봐."

뒤늦게 내려온 서윤이 민준의 양어깨를 붙잡고 끌어내려 했다. 주변을 두리번거리던 민준은 멀찍이 비어 있는 콘솔을 발견하고는 그쪽을 향해 달려갔다. 콘솔 화면을 터치하자 아이디와 암호를 입력하라는 창이 떠올랐다.

"선배! 이러시면 안 된다고요. 저랑 올라가서 이야기해요!"

"제발 좀!"

민준은 주먹으로 화면을 치며 좌절하다, 붉게 상기된 얼굴로 자리에 털썩 주저앉았다.

＊　　＊　　＊

"정말 비극적인 상황입니다. 대한민국의 첫 유인 로켓 누리 10호가 발사 100여 초 만에 알 수 없는 원인으로 공중에서 폭발했습니다. 현재 승무원들의 생존 여부는 확인되지 않고 있으며, 사출 모듈의 작동 여부도 아직 전달받지 못하였습니다."

채민서 앵커의 멘트와 함께 화면에는 로켓이 폭발할 당시의 장면이 반복해서 재생됐다.

"조심스럽지만, 검은 연기가 1단 액체로켓의 산화제 탱크에서 시작된 것으로 보입니다. 이러한 형태의 사고는……."

"교수님, 의견 감사합니다만 지금은 어떠한 섣부른 판단도 도움이 되지 않을 것 같습니다. 무엇보다 대한민국의 우주개발을 위해 헌신한 젊은 세 우주인의 생사 여부 확인이 제일 중요할 것 같은데요. 소식 들어오는 대로 KBN 속보를 통해 바로 전달드리겠습니다."

김 교수가 대본에 없는 이야기를 꺼내자 민서가 서둘러 그를 제지하며 화제를 돌렸다.

＊　　＊　　＊

같은 시각, 대형 스크린 구석에서 KBN의 뉴스 화면이 미처 꺼지지 않은 채 방영되고 있었다. 무의식중에 김승식 교수의 발언을 들은 민준이 무언가 생각이 난 듯, 몸을 일으켜 다시 콘솔 앞으로 다가갔다.

"잠깐 좀 비켜봐요!"

"아니, 왜 이러시는 겁니까."

자리에 앉아 있던 직원을 강제로 밀어낸 민준이 서둘러 콘솔 화면에 나타난 텔레메트리 데이터를 확인하기 시작했다.

"이런 젠장. 이럴 수는 없어."

1단 액체산소 탱크의 압력 데이터를 확인한 민준의 얼굴이 삽시간에 차갑게 굳었다.

"말도 안 돼. 이건 아니야."

민준이 고개를 저으며 일어섰다. 곧장 몸을 돌려 나가려는데, 지나치게 가까운 곳에 누군가가 서 있었다. 어느새 관제실로 내려온 최윤중 대통령이었다. 경호원들이 민준을 밀쳐내려는 순간, 윤중이 괜찮다는 제스처를 취하며 민준과 눈을 맞췄다.

"아끼던 후배들일 텐데 상심이 크시겠습니다."

"아니요, 아직 끝나지 않았어요. 구조팀을 보내주십시오. 로켓 하단부가 폭발한 거면 해성 모듈은 아직 멀쩡할 수 있어요. 탈출했을 가능성이 있다고요."

민준이 윤중에게 매달리듯 애원했지만 윤중은 잠시 시선을 피했다.

"예, 알겠습니다. 안 그래도 지금 센터장을 만나서 이야기를 하려던 참입니다."

윤중이 절박하게 자신의 양팔을 잡고 있는 민준의 손에 자신의 손을 포갰다.

"대장님의 명성은 익히 들어서 잘 알고 있습니다. 부디 이 위기 상황이 잘 수습될 수 있게 도와주십시오."

# 2

## 불행한 일은 반복되지 않는다

2031년 07월 19일

3년 후

나로우주센터 로켓발사장

"한울 원(one), 나로. 발사 1분 지났습니다."

"라저."

"모드 원 찰리 준비하세요."

"마크."

로켓 엔진의 진동이 심하게 전해지는 해성 모듈 안에 이서윤과 정민준 그리고 김주원 세 명의 한국 우주인이 나란히 앉아 있었다. 센터디스플레이에 나타난 누리 14호 로켓의 고도와 속도가 실시간으로 빠르게 증가했다.

"한울 원, 나로. 스테이징(staging) 진행하세요."

민준은 나로우주센터 발사관제실에 있는 CAPCOM(Capsule Communicator: 승무원 통신 담당자) 이시찬과 계속해서 교신을 주고받았다.

"라저. 인보드 컷오프."

"인보드 컷오프 확인했습니다."

디스플레이의 타이머는 T 플러스 2분 43초를 가리키고 있었다.

"셋, 둘, 하나."

민준이 디스플레이의 타이머를 확인하며 혼잣말로 중얼거렸다.

"스테이징! 이그니션(ignition)!"

민준의 외침과 함께 누리 14호 로켓의 1단 로켓이 작은 폭발음을 내며 분리되었다. 그리고 2단 로켓 엔진의 터보펌프가 작동하면서 승무원들이 탑승하고 있는 한울 우주선 모듈 밑으로 강한 유체소음이 전해졌다.

"정상이야. 걱정하지 마."

민준이 잔뜩 굳어 있는 주원을 슬쩍 바라보며 말했다. 곧이어 2단 로켓 엔진이 점화하자 세 사람의 몸이 다시 등받이에 바짝 붙었다.

"원, 나로. 추력 양호. 모든 엔진 상태 양호합니다. 지금까지 아주 좋습니다."

시찬의 목소리 너머로 관제실 사람들의 박수 소리가 들려왔다.

"한고비는 넘겼군요."

서윤이 한숨을 내쉬며 나지막이 말했다.

"라저. 목소리도 아주 크고 잘 들립니다. 나로우주센터."

교신을 마친 민준이 만족스러운 얼굴로 왼쪽 창을 내다보았다. 푸르른 지구의 지평선이 창을 반쯤 채운 채 빠르게 멀어지고 있었다. 발사 3분 17초 만에, 세 명의 우주인을 태운 나로 14호 로켓은 지상에서 122.4킬로미터 높이의 저궤도에 진입했다. 이제 지구를 두 바퀴 선회할 예정이었다.

남은 건 최종 점검뿐이었다. 그들은 비로소 달로 향하는 여정의 문턱에 들어섰다.

*     *     *

대한민국의 첫 유인 우주로켓 누리 10호의 발사 실패는 최윤중 대통령에게 커다란 정치적 위기였다. 첫 중임제 대통령 재선을 2년 앞두고 악재를 만난 것이었다. 하지만 윤중은 문제를 회피하지 않고 정면으로 돌파했다.

윤중은 발사 실패 직후 관제실에서 마주친 민준을 기회로 삼았다. 자칫 감성에 묻혀 나락으로 떨어질 수 있는 사고였지만,

윤중은 국민 영웅 민준을 전략적으로 이용했다. 민준은 대한민국 최초의 유인 우주로켓에 탑승하지 못했음에도 안타깝게 희생된 후배들의 명예를 되찾기 위해 사고 조사에 열정적으로 참여했다. 그런 민준을 '누리 10호 폭발 사고 조사위원장'으로 임명한 것도 윤중의 결정이었다.

누리 10호 로켓의 파편들은 사고 3일 후, 거문도 동쪽 110킬로미터 지점에서 발견되었다. 그중 민준의 시선을 끈 것은 미국의 민간 우주 업체에서 공급받은 두 기의 고체로켓이었다. 폭발 직전 상황이 담긴 영상을 수천 번 돌려보면서, 민준은 화염이 이 고체로켓에서 시작되었다고 확신했다. 그리고 사고 37일 만에 민준은 회수된 고체로켓의 외피 아래쪽에서 플라스마 용접 불량으로 보이는 결함을 찾아냈다.

유례없이 빠르게 진행된 사고 조사와 뒤이은 결과 발표에 고체로켓의 제작사는 강하게 반발했다. 고체로켓을 제작한 민간 우주 업체는 미국이 사활을 걸고 있는 화성 유인 탐사의 핵심 기업이었다. 그들은 화성 탐사 계획을 차질없이 진행하려면 사소한 결함도 용납할 수 없었다. 그래서 미국의 오웬 틴달(Owen Tindall) 대통령까지 나서서 한국의 사고 조사 결과를 신뢰할 수 없다고 주장했다.

그러나 윤중은 그것을 국가 대 국가의 대립 구도로 이어지게 두지 않았다. 물밑에서 여러 차례 협상을 거친 끝에 윤중은 사고의 책임을 미국의 민간 우주 업체가 아닌 나로우주센터에 물었다. 제작 결함이 아닌 관리 소홀과 검수 실패로 결론지은 것이었다. 윤중은 대신 미국이 2017년부터 시행해온 유인 우주 탐사 계획 아르테미스 프로젝트(Artemis Project)에 한국을 조속히 합류시켜줄 것을 제안했다. 이미 달 유인 탐사에 흥미를 잃은 오웬 대통령은 그런 윤중의 제안을 흔쾌히 승낙했다.

누리 10호 폭발 사고 1년 후, 윤중은 전보다 더 희망찬 대한민국의 달 유인 탐사를 공식화함으로써 분위기를 반전하는 데 성공했다. 그리고 여러 심리적 문제에도 불구하고 민준이 누리 14호 로켓에 대장으로 탑승하게 된 것은 결코 우연이 아니었다.

\* \* \*

"한울 원, 나로. 발사 후 8분 지났습니다."

"예, AGS(Abort Guidance System)를 방금 조정했습니다."

"라저. 우리도 확인했습니다."

"좋아요. 아주 잘 진행되고 있는 것 같아요. 한국의 날씨는 참 좋아 보이는군요."

민준이 저 멀리 보이는 한반도 지형을 보며 말했다. 구름 한 점 없이 맑은 하늘 아래로 회색빛 지형이 모습을 드러내고 있었다.

"원, 다음 스테이징 준비하세요."

시찬이 민준의 가벼운 잡담에 별다른 반응을 하지 않고 2단 로켓 분리를 지시했다.

"아직 경치를 감상하기에는 일러요."

센터디스플레이에서 눈을 떼지 않고 있던 서윤이 민준에게 타박하듯 말했다.

"알겠습니다. 스테이징 개시 준비합니다."

"예, 모드 Ⅳ로 변경하는 것도 잊지 마세요."

"라저. 모드 Ⅳ."

"마크."

"모드 Ⅳ 사용 가능합니다."

"좋아요. 스테이징……."

"점화!"

민준의 신호에 맞추어 2단 로켓이 덜컹이며 떨어져 나갔다. 길이 50미터의 1단 로켓이 떨어질 때보다는 훨씬 충격이 덜 했다. 이어서 3단 로켓에 장착된 한 개의 RD-151 엔진이 거대한 노즐을 드러냈다. 그리고 푸르른 화염을 내며 점화되기 시작했다.

"점화 완료되었습니다. 추력 생성 중."

"라저."

"한울 원, 나로우주센터입니다. 12분 42초에 엔진 오프합니다."

"12분 42초. 라저."

민준이 센터디스플레이를 터치하며 교신을 주고받았다.

한울 1호 프로젝트는 세 명의 우주인을 다국적 달 유인 기지 '아르테미스'에 보내는 것이었다. 이는 머릿속에 온통 우주개발밖에 없는 최윤중 대통령의 최우선 공약이자 개인적 욕심이었다. 실상은 미국이 70여 년 전 이룬 과업을 그대로 재현하는 것에 불과했지만 윤중은 이 프로젝트를 발판 삼아 화성 유인 기지 사업에 뛰어들 계산까지 하고 있었다.

"엔진 오프 시점 확인했습니다."

"2분 남았군."

서윤과 민준이 디스플레이를 보며 발사관제실의 오더를 확인했다.

한울 우주선의 모든 시스템은 전자동으로 작동했다. 궤도 조정과 로켓 점화 같은 주요 단계까지 인간의 개입 없이 자동조종 소프트웨어의 관리를 받았다. 민준과 서윤이 하는 일이라고는 단계별로 떠오른 미션 리스트를 확인하고 진행할지 보류할지 클릭하는 일뿐이었다.

"시뮬레이터와 완전히 똑같네요."

서윤이 시답잖은 표정으로 낮게 말했다.

"그래, 창밖만 바라보지 않으면 말이지."

"12분 31초. 3단 로켓 엔진 오프 대기합니다."

잡담을 하는 사이에도 서윤은 집중력을 잃지 않고 디스플레이에서 점점 줄어드는 타이머를 확인했다.

"셋, 둘, 하나…… 오프!"

서윤의 카운트다운과 함께 3단 액체로켓이 분사를 멈추었다. 한울 우주선 전체를 울리던 유체소음과 진동이 줄어들자 모듈 안은 그야말로 완전한 고요에 접어들었다. 이따금 들리는 생존유지 장치의 팬 소음만이 이들이 우주 공간에 있음을 일깨웠다.

고도 122킬로미터를 유유히 떠가는 다섯 평 남짓한 작은 우주선 안에서 서윤은 비로소 긴장을 풀었다. 발사 이후 줄곧 아무런 말이 없던 주원 역시, 마음이 놓이는 듯 숨을 크게 들이켰다.

"저는 긴장 많이 했어요."

"응, 누가 봐도 그런 것 같더라."

"국제우주정거장 갈 때랑은 차원이 다르네요."

"난 그때도 꽤 긴장했어. 매년 가도 적응을 못 하다가 세 번째 비행쯤부터 마음이 조금 놓이더라고. 대장님은 어떠셨어요?"

서윤이 주원과 대화를 주고받다 아무렇지 않게 민준에게 질문했다.

"대장님?"

방금까지 멀쩡하던 모습과 달리, 민준이 어딘가 이상했다. 그는 정면을 똑바로 보며 숨을 가쁘게 들이쉬고 있었다.

"대장님, 괜찮으세요? 대장님?"

서윤이 그의 오른팔을 잡아 흔들었지만 민준은 아무런 답도 하지 못했다. 그의 이마에는 어느새 식은땀이 송글송글 맺혀 있었다.

"나로, 한울 원. 여기는……."

당황한 주원이 헤드셋 버튼을 눌러 교신을 시도하자 민준이 팔을 뻗어 제지했다.

"예? 아니, 저는 대장님 바이털사인을 확인하려고……."

"하지 마. 괜찮아."

민준이 힘겹게 숨을 내뱉으며 겨우 말했다.

"원, 나로입니다. 방금 교신이 끊긴 것 같은데요."

곧이어 시찬의 목소리가 들려왔다. 민준이 호흡을 끊어 쉬며 주원을 노려보았다.

"아무것도 아니야. 그냥 일시적인 현상일 뿐이라고."

민준의 눈빛에서 간절함을 느낀 주원이 조심스럽게 다시 헤드셋을 썼다.

"나로, 한울 원. 현재 고도 122.1킬로미터를 유지하고 있습니다."

"원, 예. 부스터 상태 양호합니다."

주원이 교신을 마치자 비로소 민준이 눈을 지그시 감으며 호흡을 가다듬기 시작했다.

"왜 그러세요, 대장님?"

서윤은 이전에도 민준과 한차례 로켓에 탑승한 적이 있었다. 하지만 이토록 흐트러진 모습을 본 건 처음이었다.

"몸이 안 좋으신 거예요?"

"응, 아니야."

새하얗게 질렸던 민준의 얼굴이 조금씩 붉기를 회복했다.

"메디컬 체크업 다시 부탁할까요?"

서윤이 조심스럽게 민준의 눈치를 살피며 물었다.

"아니, 그럴 필요 없어. 18분에 궤도각하고 오차 보정 확인해야 하니까 다들 임무 컴퓨터 데이터 확인해봐."

민준이 다시 차분하게 손을 뻗으며 센터디스플레이를 터치했다.

"예, 알겠습니다."

서윤과 주원이 애써 태연함을 유지하며 민준의 지시를 따랐다.

*　*　*

"어, 바이털사인이 좀 이상한데요?"

'비행의무관(Flight Surgeon)' 팻말이 놓인 콘솔 앞, 내과의사 출신 김진수 대위가 모니터를 보고 놀란 표정을 지었다. 실시간으로 전달되는 세 우주인의 심박수와 체온 그리고 호흡수 화면에서 민준의 것만이 붉은색으로 깜박이고 있었다.

심박수: 124회/분
호흡수: 21회/분
심박변이도: 210msec

성재윤 비행감독관이 잠시 자리를 비운 사이, 진수에게 상황을 보고받은 김세준 센터장이 직접 그의 콘솔 앞으로 내려왔다.

"뭐가 문제죠?"

"발사 12분 10초부터 정민준 대장의 바이털사인에 이상이 생겼습니다."

"어디 좀 보죠."

세준이 몸을 숙여 콘솔 스크린을 확인했다.

"뭐가 문제라는 거죠?"

유독 민준의 바이털사인만 깜박이고 있었지만 세준은 태연한 표정으로 진수를 바라보았다.

"아, 보시다시피 심박수와 호흡수가 갑자기 증가했고, 또 심박변이도도……."

진수가 창을 조작하며 최근 10분 동안의 심박수와 호흡수 변화 그래프를 띄웠다.

"여기 보시면, 11분 54초까지는 정상 범위 내에 있었는데, 12분이 지나면서부터······."

"김 대위님, 군의관 출신이시죠?"

세준이 딴청을 피우며 진수를 물끄러미 보았다.

"아, 예, 그럼요. 공군 비행군의관입니다."

진수는 대뜸 자신의 출신을 묻는 세준을 어리둥절한 표정으로 보았다.

"예, 심 소령님 후임으로 여기 오신 거고요."

세준의 눈빛은 이미 진수를 압도하고 있었다.

"아직 우주비행사의 생리에 대해서 잘 모르시나 보네."

세준이 손을 뻗어 스크린을 터치하더니 민준의 바이털사인 경고 메시지를 꺼버렸다. 당황한 진수가 자리에서 벌떡 일어섰다.

"아니, 지금 뭐 하시는······."

"비행군의관이면 전투기는 타보셨어요?"

흔들리는 기색조차 없이 세준이 진수에게 가까이 다가섰다.

"그럼요. 저는 공군사관학교 위탁교육생 출신이라······."

"그럼 잘 아시겠네요. 지금이 얼마나 긴장되는 상황인지."

세준은 의도적으로, 반복해서 진수의 말을 끊었다.

"센터장님, 저는 내과의사이자 항공생리학 전문가입니다.

일시적 긴장 상태에서 심박수가 증가할 수는 있지만, 호흡수까지 높아지는 것은 흔한 반응이 아니에요. 게다가 나머지 대원들의 바이털사인은 모두 정상 범위에 있습니다. 지금은 정민준 대장한테 무슨 문제가 없는지 확인을 해야…….'

"그걸 왜 당신이 결정합니까?"

세준의 목소리가 높아졌다. 관제실 안 직원들의 시선이 두 사람을 향했다.

"네? 당연히 저한테 권한이 있죠. 제가 비행의무관이라고요!"

"부임하신 지 얼마 안 돼서 잘 모르시나 본데, 우주인들은 항시 극도의 스트레스를 받고 있어요. 일시적으로 바이털사인이 흔들렸다고 해서 일일이 확인하는 교신을 때리면, 그게 우주인들의 정신 건강에 도움이 될까요?"

세준은 연이어 콘솔 스크린을 힐끗대며 핀잔을 늘어놓았다.

"이게 그렇게까지 화내실 일은 아니지 않습니까? 그냥 캡콤 통해서 정민준 대장 상태 확인하고, 제가 보고서 작성하면 되는 일인데……."

"그러니까, 그런 번거로운 일 하지 마시라고요."

두 사람이 목소리를 높여가는 사이, 관제실 스피커를 통해 한울 우주선의 교신이 들어왔다.

"나로, 한울 원. 현재 고도 122.1킬로미터를 유지하고 있습니다."

관제실 앞 센터스크린에서 실시간으로 떠오른 궤도를 확인한 세준이 순간 만족스러운 표정을 지었다.

"거봐요. 다들 잘하고 있다니까."

세준이 다시 비행의무관의 콘솔 화면을 봤다. 민준의 심박수와 호흡수가 어느새 정상 범위 내로 돌아와 있었다.

"이것 보세요. 이제 정상 수치잖아요. 지금 저 위의 우주인들은 어느 누구도 해보지 않은 임무를 수행하고 있습니다. 다시는 일시적으로 바이털사인이 흔들린다고 해서 호들갑 좀 떨지 마세요."

"뭐라고요?"

진수는 세준의 무례한 언행에 당황했다. 세준이 그의 대위 계급장을 톡톡 두드린 뒤 태연하게 돌아가자, 그는 불쾌한 표정을 감추지 못했다. 그와 반대로 세준은 안도의 한숨을 내쉬고 있었다.

"아, 방금 전 일은 보고서 쓸 필요 없어요. 어차피 나한테 오면 반려할 테니까."

관제실 중앙 계단을 올라가던 세준이 다시 뒤를 돌아보며 말했다.

\* \* \*

대통령 최윤중과 비서실장 정하진 그리고 과학기술부 장관

오태민이 청와대 본관 집무실 소파에 나란히 앉아 있었다. 세 사람 앞에 놓인 105인치 텔레비전에서 누리 14호가 2단 로켓 분리와 3단 로켓 점화에 성공했다는 소식이 들려왔다.

"축하드립니다."

긴장을 풀지 못하고 있던 하진이 윤중을 향해 고개를 숙이며 말했다.

"아직 단정하기는 이르지."

윤중은 다리를 꼰 채 여전히 화면을 바라보고 있었다.

"예, 하지만 가장 위험한 순간은 지나간 것 같습니다."

하진이 재차 굽신거리며 윤중의 눈치를 살폈다.

"오 장관님 생각은 어떠십니까?"

윤중이 고개를 돌려 옆자리에 앉은 태민에게 넌지시 물었다.

"비서실장님 말씀대로 지구 저궤도에 안착했다면, 앞으로 돌발 상황이 없는 한 달까지의 여정은 무난할 것으로 예상합니다."

태민의 흐뭇한 표정과 달리, 윤중의 얼굴은 오히려 더 진지해졌다.

"돌발 상황이라면?"

"아, 예. 현재 한울 우주선은 사령선과 착륙선이 결합된 형태로 누리 14호 로켓에 실려 있습니다. 지구 저궤도를 선회한 다음, 달로 향하는 궤도로 갈아타기 위해서는 3단 로켓을 한 번

더 점화해야 합니다."

"간략히 요약해주십시오, 장관님."

윤중은 설명이 길어지는 것을 영 견디지 못했다.

"아, 죄송합니다. 1시간 후면 지구 저궤도에서 달로 향하는 궤도로 이동하는 절차가 있습니다. 그때 각도가 조금이라도 어긋나면 실패할 가능성이……."

"저는 돌발 상황을 물었지, 실패라는 단어를 쓴 적이 없는데요?"

오 장관의 입에서 '실패'라는 말이 나오자 윤중이 예민하게 반응했다. 옆자리에 선 하진은 두 사람의 입을 쳐다보며 안절부절못하고 있었다.

"죄송합니다. 제가 대통령님 뜻을 잘못 이해했나 봅니다."

40대 초반의 젊은 나이에 과학기술부 장관이 된 오태민은 최윤중 정부 2기의 첫 과기부 장관이었다. 미국에서 우주궤도공학으로 박사학위를 받은 그는 민간 우주 업체 스페이스Y의 핵심 연구원이기도 했다. 미국 국적을 가지고 있는 그가 한국의 장관 후보에 올랐을 때 미 정부와 야당의 반대는 극에 달했다. 핵심 기술 유출을 우려한 오웬 대통령이 직접 윤중과 통화했지만 윤중은 태민을 귀화시킨 다음, 달 궤도공학에만 조언을하는 조건으로 임명을 강행했다.

태민이 임명된 뒤 과학 기술 정책이 온통 우주 분야에만 집중되는 것은 아닌지 우려의 목소리가 커졌지만 윤중은 그러한 우려를 단번에 불식시켰다. 이미 세계 경제의 주도권은 전기차를 넘어 화성 유인 기지 건설을 위한 산업들로 넘어가고 있었기에, 트렌드를 따르지 못하면 영영 세계 경제에서 낙오될 것이라는 그의 대국민 연설이 주효한 덕이었다.

"그래요. 문화가 다른 탓이겠지."

윤중이 테이블 위에 올려진 다 식은 커피를 천천히 들이켜며 말했다.

"제가 말한 돌발 상황은 예상하지 못했지만 극복 가능한 것을 말해요. 아무도 없는 우주 공간에서 그런 일이 발생하면 참 난감하지 않겠습니까?"

"예, 맞는 말씀입니다."

권력의 맛을 본 태민은 벌써 윤중의 말에 절대적으로 순응하는 관료가 된 지 오래였다.

"미국의 아폴로 계획을 모방하기는 했지만, 나는 오 박사님, 아니 오 장관님이 설계한 이 한울 1호 계획을 아주 신뢰하고 있어요. 덕분에 이렇게 프로젝트도 지연되지 않고 잘되고 있고요."

커피를 다 마신 윤중이 자리에서 일어서더니 성큼 다가서서 태민의 오른팔을 꽉 움켜쥐었다.

"이 시간 이후로 한울 프로젝트 상황을 더 철저히 챙겨주세요. 낮밤 상관없이 두 시간마다 저한테 메시지 보내주시고. 물론 돌발 상황이 생기면 그 즉시 알려주셔야 합니다."

윤중이 소파 등받이에 걸려 있던 상의를 챙기며 몸을 돌렸다. "예, 잘 알겠습니다."

오 장관이 그를 따라 일어서며 연신 허리를 굽혔다. 그즈음 하진의 핸드폰에서 시끄러운 벨 소리가 울렸다. 하진은 주섬주섬 주머니에서 핸드폰을 꺼내 들었다.

"아, 죄송합니다."

하진은 재빨리 핸드폰의 버튼을 눌러 무음으로 바꾼 다음 화면을 확인했다. 발신자를 확인한 하진의 얼굴이 순간 어두워졌다. 그는 핸드폰을 손에 꼭 쥔 채 집무실 구석으로 빠르게 걸어갔다.

윤중은 그런 하진을 한번 쳐다보고는 개의치 않고 집무실 밖으로 나섰다.

"예, 센터장님. 급한 일입니까?"

"보고드릴 일이 있어 연락드렸습니다."

"아니, 지금 정신없을 땐데 도대체 무슨 일입니까?"

"놀라게 하셨다면 죄송합니다. 다름이 아니라 정민준 대장 말입니다."

'정민준 대장'이라는 말에 하진이 침을 꼴깍 삼키며 조심스레 주변을 살폈다.

"정 대장이 왜요. 지금 잘하고 있지 않습니까?"

하진의 목소리는 점점 기어들어갔다.

"물론입니다. 다만 저희가 우려했던 일이 한 번 생겼는데, 다행히 곧 지나갔습니다."

"심각한 정도였나요?"

"아닙니다. 한 3분 정도 유지되었는데 금방 회복했습니다."

"다행이군요. 그럼 그냥 지나가시면 될 일을……. 군이 연락하신 이유가 또 있습니까?"

별것 아닌 일로 자신을 놀라게 했다는 생각에 하진이 불쾌함을 감추지 못했다.

"예, 그 부분은 그냥 넘길 수 있는데, 정 대장의 의료 데이터를 총괄하는 플라이트서전이……."

"왜요? 그가 알아차렸나요?"

"그런 것 같습니다. 의사들은 딱 보면 무슨 상황인지 아는 것 같은데…… 문제는 녀석의 입이 가벼워 보인다는 점입니다."

"이름이 뭐죠?"

"김진수 대위입니다."

"알겠어요. 일단 김 대위 입단속 시키시고. 언론에 흘러가는 일 없게 주의 주세요. 플라이트서전은 곧 새로운 검증된 인력으로 바꿔드리리다."

하진이 상황이 파악되었다는 듯 고개를 끄덕이며 말했다.

"예, 감사합니다. 지금 정도면 컨트롤이 가능한데, 발작으로 이어지면 또 문제가 될 수 있어서……."

"재수 없는 소리 하지 말고 본연의 임무에나 집중하세요."

하진이 불쾌함을 감추지 않으며 그대로 통화 종료 버튼을 눌렀다. 신경질적으로 전화를 끊은 하진을 태민은 애써 모른 척하고 있었다.

최윤중 대통령보다 10살쯤 어린 하진은 윤중에겐 개국공신과 다름없었다. 그가 윤중의 2기 정부에서도 경질되지 않고 계속해서 비서실장직을 유지할 수 있었던 것은 사람을 쉽게 믿지 못하는 윤중의 성격 때문이었다. 이제 막 30대 후반에 접어든 탓에 고위공직자의 주된 낙마 사유인 각종 비리 의혹에서 자유롭다는 것도 큰 몫을 했다. 야당은 우주개발에 정신이 팔린 최윤중 정부를 전방위로 압박했지만, 하진은 그때마다 나서서 급변하는 국제정세로 대중의 시선을 돌리며 윤중을 위기에서 탈출시키는 역할을 톡톡히 해냈다.

"오 장관님은 안 나가고 뭐 하십니까?"

하진이 소파 뒤에 꼿꼿이 서 있는 태민을 멀거니 보며 말했다. 혹여나 자신의 통화 내용이 들렸을까 노심초사하는 얼굴이었다.

"아, 제가 아직 익숙하지가 않아서……."

하진의 불편한 심기를 눈치챈 태민이 서둘러 집무실 문을 향해 걸어갔다.

"누가 검은 머리 외국인 아니랄까 봐."

하진이 혼잣말을 하며 태민의 뒷모습을 노려보던 사이, 그의 휴대전화가 다시 요란하게 울렸다. 이번에는 강주호 외교부 장관이었다.

"이놈의 자식들은 시도 때도 없이……."

하진이 화면을 눌러 전화를 받자마자 강 장관의 다급한 목소리가 들려왔다.

"실장님, 혹시 대통령님과 같이 계십니까?"

"방금 집무실을 나가셨어요. 왜요?"

"아, 미국 외교부 장관이 제게 연락을 주었는데, 오웬 대통령께서 직접 대통령님께 전화를 한 모양입니다."

"예?"

"그런데 전화를 안 받으신다고 해서……."

"두 분이 통화하기로 협의가 되어 있었나요?"

"아니요, 전혀 없었습니다."

"알겠습니다. 제가 말씀드려볼게요."

하진이 전화를 끊더니 서둘러 집무실 밖으로 나갔다. 그가 문을 세차에 여닫자, 방금 집무실을 나와 복도를 걷고 있던 태민이 몸을 움찔했다.

대통령 집무실이 있는 여민1관을 나선 하진은 곧장 상춘재의 녹지원을 향해 달려갔다. 큰일이 있을 때마다 대통령은 녹지원 주변을 홀로 거닐곤 했다. 하진은 이내 백여 미터 떨어진 곳에서 뒷짐을 진 채 걷고 있는 윤중을 발견했다.

"대통령님!"

하진의 목소리를 들은 윤중이 걸음을 멈춘 채 뒤를 돌아보았다.

"대통령님, 산책 중이셨습니까."

오르막길을 달려온 하진이 이내 숨을 헐떡이며 윤중의 앞에 섰다.

"왜, 무슨 문제 있어?"

"아닙니다. 방금 강 장관한테 연락이 왔는데……."

하진이 숨을 고르느라 애쓰며 말을 이었다.

"오웬 대통령이 대통령님께 전화를 하셨다고 합니다."

"오웬이?"

아르테미스 프로젝트 참가를 협의하는 과정에서 윤중과 오웬, 두 정상은 그 어느 때보다 가까워졌다. 우주개발을 바탕으로 한 경제 성장을 모토로 윤중에 이어 오웬 역시 재선에 성공하면서, 두 사람은 서로에게 묘한 동질감을 느끼고 있었다.

"아직 축하 전화를 받을 때가 아닐 텐데……."

윤중이 전화기를 꺼냈다. 화면에는 '발신번호 표시제한' 문구가 떠 있었다.

"오웬이 그냥 전화할 사람은 아니지. 또 원하는 것이 있겠지."

잠시 머뭇거리던 윤중이 핸드폰의 통화 버튼을 눌렀다.

*　*　*

"델타 방위각 수정치는 플러스 0.24입니다. T42 얼라인먼트 수정도 하는 게 좋겠습니다. 이상."

"라저. T42를 수행하고 방위각도 0.24도 높이겠습니다. 이상."

"좋습니다. 다음 교신은 22분에 재개하겠습니다. 이상."

나로우주센터의 지시에 따라 민준이 센터디스플레이 밑에 있는 다이얼을 돌렸다. 그런 민준을 서윤과 주원은 여전히 걱정스러운 눈빛으로 바라보고 있었다.

"라이브 인터뷰는 언제 하기로 되어 있지?"

민준이 대수롭지 않다는 듯 서윤에게 물었다.

"아직 확정된 것은 없어요. 나로우주센터에서 준비되는 대로 연락 준다고 했어요."

"그럼 갑작스럽게 인터뷰 요청이 오겠군."

민준이 우주복 위에 찬 스마트워치를 확인하며 말했다.

"예, 저는 착륙선 모듈 점검 좀 하고 올게요."

로켓 발사 이후 처음으로 서윤이 몸을 단단히 조여 매고 있던 5점식 벨트를 풀었다. 몸이 천천히 공중에 떠오르자 서윤이 우주선 바닥의 해치로 향했다.

1960년대의 유인 달 탐사 아폴로 계획은 분리된 사령선과 착륙선을 이용했다. 달 궤도에 머물며 지구로의 귀환을 준비하는 사령선과 달 표면에 내려앉는 착륙선이 각각 분리된 채 로켓에 탑재된 식이었다. 따라서 지구 궤도에 진입하고 나면, 액체로켓을 탑재한 사령선이 로켓 밖으로 빠져나온 다음 방향을 180도 돌려 착륙선과 랑데부하는 복잡한 절차를 거쳐야 했다.

긴 시간이 흘러, 2020년대에 이르러 유인 달 탐사를 다시 기획한 미국은 조금 더 간편하고 안전한 방법을 고안해냈다. 달까지의 여정 동안 추력을 제공할 사령선 바로 밑 화물칸에 착륙선을 탑재하는 방식이었다. 이를 개발한 덕에 번거로운 랑데부 과정을 거치지 않고 발사 로켓에서 분리만 한 다음 곧바로 달로 향할 수 있었다.

사실, 민준과 서윤 그리고 주원이 타고 있는 한울 1호는 미국의 새로운 유인 달 탐사선의 복제품이었다. 외관을 조금 더 부드럽게 다듬기는 했으나 그것은 독자적인 우주개발인 것처럼 위장하려는 윤중의 계략이었다. 변화된 외형으로 인해 공력계수가 증가하면서 페이로드가 300킬로그램 가까이 줄어들었지만, 오태민 장관은 엔지니어들의 거센 반발에도 불구하고 지금의 한울 1호 디자인을 밀어붙였다.

"나로, 한울 원. CMP(Command Module Pilot: 사령선 조종사)가 착륙선으로 내려갑니다."

"한울 원, 나로. 확인했습니다."

민준이 고개를 숙여 바닥 해치 안을 내려다봤다. CMP 서윤은 이미 착륙선에 내려간 듯 보이지 않았다.

"발사 후 체크리스트 수행하겠습니다."

서윤이 왼쪽 허벅지에 매달린 태블릿을 켜더니 착륙선 모듈에 전원을 넣었다. 물리적인 버튼이 거의 없는 사령선과 달리, 착륙선은 잘 짜인 비행기의 조종석처럼 각종 디스플레이와 버튼 그리고 두 기의 조이스틱이 갖춰져 있었다.

"한울 원, 나로. 현재 11분 21초. 궤도 상황 양호합니다. VHF 주파수를 103.2로 변경해주세요. 다음 통신은 38분 38초에 진행합니다."

"나로, 한울 원. 라저."

민준이 한 차례 더 교신을 하더니 라디오의 주파수 다이얼을 돌렸다.

"한숨 돌릴 수 있겠군."

민준은 천천히 헤드셋을 벗어 목에 걸치며 등받이에 몸을 기댔다. 가만히 정면만을 바라보고 있던 주원이 그제야 긴장이 풀린 듯 오른쪽 창밖을 내다보았다.

＊　＊　＊

"현재 우주인들은 고도 122킬로미터에서 초속 7.83킬로미터로 지구 궤도를 공전하고 있습니다. 1시간 26분 55초마다 지구를 한 바퀴 돌면서, 달로 가기 위한 여정을 준비하고 있을 겁니다."

"그럼 아직 달로 향하지는 않았다는 말씀이죠?"

"그렇습니다. 누리 14호 로켓이 발사된 전남 고흥은 위도가 높기 때문에 로켓 발사에 아주 이상적인 조건은 아닙니다. 그래서……."

"예, 박사님. 말씀 감사합니다. 여기서 나로우주센터 연결하겠습니다. 김리아 기자."

카메라의 붉은 등이 꺼지는 것을 확인한 채민서 앵커가 눈을 살짝 감았다. 여섯 시간째 이어진 라이브 방송에서 처음으로 갖는 휴식 시간이었다.

"정 박사님, 고생 많으셨습니다."

"아, 예."

한국항공우주연구원에서 초빙한 정민수 박사가 당황한 얼굴로 머뭇거리고 있었다.

"오늘 제 몫은 끝난 건가요?"

"예, 그렇습니다."

자세를 고치고 대본을 정리하던 민서가 이내 정 박사를 물끄러미 바라봤다.

"다음번에는 대본에 없는 내용은 사전에 상의를 해주시면 더 좋겠네요."

민서가 사회적인 미소를 지으며 정 박사에게 눈치를 보냈다.

KBN 공채 기자 출신인 채민서 앵커는 최윤중 대통령의 열렬한 지지자였다. 첫 유인 우주로켓이 폭발 사고를 겪은 이후에도 우주개발의 당위성을 뒷받침하는 기사를 자주 내보내면서 윤중의 재선에 큰 역할을 하기도 했다.

그런 그녀에게 조금 전 정 박사의 돌발 발언은 그리 유쾌한 내용이 아니었다. '한국은 위도가 높아서 로켓 발사에 불리하다'라는 식의 주장은 우주개발 반대론자들이 늘 펼치는 논리였기 때문이다. 같은 편이라고 생각했던 국가기관의 책임연구원이 돌발 발언을 한 것이 민서는 영 마음에 들지 않았다.

"30분 후에 오면 되죠?"

대본을 챙겨 자리에서 일어서며 민서가 담당 피디에게 물었다.

"아, 조금 더 일찍 오셔야 해요. 정민준 대장과의 라이브 인터뷰 일정이 아직 안 나왔는데, 예상보다 빨리 시작할 수 있어서요."

"그래서 그게 언제죠?"

"원래는 11시 31분에 하기로 되어 있었는데……."

손목시계는 10시 49분을 가리키고 있었다.

"알겠어요. 바로 옆에 있을게요."

그녀가 칼같이 답하고는 당당한 걸음으로 뉴스 룸을 나섰다.

*　*　*

"체크리스트 완료했습니다!"

달 착륙선 모듈에서 점검을 완료한 서윤이 태블릿의 전원을 다시 끄며 신호를 보냈다.

"수고했어. 얼른 올라와. 곧 라이브 인터뷰 시작될 거야. 전 국민이 보게 될 텐데 단장도 하고 앵글도 잡아봐야지."

민준이 사령선 모듈 안에서 간이 거울을 보며 말했다.

"에이, 대장님만 말씀하시면 되죠. 저희는 그냥 웃고 있을게요."

서윤이 사령선으로 연결된 사다리로 향하며 가볍게 답했다.

"그런 게 어딨어, 다 주인공인데. 참, 질문지를 사전에 전달받기는 했는데, 채민서 앵커가 메인이래."

"이런."

민준의 말을 들은 주원이 이마를 탁, 쳤다.

"그럼 사전 질문지는 아무 의미도 없겠네요. 더욱더 대장님만 답하셔야겠어요."

"저도 안 하고 싶어요. 날카로운 질문은 질색입니다."

서윤과 주원의 답에 민준이 의미심장한 미소를 지었다.

이윽고 사다리에 이른 서윤이 층계에 발을 올린 때였다. 찌그덩, 아래쪽 저편에서 무언가 금속이 펴지는 듯한 소리가 들렸다. 사령선까지 전달될 만큼 큰 소리는 아니었지만 착륙선에서는 누구나 들을 수 있을 만한 볼륨이었다.

"잠깐만요."

서윤이 사다리에서 몸을 밀어내며 다시 착륙선으로 내려섰다.

"왜? 무슨 문제 있어?"

"아니요, 그건 아닌데."

찍, 찌그덩. 다시 한번 금속판이 움츠러들었다 펴지는 소리가 들렸다. 서윤은 음원을 향해 천천히 다가갔다. 원인 모를 소음은 착륙선의 외벽 근처에서 들려오고 있었다.

"대장님, 잠깐 내려오셔야 할 것 같은데요?"

# 3

## 측정되지 않는 것들

2031년 07월 19일

"아, 그러셨습니까. 아무튼 감사합니다. 화성 유인 탐사도 꼭 성공하시기를 기원하겠습니다."

벌써 10분째, 상춘재 앞 산책로에서 윤중은 오웬 대통령과의 통화를 이어가고 있었다. 아직 로켓이 발사된 지 채 20분도 되지 않았지만 미국과 NASA는 한울 1호의 상세한 궤도 정보는 물론 달 궤도로의 천이 예상 시각까지 속속들이 알고 있었다.

"감사합니다. 다음번에는 메시지 먼저 보내주십시오. 그럼 오늘처럼 귀중한 통화를 놓치는 일은 없을 겁니다. 하하."

윤중이 유쾌한 말투로 통화를 마무리 지은 다음, 휴대전화 화면을 우두커니 내려다보았다. 통화가 완전히 종료된 것을 확인한 뒤에도 한동안 시선을 거두지 않았다. 이윽고 잠시 망설이더니 버튼을 눌러 전원을 완전히 꺼버렸다.

"이야기는 잘 나누셨습니까?"

멀찍이 떨어져 어슬렁거리던 하진이 천천히 다가왔다.

"대단해. 아주 대단해."

윤중이 홀로 고개를 끄덕이며 언덕길을 내려갔다.

"어떤 점이……?"

"뭐 이 정도면 우리가 발사한 게 아니라 미국이 한 거라고 봐야지. 한울 1호의 현재 상태, 궤도 및 계획까지 속속들이 알고 있는 것 같더라고."

"그거야 한울 우주선이 미국의 아르테미스 우주선 베이스라……. 아, 죄송합니다."

하진이 순간 자신의 말실수를 알아차리고는 급히 말을 멈췄다. 그러나 윤중은 그런 하진을 넌지시 볼 뿐이었다.

"제 뜻은……."

"괜찮아. 90퍼센트가 NASA와 스페이스Y에서 보내준 부품인데, 나 같아도 스파이 소프트웨어를 심어놓았을 거야. 자기네들이 60년 전에 한 일을 뒤늦게 따라 하며 이제 와서 호들갑 떠는 우리들이 얼마나 우습겠어."

"아니요, 절대로 그렇지 않습니다."

하진이 양손을 들어 보이며 손사래를 쳤지만, 사실 이 분야의 사람이라면 누구나 다 알고 있는 사실이었다.

"오웬 대통령이 곧 화상통화를 해야 하는 거 아니냐며 이야기를 마치자고 하는데 아주 소름이 돋더라고."

윤중이 어색한 웃음을 지어 보이며 갈림길에서 집무실 쪽으로 방향을 돌렸다.

"아니, 그걸 어떻게……."

"내가 보기에는 자기네들이 다 주시하고 있으니 허튼수작 부리지 말라고 알려주는 것 같아. 텅 빈 우주 공간에서 우리가 딴짓할 게 뭐 있다고……. 그냥 위세를 부리는 거지."

윤중의 표정이 씁쓸하게 변해 있었다.

"그렇지 않습니다. 두 분이 워낙 가까우시니까, 또 오웬 대통령도 성공을 기원하는 마음에서……."

"됐고, 화상통화는 언제 하기로 되어 있지?"

"예, 원래 KBN 스튜디오에서 오전 11시 31분에 하기로 되어 있었는데, 아직 확정 연락을 못 받았습니다."

그렇게 말하고서야 하진은 김세준 센터장이 아직까지 자신에게 상황을 보고하지 않았다는 것을 떠올렸다. 그는 일순 얼굴을 찌푸렸다.

"집무실 가서 기다려보자고. 얼굴은 한번 봐야지."

윤중이 걸음 속도를 높이자 하진이 바짝 그의 뒤를 따랐다.

대한민국의 첫 유인 우주로켓 발사가 참사로 끝난 뒤, 윤중은 단 한 번도 발사 현장에 내려가지 않았다. 참사 이후 3년간 세 기의 무인 로켓과 두 기의 유인 로켓을 발사했지만, 그때도 모두 청와대 집무실에서 지켜볼 뿐이었다. 두 번째 유인 우주 로켓인 누리 14호를 발사한 지금에야 생중계로나마 발사 현황을 확인한 것이었다.

짐짓 흔들리지 않는 척 애써왔지만, 눈앞에서 펼쳐진 로켓 폭발과 뒤이은 아수라장이 가져다준 트라우마는 아직도 윤중의 뇌리에 깊이 박혀 있었다.

*　*　*

"그게 도대체 무슨 소리야?"

김세준 센터장이 긴장감이 역력한 표정으로 관제실 계단을 오르내리고 있었다.

"CMP가 착륙선 점검을 했는데 금속이 부딪치는 소리를 들었다고 합니다. 여러 번 반복되어서 소리가 들린 곳을 확인해 보니 착륙선 아래 외벽 쪽이었고요."

성재윤 감독관이 'TELMU(Telemetry, Electrical, and EVA Mobility Officer: 우주선의 통신과 전기 시스템 등을 모니터링하는 담당자)' 팻말이 놓인 콘솔 앞에 기대어 선 채 세준에게 상황을 전했다. 잠시 뜸을 들이던 세준이 콘솔 앞에 앉아 있는 김지선 매니저에게 고개를 돌리며 입을 열었다.

"그런데 텔레메트리에서는 아무런 이상이 없다며?"

"예, 텔레메트리에서는 착륙선 내외부의 온도, 탱크 압력 모두 정상입니다. 그 외에 관련된 141개의 센서 수치들을 모두 확인해보았는데, 발사 이후 정상 범위를 벗어난 기록은 없습니다."

지선이 기다렸다는 듯 답했다. 그녀는 화면에 복잡하게 떠오른 그래프들을 하나하나 클릭하고 있었다.

"거봐, 데이터가 괜찮다고 하잖아. 로켓 발사는 공학과 과학 기술의 총아라고. 데이터에 문제가 없으면 문제가 없는 거 아냐?"

세준이 재윤을 돌아보며 신경질적인 태도로 말했다.

"저도 잘 알고 있습니다. 다만 정민준 대장이 인터뷰 연기를 요청했습니다."

"그러니까 그건 자네가 잘 설득해야지. 아니, 센터에서 아무런 이상이 없다고 괜찮다고 하는데 왜 그러냐고 도대체. 지금 발사 성공 뉴스 나가고 온 국민이 우주인들 얼굴 보기만을 기다리고 있는데, 인터뷰를 연기하자고? 이유는 뭐라고 해? 차디찬 우주 공간에서 '딸깍' 소리가 들려서 확인 중이다?"

"그렇게 흥분하실 일은……."

"흥분? 야! 지금 대통령하고 비서실장이 언제 인터뷰하냐고, 타임라인 내놓으라고 전화를 해대는데 흥분 안 하게 생겼어?

너는 여기서 헤드셋 끼고 이래라 저래라만 하지? 그게 다 내가 윗선의 오지랖을 막아주고 있어서 그런 거야. 알아?"

세준의 목소리가 커지자 관제실 직원들의 시선이 두 사람에게 모여들었다.

"센터장님, 아무리 그래도 지금 중요한 순간에 이러시면 곤란합니다."

재윤은 세준의 성격을 잘 알고 있었다. 극도로 차분한 듯하면서도 불안으로 가득한 그는 어쩌다 한 번씩 이렇게 폭발할 때가 있었다.

"에휴, 정 대장한테 전해. 예정대로 7분 후에 라이브 연결한다고."

"통신 상태 불량을 이유로 인터뷰를 1시간 정도 연기하시는 것은……."

"야!"

재윤이 조심스럽게 제안했지만 세준은 도리어 분노를 터뜨렸다.

"내가 부당한 지시를 하는 것처럼 보여? 지금 공학적으로 위험한 조짐이 발견되었는데 막무가내로 밀어붙이는 거야? 아니잖아. 텔레메트리 데이터도 이상이 없어, 궤도도 정상이야, 통신도 잘돼. 어느 것 하나 문제가 없는데 도대체 뭐 때문에 스케줄을 미루냐고. '공기 없는 우주에서 소리가 들렸답니다. 그래서 인터뷰를 생략합니다.' 이럴 거야?"

세준은 이미 몸을 돌려 관제실 계단을 오르고 있었다.

"다른 생각 하지 말고, 매뉴얼, 스케줄대로만 진행해. 이럴 때 쓰라고 만든 거야, 매뉴얼은."

문 앞에 멈춰 선 세준이 고개를 돌려 쏘아붙이고는 그대로 관제실 밖으로 나섰다.

"하여튼, 저 성격하고는."

재윤이 멋쩍은 듯 웅얼거리곤 관제실 안을 둘러보았다. 직원들이 재윤과 눈을 마주치지 않으려 재빨리 자신의 콘솔 화면으로 고개를 돌렸다.

"자, 생중계까지 5분 남았습니다. 화면 전환 준비해주세요."

"한울 1호에는 뭐라고 전달할까요?"

CAPCOM 시찬이 손을 번쩍 들었다.

"그냥 생중계 채널 연결하라고만 해주세요. 이미 주원 대원이 준비하고 있을 거예요."

\* \* \*

"확실한 거야?"

"예, 그렇다니까요. 분명 착륙선 아래쪽 외벽에서만 국소적으로 들렸어요."

"지금 이 바깥은 영하 267도야. 우리가 있는 공간은 영상 22도고. 이제 막 지구에서 올라왔으니 금속이 급격하게 식으면서 그런 소리가 날 수 있다는 거 잘 알잖아."

"설마 제가 그걸 모르겠어요. 저도 우주에 와봤다고요."

사령선에 복귀한 서윤이 민준과 언쟁을 벌이고 있었다.

"국제우주정거장 가는 루트하고는 조금 달라. 고도도 400킬로미터보다 낮은 122킬로미터고, 여기는 아직 대기가 희박하게 남아 있어서 마찰 때문에 열이 발생할 수 있어. 부분적으로 수축이 생기면서 난 소리일 거야."

민준은 서윤이 너무 예민하게 반응하고 있다고 생각했다. 하지만 그녀의 완고한 태도가 어쩐지 민준을 불안하게 했다.

"예, 그럼 다행이죠. 그래도 저는 일단 스케줄을 보류하고 착륙선에 대한 정밀 점검을 해야 한다고 생각해요."

"나로우주센터에서 텔레메트리가 모두 정상이라잖아."

"그건 저도 알아요. 하지만 텔레메트리는 그저 센서들의 측정치를 전달할 뿐이죠. 그놈의 센서들이 착륙선 전체에 깔려 있는 건 아니잖아요?"

"그래서 어떻게 했으면 좋겠는데?"

"착륙선에 다시 내려가서 소리가 난 지점의 내벽 패널을 걷어내고 눈으로 직접 확인해야 해요."

"그건 안 돼."

"왜요? 우리를 달에 직접 내려다 줄 착륙선이라고요. 만약 달 궤도에 진입해서 문제가 생기면, 그때는 어떻게 하죠? 문제가 있다면 지금 발견해야 해요. 아직은 귀환할 수 있어요."

서윤의 눈동자가 옅게 흔들리고 있었다.

"서윤아, 네가 뭘 걱정하는지는 잘 알겠는데."

민준이 한숨을 내쉬고는 무중력 공간에서 몸을 일으켰다. 헤엄치듯 팔을 저어 옆으로 다가가더니, 서윤의 어깨에 손을 올렸다.

"우주에 온 이상 불확실성은 운명과도 같은 거야. 모든 의심스러운 일들에 일일이 대응하다 보면 앞으로 나아갈 수가 없어. 지금은 일단 우리 기술진들을 믿고 기다려보자."

"대장님이 그렇게 이야기하시니 참 어색하네요."

발사 과정에서 민준이 보인 공황 증상을 똑똑히 기억하고 있는 서윤이 비꼬듯 말했다.

"그만하고, 인터뷰 준비하자. 주원아, 연결하고 있니?"

민준이 손을 그대로 둔 채 고개를 돌려 주원에게 물었다.

"아, 예. 내부 카메라는 아까 전부터 켜져 있어서요. 그냥 영상통신 채널 주파수만 입력하고 기다리고 있어요."

주원이 좌석에 앉아 멀뚱히 두 사람을 쳐다보며 답했다.

"좋아, 이제 3분 남았어. 아무런 일 없었다는 듯이 웃어 보이기만 하면 돼."

민준이 서윤의 어깨를 살짝 당기며 좌석으로 몸을 옮겼다.

*   *   *

"한울 1호 영상 신호 들어왔습니다."

핑크색 재킷으로 갈아입은 채민서 앵커가 KBN 뉴스 룸 데스크에 단독으로 앉아 있었다.

"카운트다운 시작합니다. 10, 9, 8……."

민서가 담당 피디의 목소리에 맞춰 카메라 렌즈를 응시했다. 이윽고 프롬프터에 숫자가 떠오르더니 카메라의 붉은 등이 켜졌다.

"국민 여러분 안녕하십니까. 누리 14호 로켓이 발사된 지 1시간이 조금 지났습니다. 누리 14호 로켓에 탑재된 한울 우주선은 성공적으로 지구 궤도에 진입했으며 현재는 대한민국 상공 위를 지나고 있습니다. 그럼, 대한민국의 첫 유인 달 탐사를 책임지고 있는 세 명의 우주인들을 화상으로 연결해서 소감을 들어보도록 하겠습니다."

민서가 멘트를 마치자 잠깐 화면이 흔들리며 신호 수신이 지연됐다. 몇 초도 안 되는 짧은 순간이었지만, 민서는 속에서 땀이 흐르는 것을 느꼈다.

잠시 후, 파란색 우주복을 입은 세 우주인의 얼굴이 뉴스 화면에 등장했다.

"안녕하세요, 반갑습니다. 정민준 대장입니다."

KBN 스튜디오 스크린에 밝게 웃는 민준의 얼굴이 떠올랐다. 짧은 머리 곳곳에 선명한 흰머리, 커다란 눈과 각진 턱, 20대부터 대한민국 최고의 우주인으로 언론에 노출된 민준은 여전히 당당한 모습이었다.

"대장님, 반갑습니다. 국민들 모두 마음을 졸이며 누리 14호 로켓의 발사 과정을 지켜보았는데요. 지금 지구에 계신 건가요? 아니면 우주에 계신 건가요?"

민서가 미소를 띠며 농담 섞인 질문을 던졌다.

"저희는 지금 지표면에서 122킬로미터 높이의 궤도를 날고 있습니다. 국제우주정거장이 보통 400킬로미터 고도에 떠 있는 것에 비하면 조금 낮지요. 그래도 우주는 우주입니다."

민준이 휴대용 중계 카메라의 앵글을 바꾸자, 공중에 둥둥 떠 있는 서윤과 주원의 모습이 나타났다.

"그렇군요. 이서윤 대원님과 김주원 대원님도 반갑습니다."

"예, 반갑습니다."

서윤과 주원이 카메라를 바라보며 답했다.

"지구 저궤도에 성공적으로 오르기는 했지만, 임무는 이제 시작이라고 봐야겠죠?"

"예. 저희는 이 궤도에서 2시간 정도 더 머문 후에, 달로 향하는 변곡점 궤도에서 누리 14호 로켓의 3단 로켓을 점화할 예정입니다. 이후 지구 궤도를 벗어나면 저희가 탑승하고 있는 한울 우주선을 3단 로켓과 완전히 분리하고, 달을 향한 3일 동안의 여정을 진행할 계획입니다."

민준의 인터뷰 화면 옆으로는 지구에서 달로 향하는 궤도 시뮬레이션 영상이 나타나고 있었다.

"말씀 고맙습니다. 가까운 듯 보이지만 멀리 있는 달. 가는 방법도 간단하지가 않군요. 어떻게, 우주인분들 건강 상태는 괜찮습니까?"

"보시다시피 저희는 모두 멀쩡합니다. 고요한 우주의 무중력 공간이 오히려 익숙하다고 할까요."

민준이 카메라를 들어 웃고 있는 서윤과 주원의 얼굴을 비춘 다음, 다시 자신의 모습을 보였다.

"지금 지상파와 유튜브 채널 그리고 온라인으로 이 방송을 보시는 국민이 1,000만 명을 넘어선 것으로 집계되고 있는데요. 평일 낮 시간대임을 고려하면 대단한 수치입니다. 발사 성공을 기원한 국민 여러분께 한 말씀 해주시겠습니까?"

민서가 프롬프터에 떠오른 숫자들을 확인하며 물었다.

"대한민국의 우주개발에 늘 지지를 보내주시는 국민 여러분께 진심으로 감사의 말씀을 드립니다. 이번 한울 유인 달 탐사 프로젝트의 첫 번째 임무는 달 앞면에 건설된 다국적 달 기지 아르테미스에

도착하는 것입니다. 인류는 60년 전 달에 발을 내디뎠으나 다시 발걸음을 뗀 지는 채 10년이 되지 않았습니다. 대한민국의 국민이자 우주인으로서 대한민국이 달에 자국 우주인을 보낸 네 번째 나라가 되는 것에 무한한 자부심과 영광을 느끼고 있습니다. 이제 막 시작이지만, 짧고도 위대한 이 여정을 꼭 성공적으로 마칠 수 있도록 저희 모두 최선을 다하겠습니다."

민준이 담담한 표정으로 준비한 멘트를 유려하게 마쳤다.

"예, 대장님. 좋은 말씀 감사합니다. 지금 한울 우주선을 실은 누리 14호 로켓이 한반도 상공을 지나고 있다고요?"

민서가 질문하자 민준이 한울 우주선의 오른쪽 창으로 카메라를 가져갔다. 구름 한 점 없는 하늘 밑으로 잿빛 한반도의 형상이 카메라의 이동에 따라 천천히 커졌다.

"우리가 만든 우주선에 우리가 길러낸 우주인들이 타고, 우리 머리 위를 지나간다니 참 감격스러운 순간입니다. 그럼 탐사 성공을 기원하며, 다음에 또 인터뷰를 진행하겠습니다. 대장님, 수고 많으셨습니다."

"예, 수고 많으셨습니다."

채 5분도 되지 않아 짧은 인터뷰가 끝났다. 민서는 끝나는 순간까지 긴장을 풀지 않고 날카로운 눈으로 카메라 화면을 응시했다.

　　　　　　　　　　\*　　\*　　\*

"휴, 이게 뭐라고……. 생각보다 더 긴장되네요."

디스플레이에 생중계 신호가 끊겼음을 알리는 메시지가 떠오르자 서윤이 한숨을 내쉬었다.

"나는 20년이 넘었는데도 적응이 안 돼. 1,000만 명이라니, 어휴."

긴장이 풀린 민준이 눈을 지그시 감으며 답했다.

"아무튼 첫 번째 생중계는 잘 마쳤네요. 국민 질문 같은 게 없어서 다행이에요."

서윤은 조금 전의 소동을 잠시 잊은 듯 평온한 얼굴이었다.

"응, 우리가 한반도 상공을 지나는 시간이 짧으니까, 시간을 길게 잡기 어려웠던 거지. 그래도 잘됐어. 우주에서 본 대한민국의 모습을 실시간으로 보여주었으니."

"예, 윗선에서는 또 그런 게 중요하다고 생각하겠죠."

"다들 눈으로 직접 보는 것을 중요시하는 때니까."

민준이 넋두리를 하며 몸을 뉘었다. 그러나 머지않아 나로우주센터의 교신 시도를 알리는 알림음이 울렸다.

"한울 원, 나로. 아리아(Aria) 18을 통해 교신을 시도하고 있습니다. 라디오 확인 바랍니다."

스피커를 통해 들려오는 나로우주센터의 교신음에는 살짝

잡음이 섞여 있었다.

"나로, 잘 들립니다만 통신 신호 강도가 4이고 약간 끊깁니다."

헤드셋을 쓴 주원이 답을 건넸다.

"한울, 중계위성을 무궁화 11로 변경하겠습니다. 강도를 5로 맞춰주세요."

"라저."

잠시 후, '통신 채널 변경 중'이라는 문구와 함께 백색소음이 들려왔다.

"정규 교신인가요?"

"아니, 아직."

민준이 센터디스플레이의 교신 스케줄을 확인하며 말했다.

"한울, 나로. 잘 들립니까?"

"나로, 잘 들립니다."

교신 때마다 들려오던 시찬의 목소리 대신 센터장 세준의 목소리가 들려왔다. 그의 목소리가 들리자마자 민준이 자리로 몸을 던져 헤드셋을 썼다.

"아, 저 김세준입니다."

"아, 예. 센터장님."

"아까 보고하신 사항에 대해서 내부 논의를 거쳤는데요……."

세준은 통신 규칙도 지키지 않고 통화하듯 이야기했다.

"예, CMP 서윤 대원이 보고한 사항 말씀이시죠?"

"맞습니다. 저희 모듈 설계팀하고 제작 엔지니어까지 급히 동원해서 데이터를 쭉 살펴봤어요."

세준이 뜸을 들이자 서윤과 주원의 얼굴에 긴장감이 감돌았다.

"말씀하신 그 소리 있잖아요."

"예."

"그거 근거가 있는 겁니까?"

예상 밖의 질문에 서윤이 맥이 쭉 풀리는 듯 눈을 질끈 감았다.

"그게 무슨 말씀이죠?"

"금속이 찌그러지는 소리를 들었다고 하시는데, 도통 데이터로 확인할 수가 없어요. 혹시나 해서 착륙선 내 마이크까지 다 확인해봤는데 아무 기록도 없고요."

"센터장님, 서윤입니다."

참다못한 서윤이 자신의 의자 등받이에 걸린 헤드셋을 집어 들었다.

"아, 이서윤 대원님."

"제가 분명히 들었습니다. 착륙선 계기반 반대편 아래 지점에서, '찌그덩' 하는 소리를요. 한 번도 아니고 3분가량 간간이 반복되었고요."

"그러니까 그게 데이터로 남아 있지가 않아요."

"착륙선은 현재 스탠바이 상태예요. 그러니 내부 마이크는 작동하지 않을 테고요. 소리가 녹음되지 않는 것이 당연하죠."

서윤이 답답하다는 듯 목소리를 높였다.

"그렇습니까? 아무튼 우리 쪽에서는 아무 이상도 발견할 수 없어서요."

강경한 서윤의 태도에 세준이 조금은 당황한 말투였다.

"예, 그러실 거라 생각했습니다. 그래서 착륙선 정밀 점검을 요청드린 거였습니다. 대시보드 반대편이라 그냥 안쪽 패널을 분리하고 소음이 난 곳만 육안으로 확인하면⋯⋯."

"아니요, 그건 절대 안 돼요."

부드럽던 세준의 목소리가 단호하게 바뀌었다.

"제가 이런 말씀까지는 안 드리려고 했는데⋯⋯. 지금 타고 계신 우주선, 우리가 만든 게 아니지 않습니까?"

"예? 뭐라고요?"

세준의 말에 서윤이 콧방귀를 뀌었다.

"오프 더 레코드로 편하게 말씀드리는 거예요. 우리는 부품 가져와서 조립만 한 거라, 미국 애들 매뉴얼에 없는 행동은 금지되어 있어요. 이거 걔들 허락 없이 분해하면 다 협약 위반이에요."

"센터장님, 방금 하신 말씀은 잘 이해가 되지 않는데요."

서윤은 가까스로 화를 억누르고 있었다.

"착륙선 내부 패널 분리는 훈련을 한 적도 없고요. 굳이 하시겠다고 하면 NASA와 스페이스Y 애들한테 보고를 해야 하는데, 그러려면 우리도 객관적인 데이터가 있어야 하지 않겠습니까? 그냥 '찌그덩' 소리가 났으니 분해를 허락해달라 하면 과학이 아니잖아요, 그건."

대화가 길어진 탓인지 세준의 목소리에 짜증이 조금씩 섞이고 있었다.

"무슨 말씀이신지는 잘 알고 있어요. 그런데 이 우주선은 저희의 생명과도 같은 곳입니다. 3단 로켓을 점화하면서 우주선 전체에 응력이 가해지기 전에 관련 사항을 확인해보았으면 합니다."

"예, 제가 안전한 곳에 있으면서 이래라저래라하는 게 마음에 안 드실 수도 있죠. 하지만 방금 인터뷰하셨잖아요. 1,000만 국민, 아니 5,000만 대한민국 국민이 모두 지켜보고 있습니다. 우리가 확실하지 않은 사항에 집착하기 시작하면 큰 임무를 달성할 수가 없습니다."

세준이 '집착'이라는 단어를 쓰자 서윤이 울컥하는 듯한 표정을 지었다. 눈치챈 민준은 그녀의 헤드셋 버튼을 대신 쥐며 가로막았다.

"센터장님, 잘 알겠습니다. 어쨌든 방금 주신 교신 내용은 조금 이례적인 것 같습니다. 저희가 지금 궤도도 확인해야 해서요. 저희가 보고드린 건은 별문제 없는 것으로 알고 다음 사항 진행하겠습니다."

"예, 대장님. 예정대로 궤도 변경 준비해주세요."

세준이 말을 끝맺기 무섭게 먼저 교신을 끊었다. 센터디스
플레이에 '교신 종료'를 알리는 문구가 떠오르자 서윤이 숨을
크게 들이쉬었다.

"원래 이렇게 격식 없이 대화하나요? 우주에서?"

"뭐, 그럴 때도 있지. 통신 채널에 제한이 있는 것은 아니니까."

민준이 애써 서윤의 시선을 피하며 자리에 몸을 고정시켰다.

"이제 발사한 지 2시간 34분이 지났고, 3단 로켓 점화까지
37분 남았어. 자동 시퀀스이기는 하지만 빠트린 것은 없는지
확인해보자고."

민준이 센터디스플레이 모드를 'NAV'로 바꾸며 말했다.

*　　*　　*

"센터장님, 승무원과 교신할 땐 사전에 저와 반드시 협의
를……."

난데없이 통신 권한을 빼앗긴 시찬이 최대한 화를 억누르며
옆에 선 세준에게 항의했다.

"아, 이시찬 매니저님. 미안하게 됐어요."

세준이 시찬의 명찰을 흘겨보며 얼버무렸다.

"캡콤과의 협의 없는 교신은 중대 규율 위반입니다. 정식 보
고서 작성하겠습니다."

예정에 없던 세준의 행동에 시찬은 불쾌감을 감추지 못했다.

"그래요, 그럼 성재윤 감독관 통해서 내가 결재하는 꼴이겠네요."

세준이 멀리 서 있는 재윤을 흘끔 쳐다보더니, 걸음을 떼 관제실 계단으로 향했다.

"여러분들, 오해하지 마세요. NASA에서 60년 전에 우주인들을 달에 보낼 때 뭘 제일 걱정했는지 아세요?"

세준은 자신에게 시선이 집중된 것을 느끼고 있었다. 그는 관제실 맨 뒤편에 다다를 즈음 멈춰 서서 이어 말했다.

"우주인들이 미치진 않을까. 그 좁은 공간에 갇혀 달까지 가면 정신이 어떻게 될까 봐 걱정했거든. 제일 우려한 점이 그거예요."

그가 손가락으로 자신의 머리를 톡톡 두드렸다.

"그건 어떻게 잴 수 있는 것도 아니잖아요. 그래서 이상 조짐이 보일 때 확실히 대응을 해줘야 해. 안 그래요, 송 대위님?"

그가 콘솔 중간 열에 어색한 자세로 앉아 있는 새 플라이트 서전을 가리키며 물었다.

# 4

## 달로 향하는 길

2031년 07월 19일

"대통령님, 고생 많으셨습니다."

생중계가 끝나자 내내 긴장하던 하진이 표정을 풀고서 윤중에게 조심스레 말했다.

청와대 여민관 집무실에서는 윤중과 하진 두 사람만이 정민준 대장의 인터뷰 생중계를 시청했다. 일정상 과기부 장관과 외교부 장관이 함께 시청할 예정이었지만, 오웬 대통령과의 통화 이후 윤중의 불편한 심기를 느낀 하진이 자리를 축소한 것이었다.

"자네는 항상 성급해. 이제 시작일 뿐이라니까."

윤중이 차분히 텔레비전의 전원을 껐다. 그리고 테이블 위에 놓인 커피잔을 쥔 다음 뜨거운 김이 모락모락 나는 커피를 천천히 들이마셨다.

"정 대장은 별다른 문제 없지?"

"예?"

잠깐의 침묵을 깨고 나온 윤중의 질문에 하진이 순간 당황한 표정을 지었다.

"아까 인터뷰하는 거 보니까 약간 긴장한 것 같던데. 그 친구 또 문제 일으키는 건 아닌가 몰라."

"아, 센터장에게서 별다른 보고는 없었습니다. 아직 우주에 간 지 얼마 되지 않아서……."

하진은 윤중이 무엇을 걱정하는지 누구보다 잘 알고 있었다. 정민준 대장에게 정신적 문제가 있다는 것은 이미 오래전부터 대통령과 하진이 알고 있던 사실이었다. 망상이나 환청 같은 정신병적 증상은 아니었지만, 민준이 때때로 공황발작을 일으킨다는 것을 두 사람은 똑똑히 인지하고 있었다.

3년 전, 대한민국의 첫 유인 우주로켓 누리 10호의 발사에서 민준이 제외된 것도 같은 이유에서였다. 엄밀하게는 우주인으로서의 생명에 종지부를 찍을 수밖에 없는 '흠결'이었지만, 민준이 승승장구할 수 있었던 것은 바로 대통령 윤중의 결단 덕분이었다.

"김세준한테 다른 연락은 없었고?"

"예, 아직 따로 보고 받은 바는 없습니다."

"또 누가 알고 있지?"

"무엇을 말씀입니까……?"

하진은 대통령이 무엇을 원하는지 알면서도 애써 모르는 척을 했다.

"정 대장이 메디컬 테스트 통과 못 한 거 말이야. 적어도 최종 결정권자인 김세준하고 담당 의사는 알고 있을 거 아니야."

"아, 지금 담당 의사는 송윤민 대위라고 작년에 비행군의관 선발된 친구인데, 믿을 만한 녀석입니다."

"이전 담당은 자꾸 들쑤시려고 했다고?"

"예. 안 그래도 그 부분이 우려가 되어서 확실히 입막음했습니다. 이번 송 대위는 동기가 확실합니다. 사관학교 출신이 아닌 데다 사다리를 오르고자 하는 욕구가 아주 강한 친구여서……."

"그래, 어쨌든 알려져서 좋을 것은 없으니까."

윤중이 커피잔을 내려놓으며 자리에서 일어났다.

"기자회견은 아직 1시간 남았습니다."

"알고 있어. 그냥 다시 산책이나 좀 하려고."

윤중은 곧바로 나가지 않고 무언가를 찾으려는 듯 주머니에 손을 넣어 더듬었다.

"제가 뭐 도와드릴 거라도."

"아니야, 나가 있어. 기자회견 준비나 하고 있으라고."

"아, 알겠습니다."

갑작스레 날카로워진 윤중의 시선에 하진이 90도로 허리를 숙인 다음 집무실을 나섰다.

하진이 나간 것을 확인한 윤중이 양복 상의가 걸려 있는 의자를 향해 빠른 걸음으로 걸어갔다. 그리고 상의 안쪽 주머니에서 작은 약통을 꺼낸 뒤, 서둘러 약 한 알을 손바닥에 털어 놓았다.

* * *

"한울 원, 나로. 3단 로켓 점화까지 6분 49초 남았습니다. 모든 계기 상태 양호합니다."

"라저."

선내용 우주복을 입고 사령선 조종석에 앉은 민준과 서윤 그리고 주원이 자세를 고쳤다. 센터디스플레이에는 지구와 달 사이의 궤도를 나타내는 모식도가 확대되어 있었다.

이륙 직후 지구 저궤도를 두 바퀴 반 선회한 한울 1호 우주선은 잠시 후 지구의 중력권을 벗어나 달로 향하는 천이궤도에 진입할 예정이었다. 이를 위해서는 누리 14호의 3단 로켓이 5분 동안 타오르면서 180톤에 이르는 추력을 마지막으로 제공해야 했다.

"궤도 방위각 양호. 89.97도에서 상승 중."

서윤이 디스플레이에 붉은 점으로 표기된 지점을 똑똑히 쳐다보며 상황을 보고했다.

"별일 없겠죠?"

잠자코 있는 민준에게 서윤이 돌아보며 말했다. 그는 생각에 잠긴 듯 반쯤 눈을 감고 있었다.

"대장님!"

서윤이 목소리를 높이자 민준이 그저 고개를 끄덕였다.

"모든 것은 다 신의 뜻일 뿐이야. 아멘."

민준의 엉뚱한 소리에 주원이 슬쩍 웃음을 터트렸다.

"대장님이 신을 다 찾으시고, 달이 참 멀기는 먼가 보네요."

"저도 처음 들어요."

서윤과 주원이 조금 긴장이 풀린 얼굴로 눈을 맞추며 가벼운 말을 주고받았다. 센터디스플레이의 타이머는 T 마이너스 4분을 지나고 있었다.

"한울 원, 나로. 3단 로켓 산화제 탱크, 연료 탱크 상태 모두 양호합니다. 점화합니다."

"나로, 한울 원. 여기서도 별다른 이상은 없습니다. 예정대로 자동점화 시퀀스 가동 중입니다."

민준이 눈을 떠 디스플레이를 확인하며 답했다.

"대장님, 자꾸 여쭤봐서 죄송한데, 아무튼 별문제 없는 거겠죠?"

서윤이 또 같은 이야기를 꺼내자 민준이 미간을 살짝 찌푸렸다.

"서윤아, 내가 그동안 우주에서 보낸 시간이 만 시간이 넘는데……"

민준이 사령선 창밖으로 넌지시 시선을 옮겼다. 사령선의 전면 윈드실드 너머로 태양 빛을 절반쯤 반사하는 달의 앞면이 모습을 드러내고 있었다.

"이곳은 과학이 지배하는 세상이야. 그저 힘이 작용하면 그에 따라 앞으로 날아갈 뿐이지."

그가 자신의 태블릿에 붙어 있던 전자펜을 떼어내 그대로 앞으로 던졌다. 펜이 천천히 앞으로 날아가더니, 유리창에 부딪힌 다음 공중에서 회전하기 시작했다.

"아직도 착륙선에서의 일이 신경 쓰이는 건 이해해. 그런데 지금까지 별 탈이 없는 걸 보면 괜찮을 거야."

"대장님 대답은 전혀 과학적이지 않군요."

서윤이 가까운 곳에서 회전하고 있는 펜을 집으며 반박했다.

"저는 3단 로켓 점화 과정에서 발생할 스트레스가 우려되는 거예요. 아무래도 응력이 우주선 전체에 집중될 테니까. 그래요, 뭐. 제가 예민하게 반응한 것일 수도 있는데, 정말 우주선 구조에 문제가 있다면 이번 점화 이후에 드러나겠죠."

"너무 고요해서 그래. 이게 막 흔들리기도 해야 정신이 없을 텐데 말이지."

민준이 장난스럽게 의자에서 몸을 앞뒤로 흔들며 답했다.

"대장님!"

서윤은 장난스러운 민준이 마음에 들지 않았는지 고개를 설레설레 저을 뿐이었다.

"한울 원, 나로. 3단 로켓 점화 2분 15초 남았습니다. 로테이션 시작합니다."

CAPCOM 시찬의 신호와 함께 세 사람이 타고 있는 한울 우주선이 스스로의 축을 중심으로 천천히 회전하기 시작했다. 머지않아 발사된 총알처럼 우주선의 회전 속도가 빨라졌다. 어두운 면과 밝은 면을 반반씩 드러낸 달이 점점 더 정신없이 돌아가는 듯 보였다. 어지러움을 느낀 서윤은 눈을 살짝 감았다.

"로테이션 완료. 3단 로켓 점화까지 1분 40초 남았습니다."

더 이상 회전 각속도가 늘어나지 않자 어지럼증이 가라앉았는지 서윤이 다시 눈을 떴다. 한울 우주선 외부에 설치된 질소 추진로켓을 통해 회전 속도를 높이던 사령선은 이제 초당 3회의 속도를 유지하며 더 이상 빨라지지 않았다. 이는 궤도 천이 과정에서의 직진성을 높일 뿐 아니라, 뜨거운 태양 빛에 의해 우주선의 한 면이 과도하게 뜨거워지지 않도록 하는 조치였다.

"어휴, 저는 도저히 창밖을 못 보겠네요."

"천이궤도에 완전히 진입하고 나면 회전 속도를 10분의 1로

줄일 거야. 조금만 참으라고."

민준은 미동도 하지 않고 계속해서 디스플레이와 창밖을 번갈아 살폈다.

"한울 원, 나로. 카운트다운 들어갑니다. 20초, 19초……."

헤드셋을 통해 시찬의 목소리가 들려왔다. 민준은 눈도 깜박이지 않고 더욱더 집중해 정면을 주시했다.

"10초, 9초, 8초……."

"긴장하지 마. 예상보다 충격이 덜할 테니까."

"3초, 2초, 1초…… 점화!"

시찬의 사인에 맞추어 누리 14호의 3단 로켓 엔진이 점화됐다. 중력 가속도에 맞먹는 수준의 가속도가 세 사람의 몸을 등받이에 바짝 붙였다.

"한울 원, 나로. 추력 상황 좋습니다. 궤도와 유도(guidance) 모두 정상입니다. 로켓 상태도 양호합니다."

헤드셋 너머로 들려오는 시찬의 목소리에도 긴장이 묻어 있었다.

"한울 원, 나로입니다. 추력 컷오프까지 2분 20초 정도 남았습니다. 모든 것이 양호합니다."

"라저."

민준의 얼굴 또한 약간 상기되어 있었다.

"한울 원, 나로. EMS(Entry Monitoring System: 궤도의 진입 정도를 감

시하는 장비) 값을 4.1 플러스해주세요."

"라저. EMS 값 플러스 4.1."

가속도 덕에 무거워진 팔을 겨우 뻗으며 민준이 센터디스플레이에 값을 입력했다. 빠르게 회전하는 한울 우주선의 측면 창으로 들어오는 햇빛이 마치 무대 조명처럼 우주선 안을 훑고 있었다.

"한울 원, 나로. 로켓 컷오프 준비."

이윽고 시찬이 다시 사인을 보내왔다.

"4초, 3초, 2초, 1초…… 컷오프!"

시찬의 외침에 따라 우주선 전체를 울리던 소음이 일순간에 사라졌다. 갑작스레 고요해진 탓에 창 너머에서 빙글빙글 돌아가는 달의 모습만이 세 우주인의 이목을 끌었다.

민준의 디스플레이에 지구의 중력권을 벗어나 달로 향하는 한울 우주선의 아이콘이 떠올랐다.

"나로우주센터, 한울 원. 궤도 진입 완료 확인했습니다. 수고 많으셨습니다."

"라저. 아주 좋습니다. 궤도 오차도 0.01퍼센트 미만이에요. 예상했던 것보다 훨씬 훌륭합니다."

"미국 녀석들 생각보다 훨씬 더 훌륭하군."

시찬의 교신을 들은 민준이 모처럼 활짝 미소를 지으며 왼손으로 꼭 쥐고 있던 조종간에서 손을 뗐다.

"수고 많으셨어요. 이제 정말 가는군요."

"거봐. 내가 아무런 문제 없을 거라고 했지?"

벨트의 버클을 푼 민준이 서윤과 손바닥을 마주치며 소리 없이 빙긋이 웃었다.

"예, 로켓도 안정적으로 점화되었고, 궤도 진입에도 아무런 무리가 없었네요. 괜히 저 혼자 오버한 것 같아서……."

서윤이 아랫입술을 살짝 깨물며 주원을 흘긋 보았다.

"아니, 아주 훌륭해. 그 정도면."

민준이 의자에서 몸을 떼어 사령선의 전면 윈드실드로 바싹 다가갔다.

"언론에 나오는 우주인들은 늘 인자하고 이성적인 것처럼 보이지."

그의 눈동자에 번쩍이는 달의 음영이 반사됐다.

"그건 그들이 철저하게 통제 가능한 환경에 있기 때문일 뿐이야."

그는 뺑글뺑글 돌아가는 달의 윤곽에 매료되고 있었다.

"이 작은 공간에서 텅 빈 우주 공간만을 내다보며 몇 개월을 보내는데 미치지 않는다면……."

곧 눈을 질끈 감으며 그가 양손으로 윈드실드를 밀어냈다.

"그야말로 제정신이 아니라는 뜻이지."

　　　　　＊　　＊　　＊

"현재 한울 우주선이 지구 궤도를 떠나 달로 향하는 천이궤도에 진입했다는 소식입니다. 김리아 기자."

"저는 지금 나로우주센터 발사관제실에 나와 있습니다. 궤도 변경 성공 순간의 기쁨이 아직도 이곳에 생생히 남아 있습니다."

카메라가 앵글을 바꿔 주변을 비췄다. 앞뒤로 악수를 주고받는 관제실 직원들의 모습이 나타났다.

"예, 그럼 달로 향하는 여정에서 가장 큰 고비는 넘겼다고 보면 될까요?"

"그렇습니다. 아직 누리 14호의 3단 로켓에서 한울 우주선을 분리하는 작업이 남아 있지만, 이는 로켓 점화와 달리 위험 요인이 없는 과정입니다. 이제 70시간의 비행을 거쳐 대한민국 최초의 유인 달 탐사선이 달 궤도에 진입할 예정입니다."

"누리 14호 로켓이 발사된 지 약 3시간 40분 만에 성공적인 소식을 듣게 되었군요. 나로우주센터 김세준 센터장의 말씀 들어보시겠습니다."

다시 화면이 발사관제실로 바뀌었다. 김리아 기자 옆에는 김세준 센터장이 여유로운 얼굴로 서 있었다.

"센터장님, 안녕하세요. 바쁘신 중에 감사합니다."

"아직 많은 과정이 남아 있지만 한울 우주선의 성공 소식을 전하게 되어 대단히 기쁜 마음입니다."

세준이 자연스럽게 카메라와 리아를 번갈아 보며 말했다.

"3단 로켓의 점화와 지구 궤도 이탈. 어떻게 보면 이 과정이 가장 고비가 될 수 있었다고요?"

"예, 사실 지구에서 로켓을 발사해서 우주로 향하는 과정은 그동안 우리가 여러 차례 경험했던 일입니다. 하지만 극저온의 우주 환경에서 수 시간 동안 노출된 우주선이 액체연료로켓을 다시 가동하고, 또 지구 궤도 바깥으로 이동하는 것은 대한민국 우주개발 역사상 처음 있는 일입니다."

"사람을 태우고는 처음이란 말씀이시죠?"

"물론 그렇습니다."

리아가 작년에 성공적으로 진행된 무인 달 탐사선 발사를 상기시켰다.

"무인 탐사선과 유인 탐사선은 어떻게 보면 기계적으로 동일한 것 같지만, 내막을 들여다보면 전혀 다릅니다. 우주선 안에 사람이 타고 있다는 것만으로도 많은 변수가 생길 수 있거든요."

"아, 그런가요? 얼핏 생각하기에는 사람이 타고 있으면 훨씬 더 안전하고 또 돌발 상황에 잘 대처할 수 있을 것 같은데요."

"맞는 말씀입니다. 하지만 우주인들이 탑승함으로써 생기는 여러 부수적인 기계들의 작동과 그것을 준비하는 과정에서 우주인들과 직원들이 겪는 심리적 압박감, 이런 것들도 무시할 수 없는 요소입니다."

"'휴먼 에러'의 가능성을 말씀하시는 건가요?"

리아가 대본에 없는 내용을 질문하자 세준의 표정이 순간 살짝 일그러졌다.

"그 용어는 적절하지 않은 것 같습니다. 아무튼, 곧 세계에서 네 번째로 인간을 태운 우주선을 달로 보내는 국가가 될 텐데, 첫 단추를 성공적으로 끼워 자랑스럽게……."

스튜디오에서 리아의 인터뷰를 보던 민서 또한 세준처럼 표정을 구겼다. 무언가 탐탁지 않다는 듯이.

* * *

"한울 원, 나로. 현재 궤도 속도 초속 11.17킬로미터입니다."

"나로, 확인했습니다."

한울 우주선은 달을 향해 총알처럼 날아갔다. 세 우주인은 그 안에서 여전히 디스플레이를 주시하고 있었다.

"한울 원, 잠시 후에 3단 로켓 분리 작업을 진행하겠습니다."

"라저. 준비됐습니다."

3단으로 구성된 누리 14호 로켓은 과거 미국의 달 탐사 프로젝트에 사용된 새턴V 로켓과 비슷하게 구성됐다. 가장 큰 부피를 차지하는 1단과 2단 로켓은 지구 궤도 진입 과정에서 모두 분리되었고, 마지막 3단 로켓은 그 속에 탑재된 한울 우주선을 달로 향하게 하는 역할을 수행했다. 그리고 로켓이 제 임무를 모두 마친 지금, 한울 우주선은 자신을 둘러싼 3단 로켓의 페어링을 분리하고 온전히 혼자의 힘으로 날아갈 준비를 하고 있었다.

"나로, 한울 원. 3단 로켓 분리 전에 회전 각속도를 줄이겠습니다."

태양열에 달궈지는 것을 막기 위해 3단 로켓은 여전히 초당 3회씩 자전하고 있었다. 로켓이 태양을 바라볼 때마다 창틀의 그림자가 민준의 얼굴을 빠르게 스쳤다.

"한울 원, 나로. 분리 전에 초당 0.05회까지 속도를 늦춰주세요. 분리가 되면 초당 0.03회로 유지합니다."

"라저."

"휴, 한결 낫겠군요."

어지러움은 조금 가라앉았지만, 태양이 무대 조명처럼 반짝이는 탓에 서윤은 아직까지 정신이 없었다.

"그러게. 이런 것까지는 시뮬레이터가 재현하지 못하니까."

"거짓말 좀 보태서 누가 최면을 걸고 있는 것 같아요. 우주인 정신력 아니면 스르르 잠들 수도 있겠는데요."

서윤이 정면 윈드실드 너머로 빠르게 회전하는 반달을 보며 말했다.

"그러니까 계속 보지 마. 좀 있으면 나아질 거야."

민준이 서윤의 시선을 따라 슬쩍 창밖을 본 다음, 다시 디스플레이에 떠오른 계기 화면에 집중했다.

"나로, 회전 속도를 줄이겠습니다. 이후 초당 0.05회에 도달하면 바로 페어링 분리 개시합니다."

"한울 원, 좋습니다."

3단 로켓을 분리하는 시점은 로켓 엔진 점화만큼 엄격한 기준이 있는 것이 아니었기에, 민준이 수동으로 버튼을 누를 예정이었다. 그가 디스플레이를 몇 차례 터치하자 이윽고 '개시'를 나타내는 버튼이 붉은색으로 깜박였다.

"나로, 한울 원. 회전 속도 감속 개시."

깜박이던 민준이 버튼을 눌렀다. 곧장 사령선 외부에서 회전 반대 방향으로 질소추진제가 뿜어져 나왔다.

"0.07, 0.06……."

갑작스레 회전 속도가 줄어들었고 세 사람의 몸이 한쪽으로 깊이 쏠렸다.

"0.05!"

민준이 버튼에서 손을 떼자 우주선 전체가 덜컹거렸다. 감속을 멈춘 우주선은 이내 일정한 속도로 회전했다.

"나로, 0.05회 도달했습니다. 3단 로켓 페어링 분리합니다."

"한울 원, 진행하세요."

시찬의 지시에 따라 민준이 다시 한번 '승인' 버튼을 눌렀다. 그러자 작은 폭약음과 함께 3단 로켓 앞부분이 절반으로 갈라지더니, 한울 우주선을 감싸고 있던 페어링 두 개가 양쪽으로 벌어졌다. 그리고 그 밑에 위치한 액체로켓 엔진이 연달아 떨어져 나가기 시작했다.

"페어링 분리 완료!"

외부 카메라 화면에는 순식간에 분리된 3단 로켓이 천천히 멀어지는 모습이 나타났다.

"한울 원, 페어링 분리 확인했습니다."

시찬의 마이크 너머로 관제실 직원들의 박수 소리가 들려오고 있었다.

"나로, 페어링 분리 성공했습니다. 아무 이상 없습니다."

민준이 디스플레이를 쓸어 넘기며 각종 계기 수치들을 확인했다.

"한울 원, 수고 많으셨습니다. 이제 가벼운 마음으로 달로 가시기를 바랍니다."

교신을 마친 민준이 그제야 안도하며 머리를 등받이에 기댔다. 페어링 분리에 이어 우주선의 회전수가 20초에 한 번으로 줄어들었다. 덕분에 사정없이 빗발치던 태양의 빛도 잔잔해졌다.

"자, 이제 70시간 동안 뭐 하죠?"

서윤이 장난스러운 표정으로 벨트를 풀었다.

"일단 밥부터 좀 먹어야지. 벌써 12시간째 아무것도 못 먹었다고."

"그러게요. 그러고 보니 배고픈 줄도 모르고 있었어요."

주원이 공중으로 몸을 띄운 다음 사령선 뒤편에 있는 식량 보관함으로 향했다.

"오늘 식사는 뭐지?"

민준이 고개만 돌려 주원에게 물었다.

"김치오믈렛이요."

주원이 보관함을 열고 작은 레토르트(retort) 식품을 꺼냈다.

"다른 거는?"

"치킨콩소메와 치즈닭고기볶음밥 그리고 달걀스크램블이 있어요."

주원이 보관함 안쪽을 뒤적이며 갖가지 메뉴를 읊었다.

"그래, 아르테미스 기지에 가면 그보다 좀 나은 걸 먹을 수 있겠지?"

민준이 주원을 향해 손을 뻗으며 가볍게 웃어 보였다.


*　　*　　*


"다들 수고 많으셨습니다."

발사관제실 제일 뒤편에 서 있던 성재윤이 홀로 박수를 크게 치며 말했다.

"예, 감독관님도 수고 많으셨습니다."

"다들 며칠 동안 잠도 못 잤을 텐데, 가장 큰 고비는 잘 넘겼습니다. 지금부터는 관제실 운용을 대기 상태로 전환합니다. 필수 인력을 제외하고는 3교대로 근무 시작해주세요."

재윤의 지시에 콘솔에 앉아 있던 직원들이 분주하게 자리를 정리하기 시작했다. 관제실 앞 대형 스크린에는 지구 궤도를 떠나 달로 향하고 있는 한울 우주선의 위치가 실시간으로 업데이트되고 있었다.

"감독관님도 좀 들어가서 쉬시죠?"

CAPCOM 시찬이 무선 헤드셋을 그대로 목에 걸고서 계단을 올랐다.

"먼저 들어가. 나는 조금 더 있다 갈게."

재윤은 팔짱을 낀 채 계속해서 스크린을 바라보고 있었다.

"예. 아, 그리고 아까 센터장님 건 말이에요."

재윤을 지나친 시찬이 다시 계단을 내려오며 말했다.

"너 설마."

"보고서 작성해서 오늘 저녁까지 보내드릴게요. 결재해주세요."

"야, 그냥 넘어가. 그게 뭐 대수라고."

"아니요. 저는 정식 절차대로 할 거예요."

"센터장님 말 못 들었어? 어차피 그거 최종 결재 라인이 센터장이야."

"알아요. 저도."

"아직 달에 착륙도 안 했고 다들 민감한 시기인데, 굳이 그렇게 해야겠어? 네가 승무원 통신 담당이잖아. 대외적으로 여기서 제일 중요한 사람은 너라고."

"예, 그럼요."

시찬이 건성으로 대꾸하며 고개를 숙였다.

"급하니까 그렇게 했겠지. 이제 센터장도 승승장구할 텐데 괜히 밉보일 필요는 없잖아."

"밉보이려고 그러는 거 아니에요."

시찬이 슬쩍 웃어 보이며 고개를 들었다.

"승무원들하고 통신하는 거, 그냥 허투루 하는 거 아니에요. 그들 심리 파악하고 자극하지 않으려고 저도 몇 개월 동안 교육받으면서 준비했다고요."

"그걸 누가 몰라?"

"모르는 것 같던데요. 아까처럼 그렇게 갑자기 끼어들어서 막무가내로 교신하는 걸, 저는 용납할 수 없어요. 이건 제 일을 무시한 거고 제 자부심을 건드린 거라고요."

"아니, 무슨 가수가 마이크 뺏긴 것도 아니고……."

"아무튼, 보고서는 정식 포맷으로 작성해서 올릴게요. 결재해주세요."

시찬이 재윤과 눈을 마주치고는 그대로 관제실 출입문을 향해 걸어갔다. 그런 시찬의 뒷모습을 바라보는 재윤은 지그시 머리를 싸맸다. 하지만 승무원들의 심리적 안정을 위해 CAPCOM의 역할이 중요하다는 것은 당연했으므로 더 이상 그를 말릴 수는 없었다.

* * *

"나는 잠시 눈 좀 붙일게."

제대로 된 식사라고 하기엔 부족했지만, 배부름을 느끼는 데에는 충분했다. 제일 먼저 식사를 마친 민준이 한울 우주선의 사령선 뒤편에 마련된 간이침대로 몸을 옮겼다.

"예, 정규 교신은 1시간 30분 후에 있습니다. 그때까지만 주무세요."

서윤이 민준의 자리로 옮겨 가며 어깨 너머로 말했다. 한 사람이 눕기에도 비좁은 공간에 몸을 집어넣은 민준이 간이침대 양옆에 달린 벨트로 몸을 고정했다.

"그래. 저놈의 태양만 아니어도 숙면을 취할 수 있을 텐데."

민준이 침대 포켓에서 수면안대를 꺼내더니 양쪽 눈을 가렸다. 하지만 햇빛은 완전히 가려지지 않고 안대 틈새로 새어 들어와 그를 여전히 성가시게 했다.

"주원이는 착륙선에 내려가 있어야지."

달까지 향하는 3일 동안 세 명의 우주인은 3교대로 근무해야 했다. 한 명은 사령선을 지키고, 다른 한 명은 착륙선에서 근무를 그리고 나머지 한 명은 취침이나 휴식을 취하는 것이 규칙이었다.

"예, 알겠습니다."

LMP(Lunar Module Pilot: 달 착륙선 조종사)가 공식 직함인 주원이 흡족한 표정으로 사령선 바닥의 해치로 향했다.

"저는 내려가서 착륙선 상태 점검하고 있겠습니다."

주원이 해치를 위로 연 다음 사다리를 타고 천천히 내려갔다.

"음악이나 좀 틀어줘."

아직 잠이 들지 않은 민준이 바로 누운 채로 웅얼거렸다.

"예, 이제는 그래도 될 때죠."

서윤이 살짝 웃더니 센터디스플레이에서 '미디어' 관련 탭을 클릭했다. 이어 재생 버튼을 누르자, 사전에 정리해놓은 플레이리스트가 재생되기 시작했다.

"하여간 취향이……."

흘러나오는 노래들이 마음에 들지 않았는지, 서윤이 민준을 돌아보고는 다시 디스플레이에 집중했다.

* * *

주원이 내려간 달 착륙선 모듈은 사령선보다 훨씬 좁았다. 한울 우주선이 달 궤도에 진입한 뒤, 아르테미스 우주기지에 착륙할 때까지만 이용하는 시설이었기에 세 명이 앉을 좌석이 간신히 놓인 너비였다.

제일 가운데 좌석에 앉은 주원이 팔걸이를 들어 조이스틱을 꺼냈다. 그러자 두 개의 21인치 디스플레이에 전원이 들어왔다.

한울 우주선-달 착륙선 모듈
시스템 점검 중

디스플레이에 한국항공우주연구원의 로고와 함께 달 착륙선의 상태를 알리는 로그(log)들이 빠르게 떠올랐다.

"1차 점검 마치고 대기하겠습니다."

주원이 헤드셋을 통해 사령선에 있는 서윤에게 보고했다.

"라저. 여기서도 확인할 수 있으니까 따로 보고하지 않아도 돼."

서윤이 이미 착륙선의 계기 화면을 보고 있는 듯 답했다.

"예, 알겠습니다."

실시간으로 업데이트되는 로그들을 보며 주원이 긴장된 표

정으로 착륙선 내부를 둘러보았다. 각종 아날로그 기기들로 가
득했던 1960년대 아폴로 착륙선에 비할 바는 아니었지만, 온
갖 계기들의 작은 LED 등이 착륙선의 상태를 알리며 여기저
기서 깜박이고 있었다.

48V DC: OK

Atmosphere: 100% oxygen, 4.9psi

APS propellent mass: 4,569kg

이윽고 착륙선의 상태를 알리는 메시지들이 디스플레이에
떠오르자 주원이 시선을 집중하며 수치들을 확인했다.

\* \* \*

"다 괜찮은 것 같네."

"예, 몇 시간 동안 잠들어 있었는데도 역시 멀쩡하네요."

"그럼, 짬밥이 괜히 있는 게 아니야."

한국항공우주연구원에서 형상과 구조를 설계한 사령선과
달리, 한울 우주선의 달 착륙선은 미국의 민간 우주 업체의 제
품을 그대로 카피한 모델이었다. 달에 유인 기지를 건설하는
아르테미스 프로젝트를 위해 제작된 100여 기의 달 착륙선 중

최신 모델 하나를 수천억이 넘는 돈을 주고 가져온 것이었다. 하지만 '달 탐사 우주선 독자 개발'을 최우선으로 내세운 최윤중 대통령은 이러한 사실이 외부로 드러나는 것을 극도로 경계했다. 결국 미국의 달 착륙선 모듈에 국산 소프트웨어와 하드웨어를 결합하면서 발생한 오류들을 해결하느라 유인 탐사선 개발은 3개월가량 지연되기도 했다.

"점검 결과 양호합니다. 이상 무."

이윽고 점검 완료를 알리는 메시지를 확인한 주원이 안도의 한숨을 내쉬며 신호를 보내왔다.

"좋습니다. 어쨌든 거기서 대기하면서 좀 쉬고 있어요."

서윤이 오른쪽 디스플레이를 확인하며 고개를 끄덕일 무렵, 갑자기 가운데 디스플레이에서 작은 경고 메시지가 떠올랐다.


사령선 산화제 탱크 수치 이상

탱크 압력 게이지 확인 요


주황색으로 테두리가 둘린 경고 메시지는 당장 위급한 것은 아니지만 4시간 이내에 확인이 필요하다는 뜻이었다. 서윤이 불길한 마음을 억누르며 메시지를 클릭했다. 디스플레이에 사령선의 산화제와 추진제 탱크의 상세한 내역이 떠올랐다.

산화제 탱크 총 용량: 15,590kg

산화제 탱크 현재 용량: 15,579kg

추진제 탱크 총 용량: 24,490kg

추진제 탱크 현재 용량: 24,490kg

추진제 종류: $MMH/N_2O_4$

 

사령선의 산화제 탱크와 추진제 탱크는 한울 우주선이 달 공전궤도로 진입할 때 사용할 로켓 연료를 보관하고 있는 곳이었다. 한울 우주선 끝에 장착된 한 개의 로켓 노즐을 통해 이 탱크로부터 연료와 산소를 공급받으면 총 35톤의 추력을 낼 수 있었다. 이 힘을 바탕으로 한울 우주선은 지구-달 천이궤도에서 속도를 줄인 다음, 달 공전궤도로 진입할 예정이었다.

서윤이 한울 우주선의 모식도에 나타난 산화제 탱크를 클릭하자 시간에 따른 산화제 탱크 용량 변화가 그래프로 나타났다. 발사 이후 별다른 변화가 없던 산화제 탱크의 용량이 어느 시점부터 미세하게 줄어들고 있는 것이 보였다. 서윤은 얼굴을 찌푸리며 그래프를 확대했다. 누설량은 시간당 수백 그램 미만으로 미미했지만, 분명 그래프는 오른쪽 아래로 향하고 있었다.

"어떻게 된 거지……."

서윤이 의자의 팔걸이를 두드리며 생각에 잠겼다. 그리고는 고개를 돌려 이미 잠이 든 민준을 불렀다.

"대장님! 이리 좀 와보세요."

*　*　*

필수 인력을 제외한 직원들이 모두 빠져나간 관제실 안은 한산했다. 방금까지 진을 치고 있던 언론사 기자들도 모두 카메라를 제자리에 둔 채 자리를 비웠다.

'EECOM(Electrical, Environmental, and Consumables Manager: 우주선의 전기, 환경 등을 감시하는 담당자)' 팻말이 놓인 콘솔 앞에 앉아 있던 박선민 매니저가 짧은 경보음을 듣고는 화면을 주목했다.

사령선 산화제 탱크 수치 이상

선민의 역할은 한울 우주선의 전기 시스템과 생존유지 시스템 그리고 각종 소모품의 수량을 확인하는 것이었다. 사령선의 산화제 탱크와 추진제 탱크의 용량은 엄밀히 말하면 EECOM의 관리 영역이 아니었다.

"이게 뭐지……."

선민이 자리에서 일어나더니 TELMU 팻말이 놓인 자리를 둘러보았다. TELMU 콘솔 앞에는 막 식사를 마친 김지선 매니저가 서 있었다.

"김 매니저님!"

선민이 손을 들어 지선을 부르자 그녀가 흠칫 놀라며 쳐다봤다.

"텔레메트리 자료 좀 확인해주세요. 산화제 탱크 수치에 이상이 있다는 메시지가 왔어요."

"뭐라고?"

선민의 말에 놀란 지선이 허둥지둥 자리에 앉았다. 지금은 액체연료로켓의 가동을 준비하거나 사용하는 단계가 아니기 때문에 산화제 탱크와 추진제 탱크 용량은 주요 체크 사항이 아니었다. 영하 200도 이하를 유지해야만 하는 두 탱크에 극저온의 우주 환경은 오히려 유리한 조건이었기에, 발사관제실의 직원들도 큰 관심을 두지 않고 있었다.

콘솔을 조작한 지선이 빠르게 한울 우주선의 텔레메트리 자료들을 불러왔다.

"다 로딩했어요. 그쪽으로 넘겨줄게요."

"아, 저도 잘 몰라서요. 매니저님이 확인해보셔야 할 것 같은데요?"

"제가?"

각자의 역할이 명확하게 구분된 발사관제실에서 예상치 못한 업무가 생겼을 때 흔히 발생하는 '일 떠넘기기'가 생겨나고 있었다.

"추진제는 발사팀에서 맡아야 하는 거 아니야? 어디 갔지?"

이미 누리 14호의 로켓 발사가 끝난 상황이었기에 '부스터 시스템 엔지니어' 콘솔 자리는 비어 있었다.

"한울 우주선 문제니까 이건 매니저님이 봐주셔야 할 것 같아요."

"나는 텔레메트리 자료하고 승무원들 관련된 생체정보 전문이잖아. 이건 발사팀이 맞는 것 같은데."

"아니, 그럼……."

몇 차례의 떠넘김 끝에 자료를 전달받은 선민이 마지못해 산화제 탱크의 구체적인 수치들을 확인했다.

그때, 식사를 마치고 돌아온 성재윤 비행감독관이 어수선한 분위기를 알아차리고는 선민이 있는 EECOM 콘솔로 향했다.

"무슨 일이야?"

"아, 감독관님. 방금 제가 메시지를 하나 받았는데."

당황스러움이 역력한 선민의 표정을 보고 재윤은 사태가 심상치 않음을 직감했다.

"사령선의 산화제 탱크 수치가 이상하다는 연락을 받았어요."

"누구한테서?"

"자동으로 저한테 오류 메시지가 전달된 것 같아요."

"그런데?"

재윤은 이미 콘솔 화면을 보며 마우스를 조작하고 있었다.

"아, 사령선의 추진제 관련 사항은 누가 담당하는지 명확하지가 않아서 논의를 하던 중에⋯⋯."

"말도 안 되는 소리를 하고 있어."

재윤이 불쾌한 기색을 내비치며 화면에 나타난 수치들을 계속해서 확인했다. 이윽고 시간별로 나타난 산화제 탱크 용량을 본 재윤의 얼굴이 점점 굳어갔다.

"이시찬! 시찬이 어디 있어!"

CAPCOM 콘솔 쪽에는 시찬 대신 어린 남자 직원 한 명이 앉아 있었다. 그가 겁먹은 듯 조심스레 손을 들었다.

"시찬이는 어디 갔는데?"

"정규 교신까지 시간이 남았다고 해서, 제가 대신 상황을 보고 있었습니다. 혹여나 비상교신이 들어오면 알려달라고 하셔서⋯⋯."

프로젝트 중간에 투입된 직원이었다. 관련 분야를 전문적으로 공부한 인재였지만 실무 경험이 없어 사실상 인턴에 가까웠다. 재윤은 화를 억누르는 듯 고개를 가로저었다.

"이것들이 발사한 지 얼마나 됐다고⋯⋯. 아주 개판을 치고 있군."

재윤이 성질을 부리며 콘솔 옆에 놓인 고정 마이크를 바짝 세웠다. 그리고는 버튼을 눌러 직접 교신을 시작했다.

"한울 원, 나로우주센터 성재윤입니다. 현재 사령선에서 경고 메시지 뜬 것이 있습니까?"

# 5

## 문제는 늘
## 커지기만을 기다리고 있다

### 2031년 07월 19일

교신을 제일 먼저 들은 것은 주원이었다. 서윤이 좀처럼 일어나지 않는 민준을 깨우기 위해 자리를 떠난 사이, 주원이 착륙선에서 교신 내용을 확인했다.

"성재윤 감독관님, 확인했습니다. 김주원입니다."

"안녕하세요, 김주원 대원님. 방금 저희가 사령선의 추진제 탱크 용량에 변화가 있다는 신호를 받았습니다. 그쪽에서도 확인된 사안입니까?"

"예, 지금 안 그래도……."

주원이 고개를 들어 열린 해치를 통해 사령선을 올려다보았다. 서윤이 아무런 대답이 없자 그가 자리에서 일어나 사령선으로 오르는 사다리로 향했다.

"나로우주센터에서 연락이 왔어요. 산화제 탱크 이상을 알아차렸나 봐요."

주원이 곧장 사령선으로 올라왔다. 민준과 서윤은 어느새 조종석에 앉아 있었다.

"감독관님, 지금 상황을 확인하고 있습니다. 5분 전쯤에 저희 쪽에 레벨 3 경고가 떠서 서윤 대원이 리포트를 했습니다."

재윤이 신경질적으로 누군가를 부르는 소리가 들렸다. 그리고 무언가를 확인하는 듯 잠시 머뭇거렸다.

"예, 저희도 마찬가지입니다. 구체적인 수치가 확인됐나요?"

"예, 지금 그래프를 확인해보니 발사 2시간 30분 후부터 현재까지 산화제 탱크의 용량이⋯⋯."

민준이 디스플레이에 떠 있는 그래프 수치를 면밀히 확인하며 말했다.

"15,590킬로그램에서 15,579킬로그램으로, 11킬로그램 줄어들었습니다."

수치 이상을 확인한 민준의 얼굴이 심상치 않았다.

"알겠습니다. 우선 저희 비행통제관과 엔지니어들이 모여서 관련 사항 확인해보겠습니다. 비상교신 주파수 111.2메가헤르츠(MHz)를 유지해주십시오. 이상."

"저희도 상황 확인하겠습니다."

교신을 마친 민준이 눈도 깜박이지 않은 채 수치들을 마저 살폈다.

"이거 언제부터 그런 거지?"

"아까 말씀하셨잖아요. 발사 후 2시간 30분부터라고……."

"아니, 경고 메시지가 뜬 거."

"방금요. 주원이가 착륙선에서 점검 절차 진행하고 제가 사령선에서 계기 화면 보자마자 메시지가 떴어요."

"레벨 3였고."

"예."

한울 우주선의 경고체계는 3단계로 분류되어 있었는데, 그중 레벨 3는 가장 낮은 단계로 즉각적인 조치가 필요하지는 않지만 정밀 점검이 필요한 상황을 의미했다.

"궤도하고 속도는?"

"현재 지구와의 상대 속도는 초속 11.65킬로미터, 거리는 46,000킬로미터가량 떨어져 있습니다."

"정상이라는 말이지?"

"예, 예상 궤도와 속도에서 오차 0.01퍼센트 미만입니다."

"오케이."

민준이 다시 세 개의 디스플레이를 번갈아 확인했다. 맨 왼쪽 디스플레이의 궤도 화면에는 지구에서 달로 향하는 전체 궤도가 실시간으로 업데이트되고 있었다.

"자, 일단 나로우주센터도 뭔지 모르는 거 같으니까 우리끼리 생각해봅시다."

홀로 고개를 끄덕이던 민준이 몸을 일으켰다.

"2시간 전부터 산화제 탱크의 무게가 줄어들고 있다. 시간당 5킬로그램 정도고. 산화제 누설 경보가 울리지 않은 것을 보면, 연료 라인이나 터보펌프 라인에서 흘러나오는 것은 아니라는 이야기겠지."

"예, 그쪽에는 센서가 수십 개도 넘게 깔려 있어요. 산화제가 단 10그램만 누설되었어도 레벨 1 경보가 울렸을 거예요."

서윤이 자신의 태블릿에서 비상대응매뉴얼 파일을 오픈하며 설명했다.

"이외의 가능성은?"

"우리 우주선의 산화제 탱크는 외피와 맞닿아 있어요. 우주선의 껍질이 곧 탱크의 외벽인 셈이죠. 따라서 연료 라인이나 펌프 라인 이외의 곳에서 산화제가 새어 나갈 틈은 없어요."

미국 스페이스Y의 최신 공학 기술이 적용된 한울 우주선은 '외피-탱크 일체형' 기술을 채택한 모델이었다. 기존의 액체연료로켓들이 연료를 보관하기 위한 탱크와 로켓의 외형을 유지하기 위한 금속 외벽을 별도로 두었던 것과 달리, 한울 우주선은 하나의 금속판으로 연료를 보관하고 로켓의 구조를 유지했다. '외피-탱크 일체형' 기술은 단 1그램의 무게를 운반하는 데도 수백억 원이 필요한 화성까지의 여행을 고려한 것으로, 우주선의 무게를 크게 줄이면서 운동성을 높이려는 목적으로 고안된 것이었다.

"그렇지. 완전하게 밀봉되어 있으니까."

서윤의 말을 들은 민준이 생각에 잠겼다.

"온도 센서 이상은 아닐까요? 어차피 연료 무게를 직접 재는 것은 아니니까요. 탱크 내부의 온도·압력 센서가 미세하게 오작동하면서 연료 무게가 잘못 계산되었을 수도 있어요."

주원의 추리에 서윤이 고개를 끄덕였다.

"아니, 그럴 가능성은 없어."

하지만 민준은 단호하게 고개를 가로저었다.

"왜죠?"

"이 그래프를 봐봐. 기울기가 크지 않지만 계속해서 하강하는 추세잖아. 단순 센서 오류였다면 수치가 들쭉날쭉하거나 한번 떨어진 다음 일정값을 유지했겠지."

민준의 추리에 서윤이 아랫입술을 살짝 깨물었다.

"그럼 진짜 연료가 어디선가 새고 있다는 말인가요?"

서윤의 표정이 점점 심각해졌다. 단순히 센서의 고장이나 이상이라면 달까지의 임무를 중단할 필요 없이 자체적으로 보정값을 입력하면 될 일이었다. 하지만 실제로 연료가 미세하게 새어 나오고 있다면 그것은 임무 중단을 고려해야 할 만큼 심각한 문제일 수 있었다.

"일단 궤도 유지하고 있으니까 너무 걱정 말고, 나로우주센터 의견 기다려봅시다."

몇 초 동안 침묵을 지키던 민준이 의미심장한 표정으로 두 사람을 번갈아 보았다.

* * *

나로우주센터 발사관제실은 이미 엔지니어와 직원들로 가득 차 있었다.

"방금 말씀드린 것처럼 기자분들은 잠시 나가주십시오."

재윤이 연단 위에 올라 마이크를 들고 외쳤다. 기자들을 자극하지 않으면서 내보내기 위해 진땀을 빼고 있었다.

"예정된 정규 교신 취재는 어떡합니까?"

"한울 우주선에 무슨 일이 생겼나요?"

몇몇 기자들이 지시를 따르지 않고 물고 늘어졌다.

"아니요, 절대 그런 것이 아닙니다. 이번 유인 달 탐사는 국제 공조를 통해 이루어지기 때문에 진행 과정에 기밀이 많습니다. 이미 취재 협약 하실 때 저희가 다 설명드린 내용입니다."

"그렇다고 갑자기 예고도 없이 그러시면 어떡합니까?"

"카메라는 두고 가게 해주세요."

기자들의 불만 섞인 목소리가 계속해서 터져 나왔다.

"자자, 기자분들. 여기 좀 봐주세요."

그때, 김세준 센터장이 관제실의 뒷문을 열고 들어오며 이목을 끌었다.

"여러분들 여기 출입을 허가받으시느라 고생 많이 하신 거 알고 있습니다. 우주 탐사 임무 특성상, 예기치 못한 스케줄이나 공개할 수 없는 것들이 많이 있습니다. 지금은 한울 우주선에 문제가 생겨서 그런 것이 아니고, 저희가 아르테미스 우주기지와 논의할 사항이 있어서 잠시 양해를 부탁드리는 겁니다."

세준이 단호하면서도 힘이 담긴 목소리로 일갈했다. 기자들이 여전히 불만을 토로하면서도 마지못해 장비를 챙겨 나가기 시작했다.

"그럼, 미리 공지를 좀 해주시지 그랬습니까?"

그런데 마지막까지 나가지 않고 남아 있는 이가 있었다.

"이 프로젝트가 워낙 변수가 많은 일이다 보니, 김리아 기자님께서도 이해를 해주시면 좋겠습니다."

관제실 뒤편에 홀로 서 있는 리아를 향해 세준이 천천히 걸어가며 말했다. 공영방송의 기자라는 책임감 때문인지 아니면 그녀의 성격 때문인지, 리아는 물러서지 않고 꼿꼿한 자세를 유지하며 버텼다.

"김리아 기자님, 아까 저희랑 인터뷰도 해주시고 정말 감사하게 생각하고 있습니다. 그런데 지금 저희한테 시간이 많지 않아서……."

세준이 대형 스크린을 훑으며 말끝을 흐렸다.

"예, 생방송 인터뷰는 예정되어 있던 거니까 그렇게 한 것이고요. 기자들을 전부 철수시키려면 납득할 만한 사유라도 말씀을 해주셔야지요."

"아까 말씀드리지 않았습니까. 아르테미스 우주기지에서 임무 관련해서 연락이 왔다고."

세준은 어느덧 인내심의 한계를 보이고 있었다.

"글쎄요. 저도 우주센터 취재를 여러 번 왔지만 이런 경우는 처음이어서요. 보도하지 않는 조건으로 참관하는 것도 안 되겠습니까?"

리아의 제안이 무리라고 생각했는지 그녀의 뒤에 서 있던 KBN의 카메라 기자도 주섬주섬 장비를 정리했다.

세준의 표정이 순간 차갑게 굳었다.

"민간인 참관은 허용할 수 없습니다."

"민간인이라니요? 공영방송의 전문 취재기자입니다. 이번 한울 프로젝트 전담이기도 하고요."

리아가 고개를 꼿꼿이 세우며 세준을 올려다보았다.

"죄송합니다. 더 이상 시간을 드리기가 어려울 것 같습니다."

세준이 실시간으로 이동하고 있는 한울 우주선의 궤도 화면으로 시선을 돌리며 말했다. 궤도 화면 중간에는 귀환불능 지점을 나타내는 붉은색 점선이 깜박이고 있었다.

잠시 뜸을 들였음에도 리아가 미동조차 하지 않자 세준은 카메라 기자 옆으로 바싹 다가갔다. 그리고 직접 밖으로 옮기려 카메라 삼각대를 들었다.

"이거 뭐 하시는 겁니까?"

리아가 목에 핏대를 세우며 항의했다.

"마지막 경고입니다. 지금 나가지 않으시면 보안요원을 불러 강제로 끌어내겠습니다. 나로우주센터는 '가'급 보안시설입니다. 아니, 그중에서도 레벨 A에 해당하는 주요 통제시설임을 모르지는 않으실 테죠?"

세준이 의도적으로 리아를 자극하려 비꼬았다.

"지금 기자를 협박하는 겁니까?"

"협박은 제가 아니라 기자님이 먼저 하신 것 같은데요."

"뭐라고요?"

세준이 서둘러 장비 가방을 들어 관제실 문밖으로 던지듯이 옮겼다. 어리둥절하던 카메라 기자는 어쩔 줄 몰라 하며 제 발로 걸어 나갔다.

"이 기자님!"

리아가 카메라 기자를 부르며 목소리를 높였지만, 그는 머뭇거리다 고개를 살짝 숙이곤 관제실 밖으로 빠져나갔다.

"도대체 무슨 일들을 꾸미는 거야."

어느새 세준이 호출한 보안요원들이 들이닥치자 리아가 난감한 표정을 지었다.

"지금부터는 공권력 집행입니다. 보안시설 무단침입, 소란 및 지시 불이행. 이런 것들이 다 뭘 의미하는지는 잘 아시겠죠? 공영방송의 대표 취재기자님."

세준이 의미심장한 미소를 지으며 팔짱을 낀 채 리아를 내려다보았다.

"좋아요. 하지만 지금 있었던 일은 결코 잊지 않겠습니다. 저녁 뉴스에서 상세 내용 보고 또 말씀하시죠."

"예, 좋은 소식 기대하겠습니다."

반강제적으로 관제실 밖으로 나서는 리아를 보며 세준이 조롱 섞인 인사를 건넸다. 곧이어 두꺼운 관제실 철문이 쿵 하고 닫혔다.

세준은 크게 숨을 들이켜고서 직원들을 둘러보았다.

"자, 시간이 얼마 없어요! 얼른 원인을 찾으세요!"

\* \* \*

"현재 잔량은?"

"15,578킬로그램이요. 1킬로그램 더 줄었습니다."

계기 화면을 보고 있는 서윤의 얼굴이 심각해졌다.

"13분 만에 1킬로그램이라……."

민준이 손목에 찬 디지털시계를 보며 중얼거렸다.

"누출 속도가 일정한 것 같은데요."

"빙고!"

민준이 눈을 감았다 뜨며 외쳤다.

"정확히 언제부터 산화제가 새어 나가기 시작했는지는 모르지만, 누출 속도가 일정한 것은 확실해."

"언제까지 기다려야 하죠?"

"뭘?"

"지금 속도라면 산화제 탱크가 비어버리는 건 시간문제라고요."

서윤이 황당하다는 듯 민준과 주원을 번갈아 보았다.

"모든 공학 제품에는 여유분이라는 게 있으니까."

"예?"

"정확한 것은 나로우주센터에서 계산하겠지만, 누출 속도가 더 빨라지지 않는다는 가정하에 20퍼센트까지 용량이 소실되는 데는 155시간 정도 걸릴 거야."

"6일이 조금 넘는 시간이군요."

"그렇지. 우리가 달에 도착하고도 충분하지."

"하지만 그렇게 낙관적으로 볼 수는 없을 것 같은데요. 산화제 여유분을 20퍼센트나 두진 않았을 것 같아요."

"말이 그렇다는 거지, 뭐."

분명 심각한 위기였지만 민준은 이상하리만큼 태연했다. 아니, 어쩌면 누리 10호 로켓의 폭발 사고를 떠올리지 않기 위해 그의 무의식이 억지로 긍정하고 있는지도 몰랐다.

"무엇보다 언제까지 지금처럼 미미하게 누출될지 알 수 없어요. 갑작스레 탱크가 폭발이라도 하면……."

"그럴 리는 없어."

주원이 이성적으로 이야기했지만 민준은 불편한 듯 감정적으로 말을 끊었다.

"우리가 타고 있는 우주선은 미국과 다국적 우주인들이 50번도 넘게 달을 왕복했던 것과 동일한 제품이야. 특히 연료 탱크와 추진체계는 완전히 같은 것이고. 분명히 핵심 부품의 문제는 아닐 거라……."

"대장님답지 않은 말씀이네요. 방금 주신 의견에는 동의할 수 없어요."

서윤이 민준의 현실 부정을 지적했다.

"한울 원, 나로우주센터입니다. 들리시나요?"

민준이 무언가 항변하려는데, 선내 스피커를 통해 비행감독관 재윤의 목소리가 들려왔다.

"예, 잘 들립니다."

어정쩡하게 몸을 돌려 서윤을 보고 있던 민준이 자세를 고처 잡으며 답했다.

"우선, 우주선의 회전을 멈추는 게 좋겠습니다. 원심력 때문에 산화제가 더 빨리 누설될 수 있다는 의견이 있어서요."

"원인이 파악된 겁니까?"

"아니요. 아직 우리도 시뮬레이터에서 여러 가지 시나리오를 확인 중이에요. 산화제 탱크 제작사인 스페이스Y에도 기술 자문을 요청했습니다."

"우주선 회전을 멈추면, 저 뜨거운 태양열은 어떻게 하죠?"

민준이 창밖을 내다보았다. 천천히 회전하고 있는 우주선 바깥으로 태양이 떠올랐다 지기를 반복하고 있었다. 우주선이 회전을 멈추면 햇빛을 직접 받는 한 면만 가열되고 다른 면은 차갑게 식으면서 문제가 발생할 수 있었다.

"우선은 잠시 동안만입니다. 몇 시간만 정지시키고, 누설량이 얼마나 줄어드는지를 봐야 할 것 같아요."

재윤의 지시를 받은 민준이 잠시 고민에 빠졌다. 우주선의 회전을 멈추는 것은 어려운 일이 아니었지만, 나로우주센터에서 아직 사태를 제대로 파악하지 못했으리라는 걱정 때문이었다.

"예, 알겠습니다. UTC 14시 31분. 한울 우주선의 오토로테이션을 중지합니다."

민준이 디스플레이를 터치하며 '설정' 탭을 조작하기 시작했다. 이윽고 '회전 중단' 버튼을 누르자 창밖으로 질소추진제가 짧게 분사되며 서서히 우주선의 회전 속도가 줄어들었다.

"로테이션 멈췄습니다."

곧 회전이 멈췄다. 사령선의 왼쪽 창으로 태양이 반쯤 걸린 채 뜨거운 빛을 쏘아대는 것이 보였다.

＊　　＊　　＊

"감독관님, 시뮬레이션 1차 결과 나왔습니다."

교신을 마친 재윤의 헤드셋을 통해 EECOM 선민의 목소리가 들려왔다.

"보고해주세요."

선민은 발사관제실 옆 건물에 있는 우주인 훈련센터에 있었다. 그곳에는 한울 우주선과 같은 스펙의 시뮬레이터 두 기가 설치되어 있었다. 사령선 및 착륙선과 동일하게 설계된 시뮬레이터를 이용해 지구에서 달로 향하는 여정을 그대로 재현하는 곳이었다. 하지만 항법 시스템과 조종계통만 구현되어 있을 뿐, 물리적인 액체추진로켓이 있는 것이 아니었기 때문에 사고의 원인을 분명히 파악하는 데는 어려움이 있었다.

"백업 우주인들과 시뮬레이션을 해보았는데, 현재 누설 속도라면 달까지 가는 데는 별다른 문제가 없을 것 같습니다."

"산화제 연료 예비량이 얼마죠?"

"매뉴얼에 따르면 4.5퍼센트입니다. 탑승 당시 우주인들 몸무게와 화물 중량에서 이득이 있어서 조금 더 채웠고, 실제 가용할 수 있는 예비량은 5.1퍼센트입니다. 그러니까 산화제가 5.1퍼센트까지 누출되더라도 안정적으로 달 궤도에 진입한 뒤 착륙할 수 있습니다."

"알겠습니다. 일단 계속해서 시뮬레이션 진행해주세요. 최악의 상황까지 가정해서. 아, 그리고!"

재윤이 무전 교신을 마치려는 찰나 무슨 생각이 떠올랐는지 다시 선민을 호출했다.

"예, 감독관님."

"귀환불능 지점까지는 얼마나 남았죠? 지금 우주선의 속도라면 귀환불능 지점을 지나칠 때까지 얼마의 시간이 있나요?"

"아, 그건……."

재윤의 질문에 선민이 답을 바로 하지 못하고 머뭇거렸다.

"매뉴얼의 귀환불능 지점은 지구로부터 67,000킬로미터 떨어진……."

"매뉴얼, 그놈의 매뉴얼 말고! 지금 상황에 맞는 수치를 보고하세요!"

재윤이 갑작스럽게 성을 내자 관제실 안이 순간 조용해졌다.

"아, 예. 확인해서 다시 말씀드리겠습니다."

선민이 서둘러 교신을 마쳤다. 재윤은 분을 삭이려 천천히 숨을 골랐다.

"자, 다들 주목하세요."

그리고는 양손을 번쩍 들며 관제실 안에 소리쳤다.

"지금은 비상상황입니다. 산화제 누출이 미미하다고 해서 안심하는 것 같은데, 큰 오산입니다. 지금 지구로부터 5만 킬로미터 떨어진 지점을 지나고 있는 한울 우주선은 원래, 절대로, 연료나 산화제가 누출되어서는 안 됩니다. 원인이 무엇인지 모든 방법을 동원해서 파악해야 합니다. 원인을 모르겠으면, 저들을 살려서 다시 지구로 데려올 계획을 세우세요."

재윤의 꾸짖음에 관제실 분위기가 순간 침울해졌다.

"3년 전 실수를 되풀이하면 절대로 안 됩니다. 그때는 우리에게 기회가 없었지만, 지금은 시간이 있어요. 남은 시간을 절대로 허투루 보내선 안 됩니다."

\* \* \*

"대통령님, 어떻게 하는 게 좋을까요?"

김세준 센터장으로부터 상황을 보고받은 비서실장 하진은 대통령 윤중 앞에서 고개를 들지 못하고 있었다. 윤중은 한동안 집무실 의자에 앉은 채 손가락으로 팔걸이를 두드릴 뿐이었다.

"우주선 제작사 애들은 뭐라고 하지?"

"한국항공우주연구원 말입니까?"

"진짜로 한울 우주선 만든 애들 말이야."

"아, 예. 스페이스Y 측에 자문을 요청했다고는 하는데, 한울 우주선의 텔레메트리 자료는 1급 기밀에 속해서 모든 정보를 넘겨받지는 못한 것으로……."

"그걸 지금 말이라고 하는 거야!"

윤중이 갑자기 팔걸이를 내려치며 소리쳤다. 그가 자리에서 일어나자 뒤에 서 있던 강주호 외교부 장관과 오태민 과기부 장관이 몸을 움찔했다.

"오 장관님, 어떻게 된 겁니까? 이런 비상시를 대비해 핫라인 같은 거 하나 준비 안 하셨어요? 예산을 2조 원이나 들여서 우주선 라이선스를 받아 왔는데, 아직까지 을의 자세로 눈치만 보는 겁니까?"

이토록 흥분한 윤중을 본 것은 하진도 처음이었다.

"어떤 상황에서도 연료가 새어서는 안 되는 게 로켓이에요. 이건 공학을 모르는 일반 국민이라도 누구나 아는 겁니다. 그런데 지금 세 명의 한국 우주인이 연료가 새는 로켓에 타고 있습니다. 상황이 어떤지 잘 파악이 안 되세요? 공감이 좀 안 되고 그런 겁니까?"

윤중이 태민 앞으로 걸음을 옮겼다.

"오태민 장관님. 3년 전 누리 10호 로켓 폭발 사고 때 책임자가 어떻게 됐는지 똑똑히 보셨지요?"

윤중의 시선은 고개를 숙인 태민의 정수리를 향하고 있었다.

"저는 이번 사고가 제대로 수습되지 않으면, 반드시 책임자들에게 행정적, 법적 책임을 물을 겁니다. 그 대상이 설령 저라 하더라도 피하지 않겠어요. 그러니 오 장관님께서는……."

고개를 들지 못하는 태민의 얼굴을 보기 위해 윤중이 살짝 무릎을 굽혔다.

"이 우주선을 설계하고 만든 녀석들을 지지고 볶아서라도 사고 원인을 파악하는 게 좋을 겁니다."

"예, 책임지고 확인하겠습니다."

그제야 태민이 자세를 바로 하며 큰소리로 대답했다.

"뭐 하세요, 가서 일하지 않고!"

쭈뼛거리며 서 있는 태민을 노려보며 윤중이 다시 한번 목소리를 높였다. 그제야 태민이 양복 상의에서 휴대전화를 꺼내더니 어디론가 전화를 걸며 집무실 밖으로 나섰다.

"저기, 대통령님."

윤중의 표정은 여전히 상기되어 있었다. 그의 눈치를 보던 하진이 조심스럽게 말을 걸었다. 윤중은 그런 하진에게 천천히 시선을 옮겼다.

"몇 시간 후면, 정규 브리핑과 생중계 인터뷰가 있습니다. 어떻게 하는 것이 좋을까요?"

아직 한울 우주선에 발생한 산화제 누출 사고는 고위직 관료 외에는 누구에게도 알려지지 않은 상황이었다.

"당연히 예정대로 해야지."

"예?"

"예정대로 한다고."

한울 우주선의 달 탐사 프로젝트는 대통령 윤중이 정치 사활을 걸고 있는 것이었다. 3년 전 누리 10호 로켓의 폭발 사고를 수습하는 데 성공했지만, 이번에도 우주인을 잃는다면 그의 정치적 입지는 물론 대한민국의 우주개발은 종말을 맞이할 것이 뻔했다.

"아무 일도 없다는 듯이 해야지. 지금 어디 낌새를 차린 언론사가 있나?"

윤중이 다시 평정심을 되찾으려 양복 상의를 걸쳐 입었다.

"아닙니다. 김세준 센터장이 모든 출입기자단을 내보내고 언론을 통제했습니다. 다만 그 과정에서 한 기자가 유독 말을 듣지 않았다고……."

"누군데?"

윤중의 얼굴이 순간 굳었다.

"아, KBN의 김리아 기자라고 대통령님도 잘 아시는……."

"그 조그만 젊은 친구? 그래, 어디까지 알았다고 하지?"

"사고 관련 내용은 전혀 파악하지 못한 것 같습니다. 그런데도 한울 우주선에 문제가 생긴 것을 직감했는지 나로우주센터와 관계 부서의 담당자들에게 자꾸 연락을 하고 있는 모양입니다."

"거, 기자라는 양반들은 눈치가 없어. 아니, 눈치가 없는 걸 자랑처럼 여기는 것 같단 말이야."

혀를 차던 윤중이 잠시 고민에 빠지는가 싶더니, 품에서 휴대전화를 꺼내 어디론가 전화를 걸었다.

"아, 채민서 기자님."

벨 소리가 두 번 울리기도 전에 상대방이 전화를 받았다.

"곧 생방송 준비하시느라 바쁘실 텐데, 한 가지 부탁 좀 드리려고요."

휴대전화 너머로 민서의 낭창한 목소리가 들려왔다.

"예, 김리아 기자라고, 왜 방송에서 같이 멘트 주고받는 여기자 있죠. 예, 잘 아신다고요?"

윤중의 얼굴에 살짝 미소가 돌았다.

"다음 생중계에서 그 친구를 대신할 사람이 있습니까? 아, 예. 그럼 그렇게 해주십시오."

눈앞에서 펼쳐진 윤중의 어이없는 부탁에 하진의 눈이 휘둥그레졌다.

"대통령님, 지금……."

"왜, 대통령이 언론을 통제하는 것 같아서? 웃기는 소리."

윤중이 대수롭지 않다는 듯이 싱겁게 웃더니, 멍하니 있는 하진을 뒤로하고 문쪽으로 향했다.

"이봐, 정 실장."

그리고는 문 앞에서 멈춰 선 뒤 자신을 뒤따르던 하진의 어깨를 꽉 잡았다.

"문제가 생길 것을 걱정하면, 절대 아무것도 할 수가 없어. 문제는, 그것을 걱정하는 사람에게만 생겨나지."

윤중이 알 수 없는 표정을 짓고는 집무실 문을 박차고 나섰다.

\* \* \*

회전을 멈춘 한울 우주선 안에는 정적만이 감돌았다. 산화제 탱크의 용량이 조금씩 줄어들면서 이따금 경고 메시지가 떠올랐지만, 민준은 무심하게 '확인' 버튼만 반복해서 눌렀다.

"언제까지 기다려야 하죠?"

"지금 얼마나 지났지?"

"오토로테이션 멈추고 17분 지났어요."

"조금 더 기다려보자."

더 이상 선내에서 할 수 있는 것이 없는 지금, 세 사람은 나로우주센터의 분석 결과를 마냥 기다리고 있었다.

"대장님, 저기……."

서윤이 민준의 눈치를 살피며 조심스럽게 입을 열었다.

"왜? 그냥 편하게 말해."

민준은 서윤이 이렇게 머뭇거릴 때마다 어떤 말을 할지 대강 짐작할 수 있었다.

"아직 귀환불능 지점을 지나지 않았는데, 지구로 귀환을 요청하는 것은 어떨까요?"

"……."

서윤의 제안을 들은 민준은 눈도 깜박이지 않고 묵묵부답했다.

보통의 지구-달 탐사에서는 우주선에 문제가 생기면 그대로 달을 반 바퀴 돌아 지구로 귀환하는 방식을 택했다. 1970년, 항해 도중 폭발 사고를 경험한 아폴로 13호가 동일한 방식으로 무사 귀환을 한 사례도 있었다. 하지만 달을 돌아오는 데 필요한 일주일의 시간조차 없을 경우, 로켓을 역분사하여 우주 공간에 멈춘 다음 지구 중력에 이끌려 다시 돌아와야만 했다.

서윤이 말한 '귀한불능 지점'은 지구와 달 사이에서 남은 로켓 연료를 가지고 돌아올 수 있는 마지막 지점을 의미했다. 이곳을 지나고 나면, 어쩔 수 없이 달의 중력에 이끌리며 남은 여정을 이어나가야만 했다.

"진심으로 꺼낸 이야기는 아니지?"

이론적으로 불가능한 것은 아니었지만, 지구와 달의 중력을 이중으로 거슬러야 했기에 경력 있는 우주인들조차 시도할 엄두도 내지 않는 방식이었다.

"아니요, 진심이에요."

"불가능해."

"알아요. 지금 상황에서 하기 어렵다는 거."

"그럼 없었던 일로 하지."

"대장님."

서윤이 민준의 눈을 똑바로 쳐다보며 말했다.

"이대로 기다리기만 하다가는 산화제 탱크가 바닥나고 말 거예요."

"아까 계산해봤잖아. 여유가 있어."

"그건 여유분을 넉넉히 실었을 때의 이야기고요."

"주원아, 나로우주센터에서 산화제하고 연료 최대 여유분 안 알려줬니?"

민준이 서윤의 시선을 애써 피하며 주원에게 물었다.

"예, 아까 질의했는데 아직 답을 주지 않았습니다."

"녀석들도 패닉에 빠진 것 같군."

민준은 눈을 감고 3년 전 누리 10호 로켓의 폭발 직후를 떠올렸다. 모든 것이 순조롭게 진행될 때는 프로답게 이성적인 사람들이 갑작스러운 사고 앞에서 우왕좌왕하기만 하는 걸 민준은 똑똑히 기억했다. 대한민국에서 내로라하는 수재들이 모여 있는 나로우주센터였지만, 그렇기에 위기 상황에 더욱 취약하다는 것을 민준은 뼈저리게 경험했다.

"15분만 더 기다려보자."

"예?"

"15분 안에 그럴듯한 해결책이나 답을 주지 않으면, 우리가 답을 찾아야지."

"그게 무슨 말씀이세요."

민준은 무언가를 결심한 듯 창밖을 빤히 내다보고 있었다.

"네 말이 맞아. 이대로 기다리기만 할 수는 없어."

"대장님, 저는 단지 귀환불능 지점에 대해서……."

"귀환불능 지점이든, 귀환가능 지점이든 우리의 운명은 우리 스스로 결정해야만 해. 5만 킬로미터나 떨어진 곳에 있는 사람들을 너무 믿지 말자고."

민준이 자리에서 몸을 일으키더니 사령선의 뒤편으로 향했다.

\* \* \*

짙은 남색 슈트를 입고 붉은색 넥타이를 한 윤중이 프롬프터의 위치를 확인했다. 브리핑 룸 앞에는 사전에 허가받은 출입기자단 10여 명이 멀찍이 앉아 있었다.

"라이브 시작 10초 전입니다. 9, 8……."

카운트다운이 시작되자 윤중이 안경테를 만지더니 카메라를 응시했다. 곧 라이브가 시작됨을 알리는 신호가 들려왔다.

"국민 여러분 안녕하십니까. 오늘 우리는 세 명의 한국 우주인을 태운 누리 14호 로켓을 성공적으로 발사하였습니다."

윤중의 얼굴에는 긴장감과 당당함이 뒤섞여 드러났다.

"현재 우리 우주인들을 태운 한울 우주선은 지구와 51,000킬로미터 떨어진 우주 공간을 유유히 날아가고 있습니다. 앞으로 66시간을 더 비행하고 나면, 달의 공전궤도에 진입하게 됩니다. 인류가 달에 첫발을 내디딘 지 62년 만에 우리는 우리만의 힘으로 우주인을 달에 보내게 되었습니다."

하진이 브리핑 룸 구석에서 윤중의 발표를 초조하게 들었다. 그는 휴대전화를 왼손에 꼭 쥐고 있었다.

"하지만 이 위대한 여정이 아직 끝이 난 것은 아닙니다. 달은 늘 우리 머리 위에 떠 있지만, 오직 앞면만을 보여줄 뿐, 단 한 번도 자신의 뒷면을 보여준 적이 없습니다."

갑자기 윤중이 프롬프터에 떠오른 것과 다른 내용을 말하자, 하진이 놀란 표정으로 사람들의 반응을 살폈다.

"오직 절반의 모습만을 보여주는 달로 향하는 과정에는 그만큼 놀라운 미스터리와 위험이 도사리고 있을 것입니다. 하지만 우리는 늘 그래왔듯이, 밀접한 국제적 공조와 세계 최고 수준의 우주공학 기술을 이용해 한울 우주선이 무사히 아르테미스 유인 기지에 착륙할 수 있도록 노력하고 또 기원하겠습니다. 세 우주인의 남은 여정이 잘 마무리될 수 있도록 국민 여러분의 성원 부탁드립니다."

윤중이 짧은 모두 발언을 마쳤다. 기자들은 당황한 표정으로 차마 질문을 던지지 못하고 있었다.

"끊어! 안 돼!"

하진이 조그마한 목소리로 기자들의 질문을 막으라는 제스처를 보냈다.

그때, 뉴스 전문 채널의 한 기자가 손을 들었다. 하진은 그녀를 노려보며 무언의 압박을 보냈다.

"예, 원래 질의응답은 나중에 따로 진행할 예정이었지만, 딱 한 분만 질문을 받겠습니다."

긴 생머리를 단정하게 내린 기자가 조심스럽게 마이크를 집어 들었다.

"대통령님 말씀 감사합니다. 아, 국민들은 방금 전의 라이브 방송을 통해 우주인들의 안위를 잘 확인하였습니다. 말씀 중에 달의 앞면과 뒷면을 언급하시면서 위험이 도사리고 있다고 하셨는데, 이 부분이 괜한 오해를 불러일으킬 수 있을 것 같아서요. 혹시 어떤 의미인지 다시 말씀해주실 수 있을까요?"

기자의 질문을 들은 하진이 고개를 푹 숙였다. 윤중의 브리핑 내용과 기자의 질문 내용 모두 사전에 전혀 조율되지 않은 것이었다.

"질문 감사합니다. 제가 괜한 오해를 드렸나요?"

윤중이 편안한 얼굴로 우스갯소리를 하며 잠시 뜸을 들였다.

"많은 국민들이 달을 잘 알고 있다고 생각하시지만, 우리는 지구에서 가장 가까운 천체인 달에 대해 모르는 것이 너무 많습니다. 수십억 년을 지구와 함께해왔는데, 오직 한쪽 면만을 드러내고 있다는 과학적 사실이 흥미로워서 알려드린 것뿐입니다. 미국이 화성 유인 탐사를 본격적으로 준비하는 이때까지 달에도 투자를 아끼지 않고 있는 것은 바로 미지의 세계에 대한 동경 때문 아니겠습니까?"

윤중의 아리송한 대답에 기자가 전혀 만족스럽지 못하다는 표정을 지었다.

"예, 그럼 한울 우주선에 어떤 문제가 생긴 것은 아니라는 말씀이시죠?"

기자가 재차 윤중을 압박했다.

"그럴 리가요. 아까 우주인들 라이브 인터뷰를 통해 다 보시지 않았습니까. 한울 우주선은 예정대로 달 착륙의 임무를 훌륭히 수행할 것입니다."

윤중이 답을 마치자 하진이 다급하게 손을 공중에 빙빙 돌리며 얼른 방송을 끝내라는 압박을 보냈다.

잠시 후 윤중에게 향해 있던 카메라가 브리핑 룸 전체를 비추더니 방송 화면에 한울 우주선 대통령 브리핑이 끝났다는 자막이 떠올랐다. 그리고 곧이어 녹화를 알리는 카메라의 붉은 등이 꺼졌다.

* * *

"감독관님, 스페이스Y에서 회신이 왔습니다!"

적막감이 감돌던 발사관제실 안에 EECOM 선민의 목소리가 울려 퍼졌다. 재윤을 비롯한 직원들이 부리나케 그녀의 콘솔 주위로 몰려들었다. 화면에는 한울 우주선 제작사에서 보내준 이메일의 한 문단이 떠 있었다.

"내용이 뭐죠?"

"예, 여기 회신 내용 밑에 보시면⋯⋯."

선민이 메일 화면을 확대하더니 영어로 적힌 내용을 읽기 시작했다.

"현재로서는 산화제 누출의 원인을 명확히 파악할 수 없음. 텔레메트리 자료를 공유받았으나, 산화제 누출 시점을 특정할 수 있을 뿐 누출 부위를 확인할 수 있는 단서가 없음."

메일 내용을 확인한 재윤이 실망스러운 표정을 내비쳤다.

"이런 중요한 시기에 이메일로 답을 보냈어요? 유선으로 통화한 담당자가 누굽니까?"

"아, 제가 통화를……."

선민이 조심스럽게 손을 들었다.

"스페이스Y 담당자 말이에요. 실시간으로 의견을 주고받아도 시원찮을 판에……."

재윤은 내심 스페이스Y에서 보내올 의견에 의존하고 있었다. 우주선의 추진체계는 하루 이틀에 파악할 수 있는 것이 아니었기에, 그것을 직접 설계하고 만든 이들만이 산화제 누출 지점을 특정할 수 있을 것이란 기대에서였다.

"구체적인 내용은 화상통화로 주고받았습니다. 다만 답변은 공식적인 루트로 제공하기를 원해서……."

"됐고, 담당자한테 연락해서 가능성이 제일 큰 누출 부위를 3순위까지 파악해서 알려달라고 하세요. 일을 못 하는 애들도 아니고, 이런 식의 답변은 우리를 농락하는 거라고요!"

재윤의 목에 핏줄이 바짝 섰다.

"예, 알겠습니다."

선민이 재빠르게 콘솔 옆의 수화기를 집어 들며 답했다.

"시뮬레이션팀! 추가적인 내용 없습니까?"

재윤이 관제실 앞에 걸린 대형 시계를 봤다. UTC 15시 15분을 지나고 있었다.

"죄송합니다. 아직 갱신된 바 없습니다."

"젠장!"

재윤이 욕설을 내뱉으며 순간 이성을 잃었다. 흥분을 가라앉히려 꿋꿋이 애썼지만 역부족이었다.

"내가 아까 지시한 지 40분이 지났어요. 지금 이 순간에도 한울 우주선에서는 산화제가 새어 나가고 있습니다. 1시간 후에는 어떠한 형태로든 방안이 나와야 합니다. 우주인 훈련센터에서는 최악의 경우를 가정해서 지구로 귀환시킬 수 있는 궤도와 수치들을 파악하세요. 발사관제실에서는 계속 스페이스Y와 연락을 취해서 산화제 누출 지점을 반드시 특정해야 합니다."

누리 10호 로켓이 폭발했을 당시에도 재윤은 이토록 흥분한 모습을 보인 적이 없었다. 누구를 탓하지 않고 차분하게 문제를 해결하는 성격 덕에 사고 이후에도 발사관제팀의 수장 자리를 보전할 수 있었다. 하지만 욕설까지 내뱉으며 불안을 그대로 내비치는 지금, 그는 스스로 한계점에 몰렸다는 생각을 하고 있었다.

대형 사고가 일어난 뒤 그것을 수습하는 것보다, 곧 사고가 터질 것을 알면서도 아무런 손도 쓰지 못하는 지금이 그에게는 정신적으로 더 견디기 힘든 순간이었다.

$$* \quad * \quad *$$

"나로, 잘 알겠습니다."

짧은 교신을 마친 민준의 얼굴이 어두웠다.

"너무하는 것 같은데요."

의견을 기다려보자는 입장이었던 민준도 마음이 돌아설 정도로, 나로우주센터에서는 아직까지 어떤 방법도 뚜렷하게 제시하지 못했다.

"현재 산화제 탱크 용량은?"

"15,567킬로그램입니다."

센터디스플레이를 주시하고 있던 주원이 답했다.

"조금 더 빨라진 것 같군."

계산을 하지 않고도 민준은 자신이 기대했던 수치보다 더 낮다는 것을 직감했다.

"더 이상 기다릴 수는 없겠어."

"그럼 어떡하죠?"

민준이 사령선 뒤편으로 이동하더니 캐비닛과 같은 벽의 문을 열었다. 그 안에는 달 착륙 이후에 사용할 하얀색 선외용 우주복과 헬멧 세 기가 들어 있었다.

"다들 이리 와서 이걸 입어."

"예?"

난데없는 민준의 지시에 서윤과 주원의 눈이 휘둥그레졌다.

"지금 뭐라고 하신 거예요?"

"우주복 입으라고."

"아직 그 정도 위기 상황은 아니잖아요."

진공 상태의 우주 환경에서 활동할 수 있는 선외용 우주복은 우주선 탈출이 임박한 비상시에만 착용하게 되어 있었다. 이 옷을 입고 우주선 밖으로 나가는 상황은 매뉴얼에만 존재할 뿐이었다. 실제로 필요한 경우는 없다시피 했다.

"대장님, 매뉴얼에도 선외용 우주복을 착용해야 하는 경우는……."

주원이 태블릿 화면을 쓸어내리며 매뉴얼을 뒤적거렸다.

"너희는 안 나가. 나만 나갈 거야."

"뭐라고요?"

민준의 단호한 표정에서 서윤은 그의 의도를 읽을 수 있었다.

"가만히 있으면 아무것도 해결이 안 돼. 우주선 밖으로 나가서 직접 확인해봐야지. 해치를 열면 공기가 다 빠져나갈 테니까, 너희들은 이걸 입고 안에서 머물고 있어."

"대장님, 그 명령은 따를 수 없어요."

한울 우주선의 사령선에는 외부 우주 공간을 자유롭게 드나들 수 있는 에어로크 같은 시설이 없었다. 사령선 아래 위치한 달 착륙선에는 작은 에어로크가 구비되어 있었지만, 현재는 화물칸에 실려 있기 때문에 그것을 이용할 수는 없었다.

서윤은 머릿속이 혼란스러워 머리를 움켜쥐었다. 서윤의 추리가 옳다면, 민준은 지금 아무런 안전망이 없는, 우주 공간과 무방비하게 맞닿아 있는 해치를 열고 바깥으로 나갈 계획이었다.

"명령이 아니라 생존을 위한 부탁이야."

어느새 민준은 자신의 명찰이 달린 우주복을 꺼내 하의를 입고 있었다.

"대장님, 이건 절차에도 없는 일이에요. 먼저 나로우주센터의 승인을……."

"걔들이 승인해줄 것 같아?"

"아무리 그래도 사령선의 여압(pressure)을 모두 잃어버리는 일이에요. 이 우주선은 우주 공간에 노출될 것을 가정하고 만든 게 아니라고요!"

서윤이 목소리를 한껏 높였다.

"잘 알아. 하지만 잠깐의 진공 상태는 견딜 수 있을 거야."

"그걸 지금 말이라고 하세요?"

서윤이 민준의 팔을 꽉 쥐었다.

"아니, 문제가 없는 게 확실해."

민준이 서윤을 똑바로 마주 보며 말했다.

"아폴로 1호 화재 사건 이후, NASA는 우주선 내부의 설계

기준을 엄격히 높였어. 갑작스러운 공기 배출에도 견딜 수 있도록 모든 배선과 기기들을 밀봉했지. 내가 저 해치를 열고 나간 다음, 바로 닫을 거야. 어디서 산화제가 새어 나가고 있는지만 확인하고 30분 내에 다시 들어올 테니 너희들은 그냥 헬멧을 쓰고 여기 앉아 있으면 돼."

민준이 이미 결심을 굳힌 듯 서윤의 손을 떼어냈다.

"대장님, 그런 위험을 감수하려면……."

더 이상 민준의 뜻을 꺾을 수 없다는 것을 서윤은 누구보다 잘 알고 있었다. 충동적인 제안과 달리, 민준이 어느 정도 합리적인 계획을 세웠다는 것도 분명히 느끼고 있었다.

"저는 대장님 계획에 동의합니다. 여기 앉아서 기다리기만 하는 건 아닌 것 같아요."

두 사람의 언쟁을 지켜보던 주원이 조심스럽게 의견을 밝혔다.

"다만, 대장님이 저 비상용 해치를 여시는 순간 나로우주센터에서 알게 될 거예요. 그러니까 그들 모르게 임무를 수행하는 건 불가능해요."

"그건 상관없어."

"예?"

민준은 이미 헬멧을 들어 안쪽 결합 부위를 확인하고 있었다.

"설령 안다고 한들, 5만 킬로미터를 날아와서 잡아가지는 않겠지. 잡으러 오면 더 다행이고."

민준이 씩 웃어 보이더니 헬멧을 쓰고 래칫을 잠갔다. 이어 다른 선외용 우주복을 꺼내어 서윤에게 건넸다.

"다들 어서 입어. 시간은 우리를 기다려주지 않는다고."

＊　＊　＊

"감독관님, 제가 통화를 해봤는데……."

스페이스Y 엔지니어와의 토의를 마친 선민이 재윤에게 다가왔다.

"그게……."

선민이 주변의 시선을 의식하며 쭈뼛거렸다.

"회의실로 오시죠."

그녀가 무언가를 숨기고 싶어 한다는 것을 알아차린 재윤은 관제실 오른쪽에 마련된 소회의실로 향했다. 회의실에 들어서자마자 벽의 스위치를 올린 다음, 블라인드를 내렸다.

"핵심만 간단히. 시간이 없어요."

선민이 머뭇거리며 선뜻 말을 꺼내지 못하자 재윤은 다그치듯 재촉했다.

"얼른."

"아, 네. 한울 우주선 조립을 담당한 기술진하고 설계 엔지니어들까지 모두 의견을 주었는데요……."

"그런데?"

"산화제가 미세하게 새는 현상은 자신들도 처음 겪어보는 일이라고."

"당연히 처음이겠지!"

재윤이 급격히 커진 목소리로 답했다. 얼굴에 열이 오르는 것을 느낀 그는 이내 이를 앙다물며 스스로 화를 억눌렀다.

"한 가지 가능성은 외벽과 일체로 된 산화제 탱크에 구멍이 생겼을 경우라고 합니다. 하지만 티타늄 외판을 뚫을 정도의 외력을 줄 수 있는 건 미세운석 충돌밖에 없는데……."

"그건 아니야. 아무리 작은 운석이라도 우주 공간에서 부딪치면 우주선을 산산조각 낼 거야."

"예, 그들도 같은 의견이었습니다."

"그래서, 결론이 뭐야?"

"한울 우주선에 설치된 12,000개의 센서 중 산화제 탱크 용량 센서 외에는 모두 정상이라고 합니다. 그래서 센서 오류일 가능성을……."

"그건 더 아니야."

"예?"

"센서는 당연히 오류를 일으킬 수 있지. 하지만 우리가 측정한 한울 우주선의 궤도 정보에서도 무게가 미세하게 줄어들고 있는 것을 확인했어. 벌써 20킬로그램 가까이 줄어든 덕에 우주선의 궤도와 속도가 그에 따라 조금씩 변하고 있다고."

"아, 스페이스Y에서는 그 부분을 모르는 것 같습니다."

"그리고 산화제 탱크 용량과 같이 우주선 운용에 필수적인 센서들은 삼중으로 설계되어 있어. 세 개가 동시에 똑같이 망가졌을 확률은 제로야."

재윤은 아무런 소득이 없다는 생각에 절망감을 느끼며 머리를 쓸어넘겼다.

"그럼, 일단 그쪽도 아무런 방안이 없다는 거네?"

"예, 일단 구멍이 났다는 전제하에 위치를 확인해보는 걸로."

"자기네들 일 아니라고 아주 대충 하는군."

"죄송합니다."

선민은 차마 재윤을 쳐다보지 못했다.

"아니, 미안할 일은 아냐. 일단 알겠어. 나가서 계속 상황 확인해줘."

재윤이 회의실의 문을 활짝 열자 선민이 가볍게 고개를 숙이고는 밖으로 나섰다. 재윤은 문을 그대로 열어둔 채, 한동안 갈팡질팡했다. 이제 결정해야 했다. 비상사태를 선포하고 귀환을 지시할 것인지, 이대로 달 착륙을 감행할 것인지. 그 모든 것이 그의 판단에 달려 있었다.

＊　＊　＊

"다들 잘 입었지?"

민준이 헬멧까지 갖추어 쓴 서윤과 주원의 우주복 착용 상태를 찬찬히 훑었다.

"예, 압력 상태 양호합니다."

주원이 우주복의 왼팔 디스플레이를 터치하자 우주복 안의 기압과 산소 농도가 떠올랐다.

기압: 4.3psi

산소 농도: 100%

"3시간 40분 동안 숨 쉴 수 있네요."

서윤도 자신의 디스플레이를 확인하며 말했다.

"좋아. 아르테미스 우주기지 근처에 착륙하고 나면 1시간 정도 여유분이 있어야 하니까, 최대한 빨리 확인하고 들어올게."

서윤은 반쯤 넋이 나간 표정으로 민준을 바라봤다. 그녀는 민준이 아직 달 착륙에 대한 미련을 버리지 못하고 있다는 것이 조금 두려웠다.

"대장님, 그래도 화면 공유는 켜주셔야죠."

주원이 자신의 헬멧 유리창에 비친 화면을 확인하며 말했다.

"아, 그래야지."

민준이 손을 올려 헬멧 바깥의 버튼을 눌렀다. 그의 시야 화면이 서윤과 주원의 헬멧에 떠올랐다. 두 사람과 눈을 맞추며 고개를 끄덕이고서, 그는 사령선의 비상탈출용 해치 앞으로 다가섰다. 서윤과 주원은 자리에 앉은 채 벨트로 몸을 고정했다.

"공기가 다 빠져나가면 구명줄을 풀어줘."

민준의 우주복 뒤편으로 좌석과 연결된 구명줄이 둥둥 떠다니고 있었다. 해치를 연 직후에 발생하는 공기 누출로 혹여나 빨려 나갈 것을 염려한 조치였다.

"예, 저희가 화면 보면서 줄 길이 조정하겠습니다."

주원은 사뭇 당당한 얼굴로 정면을 응시하고 있었다.

"대장님, 계획도 좀 알려주셔야죠."

서윤이 앉은 자리에서 고개만 돌려 물었다. 민준은 좀처럼 해치의 개폐 레버에 손을 올려놓지 못하고 있었다.

"멀리 안 가. 그냥 우주선 주위를 둘러보고 돌아올 거야."

"그건 저도 알아요. 그래도 대장님이 의심하시는 부위가 있을 거 아니에요."

서윤은 민준이 아직도 갈등하고 있음을 눈치채고 있었다.

"액체와 기체."

"예?"

"액체와 기체 같은 유체들은 아주 솔직해. 거짓말을 하지 않지."

"그게 무슨 말씀이세요?"

"어디론가 새어 나가고 있다면, 반드시 구멍이 있다는 말이야."

"대장님."

서윤은 당연한 소리를 늘어놓는 민준이 장난을 치고 있다고 생각했다.

"아까도 말했듯이, 이 우주선의 산화제 탱크는 한 겹으로 되어 있어. 탱크가 있는 우주선 외벽을 찬찬히 살펴보면 분명 누출 지점을 찾을 수 있을 거야."

"예, 잘 알겠습니다."

서윤이 마지못해 고개를 끄덕이고는 다시 앞으로 시선을 돌렸다.

"그럼, 해치 개방합니다."

민준이 'EXIT'이라고 적힌 투명 커버를 열고 붉은색으로 돌출된 해치 레버에 손을 올려놓았다. 그러자 센터디스플레이가 붉게 변하며 경고 메시지를 띄웠다.

비상탈출해치의 커버가 개방되었습니다.

해치의 개폐 상태를 확인하세요.

비상탈출해치는 실수로 열릴 수 없는 구조였지만, 우주선은 행여나 인간의 실수로 그것이 열릴까 경고했다.

"자, 그럼 갑니다."

"예, 준비됐습니다."

주원이 경고 메시지를 클릭하며 당당하게 답했다.

이윽고 민준이 당차게 해치의 레버를 아래로 당겼다. 곧바로 사령선과 착륙선의 공기가 새어 나가는 소리가 들렸다. 단 몇 초 만에 40세제곱미터에 달하는 공기가 빠져나가자, 사령선 안은 갑작스레 고요해졌다.

민준이 두 사람에게 눈짓으로 사인을 보내고는 해치를 밀어 활짝 열었다. 눈 부신 태양의 열기가 그를 덮쳤고, 그가 익숙한 듯 헬멧의 금색 선바이저를 내렸다.

# 6

## 유체는 귀신같이 틈을 파고든다
### 2031년 07월 19일

"기압이 급속히 유실됐습니다!"

CAPCOM 시찬의 콘솔에서 강한 경보음이 울리기 시작했다. 연이어 관제실의 각 콘솔에 비상 상황을 알리는 경보음들이 연달아 터져 나왔다.

"젠장!"

소회의실에서 머뭇거리고 있던 재윤이 경보음을 듣고는 곧장 관제실 안으로 뛰어 들어왔다.

"폭발인가요?"

"아니요. 객실 압력만 소실되었습니다."

"플라이트서전, 승무원들 상태는?"

재윤이 송윤민 대위를 가리키며 큰 목소리로 물었다.

"바이털사인 모두 양호합니다. 산소 포화도도 100퍼센트로 계속 유지되고 있습니다."

송 대위가 콘솔 화면의 그래프를 확인하며 답했다.

"객실 영상은요?"

"아직 영상은 들어오지 않았습니다. 15분마다 업데이트하고 있는데, 14분 남았습니다."

TELMU 김지선이 콘솔을 확인하며 답했다.

"감독관님!"

그때, 자신의 자리로 돌아가 있던 EECOM 박선민이 손을 번쩍 들었다.

"말씀하세요."

"비상탈출해치가 열린 것 같습니다. 3분 전에 해치 도어에 압력이 감지되었고, 1분 전에 수동으로 열렸습니다."

선민의 보고를 들은 재윤이 인상을 찌푸렸다.

"그게 무슨 의미죠?"

"내부에서 의도적으로 해치를 개방한 것으로 보입니다."

"말이 안 되잖아. 그러니까 우리 우주인들이 여기다 보고도 안 하고, 우주선 밖으로 나갔단 말이에요?"

재윤은 스스로 말하면서도 믿기지가 않았다.

"자세한 것은 영상이 들어와야……."

"맞는 것 같습니다!"

지선이 말을 가로채며 소리쳤다.

"뭐죠?"

"어…… 선외용 우주복 작동 신호가 들어왔습니다. 모두 14분 전에 전원이 들어와서……."

"14분 전이요?"

"예, 그렇습니다."

"그걸 왜 지금 보고하는 거죠?"

"죄송합니다. 루틴 프로시저(routine procedure)가 아니어서 확인을 못 했습니다."

선민이 또다시 고개를 숙이며 답했다.

"캡콤! 승무원들 교신은요?"

재윤이 멀찍이 떨어져 있는 시찬에게 물었다.

"지금 채널 변경 중입니다. 저희랑 협의 없이 진행된 것이라 어떤 채널로 접속해야 할지……."

"그냥 비상교신 채널로 접속하세요."

"아, 그러면 보안이 안 되어서……."

재윤의 지시에 시찬이 잠시 머뭇거렸다.

"젠장 할……."

무엇보다 우주인들의 안전을 중요시하는 재윤이었지만, 이번 일은 보안을 지키는 것 또한 그만큼 중요했다. 만약 우주인들이 충동적으로 돌발 행동을 일으킨 것이라면 더더욱 신중해야 했다. 외부에 알려질 경우 그 파장을 가늠할 수 없었다.

"감독관! 무슨 일이에요?"

경보를 전달받은 세준이 관제실 뒷문을 박차고 들어왔다. 이미 그의 얼굴은 벌겋게 상기되어 있었다.

"누군가 비상탈출해치를 열었습니다."

재윤이 가볍게 몸을 숙이며 차분하게 말했다.

"누군가? 그게 누군데."

"아직 확인 못 했습니다."

"정민준 대장의 데이터가 다릅니다!"

TELMU 지선이 소리쳤다.

"다른 두 우주인은 우주복 외부 온도가 영하 185도인데, 정 대장의 것은 영하 230도에서 계속 내려가는 중입니다!"

"그게 무슨 소리야?"

세준이 허리춤에 손을 올린 채 소리치듯 물었다.

"정민준 대장이 문제를 일으킨 것 같습니다."

"이런, 망할!"

정 대장이 돌발 행동을 벌인 것을 알게 된 세준이 머리를 싸매며 눈을 꼭 감았다.

"내가 이럴 줄 알았어. 아주 싹수가 노란 자식에게 이런 큰 일을 맡기다니."

세준이 흥분을 감추지 못하고 관제실 밖으로 나가려다, 몸을 돌려 다시 계단을 내려갔다.

"정 대장 좀 연결해봐요. 말로는 안 되겠지만 도대체 뭘 하고 있는지는 알아야지."

세준이 허공에 손을 내저으며 누군가에게 지시를 내렸다.

"죄송합니다. 교신 채널을 계속 변경하고 있는데 응답이 없습니다."

"그게 무슨 개소리야."

"우주복의 통신 채널을 의도적으로 꺼놓은 것 같습니다. 비상교신 채널로 접속하는 법이 있지만⋯⋯."

"안 돼! 절대 안 돼! 그냥 기다립시다. 무슨 생각이 있었겠지."

'비상교신 채널'이라는 말에 세준이 과도하게 반응했다. 비상교신 채널로 통신하려면 국제 공용 주파수에 맞춰야 했다. 그럴 경우, 우주 공간에 있는 다른 국적의 우주선뿐 아니라 지상의 관제소에서도 통신 내용을 들을 수밖에 없었다.

"상황 파악되는 대로 나한테 다이렉트로 알려줘요. 성 감독관님이 책임지고. 알았죠?"

세준이 휴대전화를 만지작거리더니 문을 박차고 관제실 밖으로 나갔다.


\* \* \*


"대장님, 나로우주센터에서 계속 신호가 들어오는데 어떻게 할까요?"

사령선 안에 앉아 있는 서윤이 민준의 화면을 보며 물었다. 밖으로 나간 민준은 태양 빛을 피해 반대편으로 이동하고 있었다.

"당연히 받지 말아야지. 일단 내부 채널만 활성화해놔. 작업 다 마치면 정리해서 보고하자고."

"예, 알겠습니다."

민준의 지시가 썩 내키지 않았지만, 지금은 별다른 방도가 없었다.

"이거, 생각보다 태양이 너무 센 것 같은데."

어느새 반대편 그늘로 들어선 민준이 헬멧의 LED 라이트를 켰다.

"예, 안 그래도 나로에 이야기하려고 했는데, 우주선 회전을 멈춘 채로 계속 있다가는 반쪽만 통구이가 될 것 같아요. 조만간 회전을 재개해야겠어요."

서윤이 디스플레이에 나타난 우주선의 외부 온도를 확인하며 말했다. 햇빛을 직접 받는 절반 면은 섭씨 30도가 넘는 반면, 민준이 있는 그늘진 면은 영하 157도를 가리키고 있었다.

"그러니까. 연료 누출을 막으려다가 우주선 전체를 태워버리고 말겠군."

"우선 점검 마치는 대로 나로우주센터에 보고할게요."

"이런 게 다 노하우인데 말이지."

민준이 쓸쓸하다는 듯 답하고서 우주선의 외벽을 짚고 아래 방향으로 천천히 이동했다.

"여기가 산화제 탱크 위치 맞지?"

착륙선이 보관된 화물칸을 지나 더 아래로 내려가자 붉은색 라인이 그어진 부위가 나타났다.

"예, 맞습니다. 연료 탱크보다 밑이에요."

서윤이 민준의 카메라 화면을 확인하며 말했다.

"아주 미세하게 새어 나온다는 말이지……."

민준이 장갑으로 산화제 탱크의 외벽을 찬찬히 훑기 시작했다.

"그렇게 해서는 알 수 없을 것 같은데요?"

서윤이 민준의 거친 손끝을 보며 훈수를 두었다.

"왜, 알 수 있지. 만약 외벽을 뚫고 나오는 게 맞는다면, 미세한 온도 차이가 느껴질 거야."

민준은 손을 외벽에 더욱 밀착시킨 채 계속해서 더듬었다.

"대장님, 그쪽은 아닌 것 같아요."

같은 화면을 보고 있던 주원이 고개를 가로저었다.

"아직 절반도 못 만져봤어."

"지금 새어 나오는 것은 액체산소인 데다가 외부 온도가 기화점보다 높아서 뿌연 분무 같은 게 뚜렷하게 보일 거예요. 제가 대장님 화면을 확인해봤는데 그쪽은 깔끔해요."

"확실해?"

"예, 우선 반대편 확인해본 다음 없으면 다시 돌아오시는 게 좋겠어요."

주원의 목소리에는 조바심이 섞여 있었다.

"오케이. 공학박사 말을 믿어야지."

민준이 나머지 면을 쓱 훑어보다 잠시 멈춰서 답했다. 주원의 말대로, 어두운 그늘에 비친 우주선의 표면은 별다른 기색 없이 말끔했다. 분당 1킬로그램의 산화제가 새어 나오고 있다고 보기에는 너무나도 정상적인 모습이었다.

"지금 영상 녹화하고 있지?"

"예, 저희가 하고 있습니다."

"굿. 반대편에서도 발견 못 할 경우를 대비해서 영상을 저장해놓았다가 나중에 분석해보자고."

"알겠습니다."

그가 우주선 바깥의 구조물들을 잡으며 다시 움직였다. 외벽을 타고 오를 때마다 우주선이 미세하게 회전하는 것을 감지한 자동조종 시스템이 위치를 바로잡기 위해 질소추진제를 조금씩 내뿜었다.

"아, 이런."

그가 경계면을 향해 다가가자 우주선 외벽에 돌출된 질소

추진노즐에서 하얀 질소가 뿜어져 나오며 그의 몸을 덮쳤다.

"조심하세요. 잘못하다가는 우주선에서 떨어져 나가겠어요."

민준의 카메라 화면을 보고 있던 서윤이 걱정스러운 말투로 말했다.

"반대편은 쉬워 보이지가 않던데……."

이윽고 민준이 양달과 응달의 경계면에 서서 선바이저를 내렸다. 이미 태양 빛에 달구어진 선바이저의 티타늄 표면은 햇빛을 그대로 반사하며 영롱하게 반짝였다.

"넘어갑니다."

민준은 구명줄을 공중으로 던지며 엉키는 것을 방지했다. 줄의 진동이 좌석으로 전해지자 서윤이 그것이 제대로 묶여 있는지 다시 한번 확인했다.

"확인했습니다. 그런데…… 태양은 보지 말아주세요."

서윤과 주원의 헬멧에 비친 민준의 시야가 갑작스레 밝아졌다. 민준이 무의식중에 고개를 돌릴 때마다 강렬한 햇빛에 화면이 눈이 부시게 빛났다.

"미안. 의도한 건 아냐."

금으로 도금된 선바이저 너머로 바라보았음에도 태양은 눈을 뜨기 힘들 정도로 밝았다. 민준은 괴로운 줄 알면서도 자꾸만 태양으로 눈길을 주는 자신을 이해할 수 없었다. 그는 이내 정신 차리고 다시 한울 우주선 쪽으로 시선을 돌렸다.

"자, 넘어왔습니다. 이제 확인을⋯⋯."

신호를 보내며 탐색을 재개한 순간, 민준의 시야에 무언가가 보였다. 그는 하려던 말을 멈추고 잠시 멍하니 있었다.

"대장님, 괜찮으세요?"

서윤과 주원의 헬멧에 나타난 화면은 밝은 태양으로 인해 그저 뿌옇게만 보였다.

"응, 괜찮아."

"예, 여기서는 너무 밝아서 잘 안 보이네요. 계속 진행하면서 상황을 알려주세요."

"그래. 뭐, 더 진행할 것도 없을 것 같은데."

민준이 체념한 말투로 말했다.

"예?"

"누출 부위를 찾았어. 내 예상이 맞았군."

"뭐라고요?"

민준과 2미터 정도 떨어진 곳, 한울 우주선의 산화제 탱크 외벽 한가운데서 물줄기처럼 보이는 무언가가 계속해서 뿜어져 나오고 있었다. 이윽고 서윤과 주원도 화면으로 그것을 확인할 수 있었다.

"이게 무슨⋯⋯."

서윤은 당황해 말을 잇지 못했다. 누출 부위에서 새어 나오는 산화제의 양은 예상보다 훨씬 많아 보였다. 산화제가 뿜어져 나오는 곳 주변은 탱크의 압력을 이겨내지 못하고 볼록하게 부풀어 있었다.

"주원아, 이거 분당 1킬로그램의 속도가 아닌 것 같은데."

"예, 지금 안 그래도 다시 그래프 확인하고 있습니다."

주원이 센터디스플레이를 터치했지만 아무런 응답이 없었다.

"이거 안 먹혀요."

옆에 있던 서윤도 화면을 만져보았으나 반응이 없는 건 마찬가지였다.

"너무 저온이어서 먹통이 된 것 같아."

"아, 이러면 안 되는데."

디스플레이에 떠 있는 궤도 화면은 실시간으로 변하고 있었다. 그러나 터치를 인식하는 패널이 이미 얼어붙은 상태였다.

"대장님, 시간이 없어요. 이러다 우주선의 컴퓨터가 모두 망가지겠어요."

"저거, 지금 막고 들어가야 해."

"무슨 수로 누출되는 산화제를 막아요?"

민준은 상황을 정확히 파악하려 우주선 주위를 찬찬히 둘러봤다. 그가 고개를 좌우로 돌릴 때마다 시야를 반쯤 채우는 푸르른 지구와 태양 빛을 3분의 1 정도 반사하는 그믐달이 번갈아 나타났다.

"일단 우주선을 반대 방향으로 돌리자."

그는 가장 먼저 태양의 강렬한 열기를 생각했다. 태양열에 산화제 탱크가 달구어지면서 누출 속도가 더 빨라지고 있다는 것이 그의 결론이었다.

"지금 디스플레이가 먹통이에요. 자동조종 장치를 변경할 수가 없어요."

주원이 계속해서 화면을 두드리듯 만지며 이야기했다.

"우주선의 자세를 변경하는 것은 수동으로도 가능해. 서윤아, 얼른 진행해줘. 지금 자세에서 Z축 방향으로 180도 회전!"

"예, 알겠습니다."

민준의 지시를 받은 사령선 조종사 서윤이 팔걸이 밑에 숨겨진 조이스틱을 들어 올렸다. 그리고는 오른쪽으로 조심스럽게 스틱을 밀었다. 동시에 한울 우주선의 외벽에 장착된 다섯 기의 질소추진모듈에서 하얀 질소가 뿜어져 나오더니, 우주선이 천천히 반시계 방향으로 회전했다.

"잘 잡고 계세요."

서윤이 민준의 화면을 확인하며 말했다. 이윽고 우주선이 회전하며 산화제가 새어 나오는 지점이 다시 그늘로 들어가자 서윤이 스틱을 반대 방향으로 꺾었다.

"됐어. 위치 고정!"

민준의 외침과 동시에 우주선이 다시 회전을 멈췄다. 민준은 곧바로 헬멧의 라이트로 누출 부위를 조명했다. 산화제가 뿜어져 나오는 줄기가 아까보다는 확연히 줄어들어 있었다.

"좋아. 일단 이 상태에서 고민해보자고."

"대장님, 고민할 시간이 없다니까요."

다시 조이스틱을 밀어 넣은 서윤이 다급한 목소리로 재촉했다.

"이러다가 진짜 사령선 컴퓨터가 다 먹통이 될 수도 있어요. 여기 있는 장비들은 극저온에서 운용되도록 설계된 게 아니라고요."

서윤의 목소리는 점점 더 높아졌다.

"알겠습니다. 일단 귀환할게요."

집중력을 다해 머리를 굴렸지만 민준은 분수처럼 쏟아져 나오는 저 구멍을 막을 방법을 당장 떠올리지 못했다.

지난날 그는 국제우주정거장에서 손상된 패널을 교체하거나 구멍이 난 지점을 때우는 식의 수리법을 교육받은 적이 있었다. 그런데 이 우주선은 그럴 수 있는 구조가 아니었다. 티타늄과 텅스텐, 알루미늄 합금으로 이루어진 한울 우주선의 외피는 일상적인 도구나 용접으로는 결코 수리할 수 없는 재질이었다.

문제를 눈앞에 내버려두고 오는 것이 영 내키지는 않았지만 돌아가야만 했다. 민준은 우주선의 외벽을 타고 빠르게 해치로 향했다.

사령선 안으로 들어온 민준이 해치의 문을 닫자, 생존유지 장치가 자동으로 우주선 안에 공기를 채워 넣기 시작했다. 연료전지와 배터리팩에서 만들어낸 열기가 저장 탱크에 있던 공기를 순식간에 22도까지 데웠다. 우주복의 디스플레이에서 외부 온도가 정상임을 알리는 신호가 나타났다.

서윤이 제일 먼저 헬멧을 벗었다. 어느새 이마에 땀이 맺혔는지 앞머리를 쓸어 넘기며 민준에게 다가갔다.

"하마터면 다 얼려 죽일 뻔했어요. 우리 말고 이 녀석들을."

아직 터치 패널이 복구되지는 않았지만 다행히 디스플레이는 정상으로 작동하고 있었다.

"다들 보았겠지만, 우주선 외벽에 구멍이 났어."

"구멍인가요? 크랙(crack)인가요?"

주원이 숨을 크게 들이켜며 물었다.

"그건 자세히 못 봤어. 워낙 뿜어져 나오는 줄기가 세서."

"그 둘이 뭐가 다르죠?"

"구멍은 외부의 충격에 의해서 생긴 걸, 크랙은 자체적 결함에 의해서 만들어진 걸 말해요. 사고 원인을 밝히려면 정확히 알아야겠죠. 그런데 당장 수리 방법은 크게 다르지 않아요. 그냥 저 구멍을 틀어막으면 되니까……."

어느새 정상으로 돌아온 터치 패널을 조작하며 주원이 녹화된 화면을 돌려 봤다.

"대장님 추측이 맞았어요."

서윤은 산화제 탱크의 용량 변화 그래프를 보고 있었다.

"아까 손상 부위가 태양을 향하고 있을 때, 분당 누출량이 10킬로그램까지 증가했어요. 다시 음지로 들어오고 나서는 3킬로그램까지 줄어들었고요."

"그럼, 지금 남은 산화제 용량은?"

"14,982킬로그램이요."

"망할, 어느새 1톤 가까이 줄어들었군."

"예, 이제는 정말 심각해요. 얼른 나로우주센터에 자료를 보내서 결정해야만 해요. 지구로 귀환할 것인지, 아니면 서둘러 달에 내릴 것인지."

서윤이 차갑게 굳은 얼굴로 민준을 똑바로 마주 봤다.

"한울 원, 들리나요? 나로우주센터입니다. 들리면 응답하세요!"

그때, 다시 공기가 들어찬 사령선에 나로우주센터 이시찬의 목소리가 들려왔다.

\* \* \*

"한울 원, 시찬입니다. 제 목소리가 들리면 말씀해주세요."

CAPCOM 콘솔 앞에 앉은 시찬은 끊임없이 교신을 시도했다. 세 명의 우주인이 입고 있는 선외용 우주복과는 연결이 되지 않았기에, 한참이나 답신이 오지 않음에도 사령선 스피커와 연결된 주파수로 신호를 보낼 수밖에 없었다.

"아, 나로, 한울 우주선입니다. 잠시 교신이 불가했음을 양해 바랍니다."

헤드셋을 통해 민준의 목소리가 들려오자 시찬이 자리에서 오른손을 번쩍 들었다. 그것을 본 재윤이 빠르게 계단을 내려와 시찬이 있는 자리로 왔다.

"한울 원, 무사하셨다니 다행입니다."

재윤이 즉시 시찬의 헤드셋을 빼앗아 들었다.

"어떻게 된 겁니까? 30분 가까이 교신이 두절되었어요!"

재윤의 질책에는 야속함과 걱정이 함께 담겨 있었다.

"감독관님, 죄송합니다. 하지만 중요한 사실을 발견했습니다."

민준의 답신이 발사관제실 전체에 울려 퍼졌다.

"문제를 해결했습니까?"

민준에게 엄포를 놓으려던 재윤이 순간 멈칫하며 물었다.

"아니요, 문제의 원인을 찾았습니다."

민준의 말에 관제실에서 짧은 탄성이 터져 나왔다.

"산화제 탱크의 외벽 역할을 하는 우주선 외피에 크랙 또는 구멍으로 추정되는 결함이 있습니다. 노즐에서 1.4미터 위쪽 지점이고요. 그곳을 통해 산화제가 분수처럼 뿜어져 나오고 있었습니다."

"우주선 외부 카메라 화면에서 확인된 거야?"

재윤이 마이크 음소거 버튼을 누른 다음 시찬에게 물었다.

"아니요. 저희가 분석한 영상에는 없었습니다."

"대장님, 방금 하신 말씀 확실한 겁니까?"

"예, 그럼요. 제 헬멧 카메라로 다 영상 촬영하고 녹화했는걸요. 지금 저희가 전송하고 있는데 8K로 촬영해서 시간이 좀 걸릴 것 같습니다."

"사고가 발생하고 저희도 우주선 외부 CCTV 영상을 분석했는데, 누출 지점을 찾지 못했습니다. 확실한 게 맞습니까?"

"확실합니다. 우주선이 회전하고 있을 때는 태양열을 덜 받아서 누출 지점이 명확히 보이지 않았을 수도 있습니다. 회전을 멈춘 방향이 우연히 태양을 향하고 있어서 누출이 가속화되었고요."

민준의 목소리엔 확신이 담겨 있었다.

"알겠습니다. 저희도 데이터 확인해보겠습니다."

"예, 감독관님. 그런데, 제가 보기에 저 손상은 수리가 불가능합니다."

"무슨 말씀이죠?"

"잘 아시다시피 산화제가 누출되고 있는 한울 우주선 외벽은 특수합금입니다. 강한 압력으로 쏟아져 나오는 산화제를 막으려면 특수 용접 장비가 필요한데, 당연히 여기에는 그런 도구가 없습니다."

"그건 저희가 방법을……."

"아니요. 우주센터에서 결정을 속히 내려주세요."

재윤과 민준의 교신에 서윤이 끼어들어 단호하게 말했다.

"이서윤 대원님, 저희도 최선을 다해서 방법을 찾고……."

"지금 남아 있는 산화제와 연료만으로 지구로 되돌아갈 수 있는지, 속도를 더 높여서 달 착륙 시점을 앞당기는 것이 나을지 알려주셔야만 해요."

"지구 귀환 여부는 안 그래도 저희가 검토를 하는 중입니다. 다만 귀환불능 지점이 시시각각으로 변하고 있어서……."

"예, 저희 쪽에서 봐도 그렇습니다. 아마 산화제 탱크 누출 속도가 들쑥날쑥해서 알고리즘도 혼란스러운 것 같습니다."

재윤이 몸을 돌려 'GUIDO(Guidance Officer: 우주선 궤도 및 유도 담당)' 팻말 밑에 앉아 있는 남자 직원에게 눈짓했다. 검은색 뿔테를 낀 직원이 양팔로 엑스 자를 그어 보이며 고개를 저었다.

"지금 현재 상황으로는 당장 지구로 귀환하기 어려울 것 같습니다. 우주선의 파라미터를 조정해서 연료의 고갈을 최대한 늦추는 방안을 고민해보겠습니다."

"예?"

재윤의 답을 들은 서윤이 황당하다는 듯 되물었다.

시찬이 GUIDO 매니저로부터 전달받은 메시지를 재윤에게 보여주었다.

"저희 팀 계산 결과가 그렇습니다. 원래 달로 향하는 궤도에 진입한 다음 지구로 귀환하는 것은 훨씬 에너지 소모가 많기 때문에, 아주 응급한 상황에서만 시행하게 되어 있습니다. 그런데 지금 연료 누출 상태로는 방향을 되돌려서 지구로 오는 것보다는 달을 반 바퀴 돌아서 오거나……."

"잘 알겠습니다. 저희는 귀환불능 지점을 아직 지나지 않은 것으로 알고 있어서요. 이쪽에서도 계산과 검토를 다시 해보겠습니다. 가능한 한 빨리 지시를 내려주십시오."

민준이 서둘러 재윤의 말을 끊었다.

"예, 힘든 상황이라는 것을 잘 알고 있습니다. 저희와의 교신을 끊지 마시고 계속 채널을 유지해주십시오."

재윤이 최대한 민준과 서윤을 자극하지 않으려 목소리를 낮추었다.

"물론입니다. 영상 분석이 완료되는 대로 또 교신 부탁드립니다."

\* \* \*

"죄송합니다."

청와대 비서동 위민1관. 비서실장 정하진과 과기부 장관 오태민이 작은 테이블을 사이에 두고 마주 앉았다.

"대통령께서 브리핑을 하신 지 채 4시간도 지나지 않았습니다."

하진이 날카로운 눈으로 오 장관을 노려봤다.

"저도 방금 보고를 받았습니다. 손상 부위가 생각보다 크고 광범위해서……."

"지금 그걸 말씀이라고 하는 겁니까?"

30대 중반의 어린 나이에 청와대에 입성한 하진은 자신보다 나이가 많은 관료들을 다루는 데 익숙했다. 나이 차이를 느끼지 못하도록 끊임없이 압박하는 것. 그것이 콧대 높은 장관들을 질책하는 방법이었다.

최윤중이 대통령에 당선된 이후 임명된 하진은 역대 최연소 비서실장이었고, 근무연수도 계속해서 최장 기록을 경신하고 있는 실세였다. 사실상 정권의 이인자인 하진 앞에서 당장 내일을 보장할 수 없는 장관들은 늘 저자세였다.

"어떻게 하시겠습니까?"

"예? 아니, 대책을 세우겠습니다."

"대책을 세우는 정도가 아니라 반드시 해결해야 합니다."

"예, 잘 알고 있습니다."

"어떻게 해결해야 하는지 아신다는 말씀입니까?"

"아, 그게……."

아직 하진의 압박에 적응하지 못한 태민은 번번이 허둥댈 뿐이었다.

"곧 대통령께서 부르실 테니 한 가지만 말씀드리겠습니다. 절대로, 절대로 이 사안이 외부로 알려져서는 안 됩니다. 기자들이 눈치채고 달려들기 전에, 아무 일 없었다는 듯이 문제를 해결해야 합니다."

두리뭉실한 지시만을 내리는 하진 앞에서 태민은 속절없이 식은땀만 흘렸다.

"잘 알겠습니다. 제가 센터장과 즉시 협의해서……."

"제 말에 구체적인 사항이 없어서 어려우신가요?"

"아닙니다. 그런 것은."

"단도직입적으로 말씀드리겠습니다. 우주인들은 반드시 살아서 돌아와야 합니다. 누리 10호의 실패를 되풀이해서는 절대로 안 된다는 말입니다."

"무슨 말씀인지 잘 알겠습니다."

태민은 연거푸 고개를 끄덕였다.

"그럼, 얼른 가서 일 보세요."

하진이 등받이에 몸을 기댄 뒤 다리를 꼬며 말했다. 눈치를 살피던 태민이 자리에서 일어나더니 문을 열고 회의실 밖으로 나갔다.

"젊은 친구가 매가리가 없기는."

하진은 새로 임명된 태민의 일 처리 방식이 영 마음에 들지 않았다.

"대통령님 연결해주세요."

하진이 테이블 위의 통신 버튼을 누르며 말했다.

"예, 지금 집무실에 계십니다. 바로 연결하겠습니다."

직원의 목소리에 이어 발신음이 짧게 이어졌다.

"무슨 일인가?"

"예, 대통령님. 방금 과기부 장관과 심도 있는 논의를 거쳤습니다."

"그래, 해결 가능한 수준인가?"

"그렇습니다. 어떠한 경우라도 우주인들을 잃는 일은 없도록……."

"그걸로는 부족하지."

윤중의 답에 하진이 순간 당황스러운 표정을 지었다.

"죄송합니다. 제가 놓치고 있는 것이라도?"

"우주인들을 다시 한번 잃는 것은 당연히 있어서는 안 될 일이고, 이번에는 임무를 중단하는 일도 있을 수 없네."

"예?"

윤중의 말에 좀처럼 반기를 들지 않는 하진이 무의식중에 반문했다. 태민의 보고에 따르면, 산화제 누출을 최소화하고 달을 그대로 돌아 다시 지구로 귀환하는 것이 최선책인 상황이었다.

"임무라고 하시면, 어떤 것을 말씀하시는 걸까요?"

하진의 이마에도 어느새 식은땀이 맺히고 있었다.

"그걸 왜 묻나? 당연히 달 착륙이지."

"아……."

하진이 자신도 모르게 작게 탄식을 뱉었다.

"대통령님, 방금 보고 받기로는 한울 우주선의 상태가 심각한 것 같습니다. 수리가 불가능하기 때문에 어떻게든 현재의 상태를 보존해서……"

"누가 그래?"

"아, 나로우주센터 김세준 센터장에게 보고받은 오태민 장관이……"

"아마추어들이구먼."

"예?"

하진은 갈수록 알 수 없는 말을 하는 윤중을 도무지 이해할 수 없었다.

"지금 당장 내 집무실로 오게나."

대답할 틈도 없이 통신이 끊겼다. 하진은 떨리는 손으로 수화기를 내려놓고는 다급하게 자리에서 일어섰다.

\* \* \*

"현재의 누출 속도가 지속된다고 가정할 경우, 달 공전궤도에 진입하는 순간의 산화제 잔량은 7,890킬로그램으로……"

나로우주센터 대회의실에서는 이번 프로젝트에 참여한 모든 엔지니어와 기술진이 모여 회의를 하고 있었다. 보안을 유지하기 위해 휴대전화를 비롯한 전자장비 반입을 금지당한 직원들이 펜으로 종이에 프레젠테이션 내용을 메모했다.

대회의실 뒤에서 토의 내용을 지켜보던 세준은 무언가 답답한 듯 앉지 못하고 제자리를 서성이고 있었다. 잠시 후, 그의 휴대전화 벨 소리가 울리자 사람들의 시선이 순간 세준에게로 몰렸다. 세준은 계속 회의를 진행하라는 손짓을 보내고 대회의실 밖을 나서며 휴대전화 화면을 확인했다.

"아, 이 자식이 또."

정하진의 이름을 확인한 세준이 눈을 한번 질끈 감고는 전화를 받았다.

"예, 비서실장님. 지금 회의 중입니다."

"그런 거 필요 없습니다. 회의 당장 중단하세요."

"예? 지금 우리나라의 최고 인재들을 모두 모아서 해결책을……."

"다 필요 없고. 지금 회의 참석한 인원들 이번 프로젝트 끝날 때까지 센터 밖으로 못 나가게 하세요."

난데없는 하진의 지시에 세준의 눈이 휘둥그레졌다.

"보안서약 다 받았고, 외부로 내용 유출되지 않도록 심혈을 기울이고 있습니다. 다들 이번 프로젝트에 사활을 건 사람들이고 애국심이 투철한 사람들이라……."

"됐고. 더 이상 한울 우주선 관련 정보를 외부 사람들과 공유하지 마세요."

"실장님, 지금 저희가 최선을 다하고 있는데 어떻게 그런 말씀을······."

세준이 하진의 말에 저항하며 목소리 톤을 높였다.

"애쓰지 말라고. 더 이상 우리가 할 수 있는 건 없으니까."

대뜸 반말로 낮게 읊조리는 하진의 말투에 세준은 분위기가 심상치 않음을 알아차렸다.

"자세한 건 청와대에 와서 말씀 들읍시다. 지금 헬기를 타고 올라오세요."

"당장······이요?"

"답답하기는. 거기서 더 할 일이 없다고! 진해 공군기지에서 헬기가 가고 있으니까, 잔말 말고 타세요!"

하진이 거의 욕설을 내뱉듯이 소리를 질렀다.

\* \* \*

1시간 후, H-92 헬기 한 대가 나로우주센터 헬기 착륙장에 내려앉았다. 2005년 대통령 전용 헬기로 도입된 이 헬기는 5년 전부터 공군기지에서 VIP 후송용으로 운용하고 있었다.

"김세준 센터장님 되시나요?"

헬기의 문이 열리자 비행복에 대위 계급장을 단 군인이 내렸다.

"예, 맞습니다."

세준이 작은 서류 가방을 들고 바람을 등지며 서 있었다.

"성재윤 비행감독관은요?"

탑승객 명부에 두 명이 적힌 것을 확인한 대위가 물었다.

"성 감독관은 이번 발사의 총책임자입니다. 어떠한 경우에도 자리를 비울 수 없어요."

세준의 답을 들은 대위가 어디론가 교신을 보내더니, 이내 세준에게 탑승하라는 수신호를 보냈다.

"비행시간은 1시간 10분입니다. VIP께서 가능한 한 빨리 와달라고 하셔서 최단 항로로 갈 예정입니다."

세준은 마지못해 고개를 끄덕이고 안내에 따라 객실에 올랐다. 그가 타기 무섭게 헬기의 문이 바로 닫혔다. 그리고 채 안전벨트를 맬 틈도 없이 빠른 속도로 이륙하기 시작했다.

어느새 어둑해진 나로우주센터의 로켓조립동이 세준의 시야에 들어왔다. 수개월 후 발사를 앞둔, 테스트 중인 누리 15호 로켓이 열린 문틈으로 모습을 드러내고 있었다.

\*　　\*　　\*

"나로, 한울 원. 논의 결과를 알려주기 바랍니다."

산화제가 누출되는 부위를 발견한 지 두 시간이 지나도록 우주인들은 구체적인 대응 방안을 전달받지 못했다.

"한울 원, 나로. 현재 가능한 계획들을 논의 중입니다. 잠시만 기다려주십시오."

짧지 않은 침묵이 흐른 뒤, 시찬의 답이 들려왔다.

"아, 답답하네. 도대체 뭣들 하는 거야."

민준이 헤드셋의 마이크가 켜져 있는 것을 알면서도 불만을 내뱉었다.

"저희가 보낸 누출 부위 영상도 아직 분석 중인가요?"

주원이 조심스럽게 물었다.

"한울, 그렇습니다. 죄송하지만 조금만 더 기다려주십시오. 현재 모든 대응 과정에 대해서 함구령이 내려진 상황입니다."

"아니, 그건 당사자가 아닌 사람들한테나 하는 말이지. 이건 당신들 목숨이 아니라 우리 목숨이 걸린 일이라고. 우리한테 함구령이라는 말을 쓰면 안 되지!"

민준이 화를 참지 못하고 성토했다.

"대장님, 조금 참으세요. 다들 최선을 다하고 있을 거예요."

서윤이 민준의 팔을 잡으며 진정시키려 애를 썼다.

"이시찬 매니저님, 제 말 똑똑히 전달해주세요. 이대로 달을 반 바퀴 돌아서 지구로 돌아가거나, 어떻게든 궤도를 조정해서 달에 착륙하거나, 무리해서라도 우주선의 방향을 바꾸어서 지구로 향하거나. 셋 중 하나밖에 없어요. 무엇이 최선인지 얼른 결정해서 알려주세요. 시간이 정말 없어요."

민준이 협박처럼 들리도록 목소리를 높였다. 그의 시선이 닿은 디스플레이에는 산화제 탱크의 잔량이 13,455킬로그램에서 빠르게 줄어들고 있는 것이 보였다.

"시찬 님, 흥분해서 죄송하지만 저희 상황이 다급합니다. 아까도 말씀드렸잖아요. 산화제 누출 속도가 점점 빨라지고 있어요. 지금 대응하지 않으면 위의 세 가지 방법 중 어느 것도 적용하지 못할 수 있다고요."

"예, 도움을 드리지 못해서 죄송합니다. 저도 지시받은 대로만 말씀드리고 있을 뿐입니다. 한 가지 상황을 말씀드리자면……."

시찬이 주위의 눈치를 살피는 양 조심스럽게 목소리를 낮췄다.

"현재 모든 대응 방안 논의가 중단된 상황입니다. 나로우주센터 전체에 이번 사건과 관련된 함구령이 떨어진 것도 그래서고요. 센터장님은 서울로 올라가셨습니다. 말씀 안 드리려 했는데 차라리 알고 계시는 것이 나을 것 같아서……."

"뭐라고? 그게 무슨 개소리야."

시찬의 교신을 들은 민준이 황당하다는 표정을 지었다.

"논의를 중단했다고요?"

서윤 역시 믿을 수 없다는 얼굴이었다.

"우리를…… 포기하려는 건가요?"

주원이 불안함을 감추지 못하며 민준과 서윤을 번갈아 보았다.

*    *    *

"착륙합니다."

청와대 헬기장에 H-92 헬기가 등화를 모두 끈 채 내려앉았다. 어느덧 해가 넘어갔고 주위는 완전히 어둑해졌다.

"김세준 센터장님."

헬기의 문이 열리자 하진이 헬기의 로터(rotor)가 일으킨 바람을 그대로 맞으며 악수를 청했다. 세준이 허리를 굽히며 정중히 하진의 손을 잡았다. 하진이 먼저 손을 빼며 세준을 건너편 집무실 쪽으로 안내했다.

"도대체 무슨 일이 일어나고 있는 겁니까?"

나름 국가의 기밀들을 접해본 경험이 많은 세준이었지만 이와 같은 상황은 처음이었다.

"글쎄요. 저도 아직 제대로 들은 것은 아니어서."

하진이 주변을 의식하며 말을 아꼈다.

"저 말고 또 누가 초청을 받았습니까?"

세준이 최대한 예의를 지키며 계속 말을 걸었다.

"우리 센터장님은 아직 정치 감각이 많이 부족하시네요. 오랫동안 높은 위치에 계셔서 안 그러실 줄 알았는데."

헬기장을 벗어난 하진이 경호원들에게 물러서라는 신호를 보냈다.

"이렇게까지 대접해서 모셨으면, 그만큼 사안이 중대한 것 아니겠습니까?"

"예, 잘 알고 있습니다."

"그럼 말조심을 하셔야지요. 이런 공개된 곳에서 자꾸 경솔하게 꼬치꼬치 묻지 마세요."

어느새 본관 현관 앞에 이른 하진이 잠시 멈춰서더니, 몸을 돌려 세준에게 으르듯 말했다.

"죄송합니다."

세준이 얼어붙은 채 몸을 숙이자 하진은 무시하고 곧장 발길을 다시 서둘렀다. 이윽고 계단을 오른 하진이 경호원들의 인사를 받는 둥 마는 둥 하며 본관 안으로 들어섰다. 그리고 중앙 통로를 따라 집무실로 빠르게 이동했다.

"아, 들어가시기 전에 말씀드릴 것이 있는데."

집무실 문 앞에 이른 하진이 문고리를 잡으며 입을 열었다.

"대통령께서 무슨 말씀을 하셔도 반대 의견을 내시면 안 됩니다."

"예? 그게 무슨……."

하진의 작아진 목소리를 듣기 위해 세준이 몸을 더 숙였다.

"대통령의 마음속에는 오직 이번 프로젝트의 성공밖에 없습니다. 이렇게 급히 참모들을 소집한 것엔 분명 계획과 뜻이 있을 테니, 하자는 대로 따르셔야 합니다. 알겠습니까?"

동의한다는 세준의 눈빛을 확인한 하진이 문고리를 당겼다. 집무실의 가운데 놓인 사각 테이블 주위에 오태민 과기부 장관과 강주호 외교부 장관이 아무 말 없이 앉아 있었다. 그리고 상석에는 최윤중 대통령이 양복 상의를 입은 채 다리를 꼬고 앉아 있었다.

"주인공이 오셨군요. 많이 기다렸습니다."

윤중이 손을 들어 보이자 하진이 세준을 자리로 안내했다.

"비행이 불편하지는 않으셨나요?"

"예, 괜찮았습니다. 배려해주셔서 감사합니다."

세준이 두 장관과 목례를 하며 자리에 천천히 앉았다.

"자, 책임자들은 다 오셨으니 바로 본론으로 들어가지요."

집무실 문이 자동으로 닫히는 것을 확인한 윤중이 손뼉을 한 번 쳤다.

"강 장관님?"

"아, 예. 제가 먼저 브리핑하겠습니다."

넋 놓고 있던 강 장관이 서둘러 자세를 고쳤다.

"두 시간 전, 미국의 오웬 대통령께서 직접 저희 최윤중 대통령님께 전화를 주셨습니다. 우선 그 사항을 말씀드려도……."

강 장관이 윤중의 눈치를 보자 윤중이 그대로 진행하라는 눈짓을 보냈다.

"예, 김세준 센터장께서는 불편하실 수도 있겠지만, 미국은 한울 우주선의 궤도, 속도, 내부 연료 탱크 및 산화제 탱크의 이상을 일찍이 알고 있었습니다. 누출이 시작된 시점까지 정확히 파악했을 뿐 아니라, 어디가 문제인지조차 다 알고 있었습니다."

"그게 무슨……."

강 장관의 말을 들은 세준의 입술이 미묘하게 떨렸다.

"자존심이 상하실 수도 있겠지만 이 분야에서는 드문 일이 아닙니다. 센터장님이 이해해주세요."

윤중이 허공에 손을 두 번 흔들며 세준을 달랬다.

"NASA와 스페이스Y에서 제공한 추진모듈 및 우주선 제어 컴퓨터 전반에는 백도어 칩이 심어져 있었습니다. 예전에 중국이 비슷한 일을 해서 외교적 문제가 된 적이 있었는데, 미국도 관례적으로 그렇게 해왔다고 하더라고요."

"말도 안 돼."

세준이 눈을 질끈 감았다.

"아무튼, 지금 중요한 건 그게 아니에요. 미국이 그렇게 한울 우주선의 현재 상태를 면밀히 평가한 결과, 크랙 부위의 누설은 언제든지 확대될 수 있는 상황입니다. 수리가 시급하다는 의견을 주었고요."

"그건 이미 알고 있습니다. 우리도 자체적으로 원인을 파악하고 방안을 모색하고, 다 하고 있어요!"

세준이 이상하리만치 갑작스레 목소리를 높였다. 주위에 서 있던 하진이 인상을 찌푸리며 다가와 그의 어깨를 눌렀다.

"여기가 어딘지 잊지 마세요."

그리고 천천히 손아귀에 힘을 주며 속삭였다.

"죄송합니다. 제가 흥분했습니다. 아무튼, 수리가 필요하다는 것은 저희도 충분히 인지하고 있습니다. 다만, 한울 우주선은 단기간 달 탐사를 하기 위한 유닛이지, 국제우주정거장처럼 장기간 우주에서 작동하는 제품이 아닙니다. 내부에는 크랙이나 구멍을 수리할 도구도, 매뉴얼도 마련되어 있지 않습니다."

"이래서 한국인들이 문제야. 늘 안 되는 이유를 장황하게 나열하거든."

세준의 말을 듣고 있던 윤중이 양복 상의를 벗으며 자리에서 일어났다.

"센터장님, 내가 굳이 VIP 헬기까지 띄워가며 안 된다는 말을 듣고 싶어서 오라고 한 줄 아십니까?"

윤중의 눈동자가 한껏 커졌다.

"그러니까 제가 우주개발을 당신들 손에 완전히 맡기지 못한 거예요. 늘 돈이 부족하다, 해본 적이 없다, 이런 변명만 늘어놓으니까. 한울 우주선 주요 부품을 미국에서 조달하길 잘했지. 안 그랬으면 이륙도 못 하고 사달이 날 뻔했군요."

"대통령님, 말씀이 지나치십니다."

자존심을 공격받은 세준이 흥분을 감추지 못했다. 비록 낙하산으로 근무를 시작했지만, 자기 손으로 한국인을 달로 보낸다는 사명감에 차오른 뒤부터 그는 누구보다 진심으로 열을 다해왔다.

"여기가 지금 어디라고!"

"실장님은 가만히 좀 계세요!"

세준이 윽박지르는 하진에게 소리쳤다. 당하고만 있지 않겠다는 듯 눈도 피하지 않았다. 갑작스레 집무실 분위기가 험악해지자 바깥에서 경호원들이 문을 노크했다.

"아, 괜찮아. 토론이 좀 격해져서 그래."

윤중이 문 쪽을 넌지시 보며 흡족한 미소를 지었다.

"우리 센터장님이 강단이 있어서 그래도 다행이네요. 좋아요. 앉아보세요. 좋은 해결책이 있으니."

이어 착석을 권유하며 윤중이 먼저 자리에 앉았다.

"센터장님 말대로 자체 수리가 불가능하죠. 하지만 수리를 하지 않으면, 달 착륙은커녕 달을 돌아서 지구로 오는 것도 불가능할 수 있다는 의견이에요."

"저희 계산 결과는 아직 보고드리지 않았는데요."

"아니, 미국의 의견이 그렇다고."

윤중이 세준을 똑바로 쳐다보며 말했다.

"그래서, 오웬 대통령의 제안은 미국의 아르테미스 기지가 보유한 우주선을 이용해서 한울 우주선을 수리해주겠다는 거예요. 지구와 달 중간 지점에서."

"예?"

윤중의 발언은 하진을 포함해서 여기 있는 사람들 모두 처음 듣는 이야기였다.

"그게 기술적으로 가능합니까?"

묵묵히 있던 오태민 과기부 장관이 반문했다.

"그건 그쪽에 실례되는 질문이죠. 2년 후면 화성에 사람 보내려고 하는 애들인데. 잊지 마세요. 미국은 62년 전에 달에 사람을 보냈어요. 60년 전이면 당신네들 집에 에어컨도 없던 시절이에요."

윤중의 말투에서 오웬 대통령에 대한 절대적 신뢰가 사뭇 묻어났다.

"다만, 미국은 자기네들의 최첨단 우주 기술을 총동원해서 오는 것이기 때문에, 이 작업이 언론은 물론 다른 나라에 알려지는 것을 극도로 꺼려해요. 그냥 비밀리에 와서 누설 부위만 용접하고 다시 돌아가길 원하는 거죠."

세준은 도통 믿을 수 없다는 얼굴이었다. 윤중의 말은 소설처럼 들릴 만큼 황당한 것이었다.

"대통령님, 질문이 있습니다."

세준이 손을 번쩍 들었다.

"예, 하세요."

"미국이 왜 우리에게 그런 도움을 주려고 하죠? 자기네들 달 탐사와 화성 탐사만 해도 바쁠 테고, 또⋯⋯."

"하하. 외교에서 이유를 찾으려 하다니 정말 아마추어답군."

윤중이 호탕한 웃음을 지으며 강 장관을 흘겼다. 강 장관은 억지로 웃으며 윤중의 비위를 맞췄다.

"미국은 미국 나름대로 자기네들의 신기술을 활용할 기회가 생긴 거지. 달보다 수십 배는 먼 화성에 가야 하는데, 그 여정에서 무슨 사고가 생길지 어떻게 알아요? 미리미리 실전 감각을 익히고 또 데이터를 쌓을 좋은 기회지."

윤중의 대답엔 여전히 오웬 대통령과 미국에 대한 신뢰가 묻어 있었다.

"아무튼, 이미 내가 승인을 했으니 곧 아르테미스 기지에서 우주선이 출발할 거예요. 같은 유인 기지에 있는 다른 나라 우주인들 모르게, 30킬로미터 떨어진 곳에서 발사한다고 하더군."

세준은 윤중의 입에서 나온 말들을 아직도 도무지 믿을 수가 없었다. 물론 달 착륙은 수십 년 전에 달성한 것이고, 기술 또한 완성된 수준이었다. 하지만 마치 집 앞에서 고장 난 차를 수리하듯이 달에서 곧장 수리 인력을 지원할 수 있다는 것은 꿈만 같은 일이었다.

"우주 후진국으로서 부끄러운 일이지. 도움을 요청하는 형식이었으면 자존심이 상할 뻔했는데, 먼저 알아서 해준다고 하니 이래저래 고맙기도 하고."

"미국이 백도어 칩을 심어놓은 것을 밝히면서까지 먼저 나선 이유가 뭘까요?"

세준은 여전히 머릿속을 맴도는 의문들을 떨쳐내지 못하고 있었다.

"엄밀히 말하면 밝힌 것이 아니죠. 우리가 모두 비밀을 지키기로 했으니. 어차피 앞으로의 화성 시대는 미국이 주도할 수밖에 없어요. 그들이 좋은 뜻을 가지든, 나쁜 뜻을 가지든 후발 주자는 따라야지. 그게 개척지의 룰이기도 하고."

윤중이 등받이에 몸을 기댄 채 깍지를 끼었다.

"성공 가능성은 얼마나 되나요?"

세준이 현실로 돌아오기 위해 부단히 애를 쓰고 있었다.

"자기네들도 처음 시도하는 작업이라 높으면 70퍼센트, 낮으면 40퍼센트 정도 보더라고. 성공 가능성을요."

윤중이 말을 하다 말고 순식간에 표정을 굳혔다.

"그래서 말인데."

그리고 자리에서 일어나더니 세준을 향해 걸어갔다.

"센터장님이 우주인들에게 잘 좀 설명을 해주어야 할 것 같아요. 당황하지 않도록. 나는 그 정민준 대장이 늘 걱정이야. 자존심이 너무 세서, 또 괜히 혼자 해보겠다고 돌발 행동을 할까 봐 말이지."

윤중이 혀를 끌끌 차며 다시 자신의 자리로 돌아갔다.

"뭐, 나도 다 알고 임명한 거지만. 어쨌든 문제없이 수리가되어서 아무 일도 없었다는 듯이 달에 착륙하면 그만이고, 만약 안 되어서 실패하면 갑작스러운 사고로 발표해야지. 그 부분은 정 실장이 시나리오 잘 준비하고 있지?"

윤중의 입에서 직접 '실패'라는 단어가 나온다는 것은 그만큼 사안이 심각하다는 것을 의미했다.

"예, 곧 본격적인 작업 시작하겠습니다."

자리에 우뚝 서 있던 하진이 허리를 굽히며 대답했다.

"두 장관님이야 뭐, 워낙 많이 아시니까 걱정이 안 되는데…… 우리 센터장님이 좀 걱정이 되네요."

윤중은 자리에 앉지 않고서 세준을 내려다봤다.

"센터장 한다고 미움도 많이 받았는데, 더 올라가셔야죠. 이번 일 잘 풀리면 원하시는 자리로 올려드릴게요. 누구나 일한 바에 맞는 보상을 받아야죠. 나는 이래서 우주가 좋아. 무슨 짓을 해도 아는 사람이 얼마 없거든. 대중들도 무슨 말을 하든 그냥 그러려니 하고 믿을 뿐이고."

윤중이 의미심장한 미소를 지으며 창가를 향해 걸어갔다. 잠자코 듣던 세준은 눈에 초점을 잃고 멍하니 앉아 있었다.

# 7

## 선의의 도움은 없다
2031년 07월 20일

"정말 가능한 걸까요?"

지구에서 떠나온 지 14시간 58분이 지난 지금, 지구로부터 85,600킬로미터 떨어진 우주 공간에서 여섯 시간 후면 구조대가 온다는 소식을 들은 세 사람은 양가감정을 느꼈다.

"자기네들이 먼저 제안했다는데 당연히 자신이 있겠지."

민준은 국제우주정거장에서 우주선 외벽 수리를 해본 경험이 있었지만, 그것은 고작 지구로부터 400킬로미터 높이의 우주 공간에서의 일이었다. 지구가 보름달만큼이나 작아진 이 공허한 공간에서 우주선을 수리해줄 누군가가 오고 있다는 것을 선뜻 믿기는 어려웠다.

"믿을 수가 없어요. 기술력이 그 정도에 이르렀다는 게."

서윤이 디스플레이의 산화제 잔량을 확인하며 말했다.

민준이 누출 부위를 확인한 이후, 산화제 탱크가 가열되지 않도록 천천히 회전을 지속했지만 누출 속도는 점점 더 빨라져 분당 4킬로그램을 넘어서고 있었다.

"화성에 가는 것에 비하면 달은 그냥 동네 마실 정도지. 6개월도 넘게 비행을 해야 하는데, 도중에 어떤 일이 생길지도 알 수 없고."

"그래서 미리 대비책을 준비했다는 말씀이군요. 우주 공간에서 우주선을 수리할 수 있는 기술을."

"어쩌면 당연한 것이지."

민준은 긍정적인 방향으로 생각하려 애썼다.

"한울 원, 나로. 아까 요청하신 내용 말씀드립니다."

선내 스피커를 통해 시찬의 목소리가 들려왔다.

"나로, 말씀해주세요."

"예, 우선 구조대가 타고 오는 우주선의 정확한 정보와 스펙 등은 공개가 불가능하다는 입장입니다. 자체적으로 테스트를 하고 있는 시험용 우주선이라서요. 아르테미스 기지에 있는 다른 나라 우주인들도 그 존재를 모른다고 합니다."

"아주 첩보 영화를 찍는군."

시찬의 교신을 들은 민준이 중얼거렸다.

"그리고 요청하신 교신 채널 주파수 있잖아요."

"예, 알려주세요."

"아, 그게 알려줄 수 없다고 하네요."

"뭐라고요?"

통신 채널 다이얼에 손을 올리고 있던 서윤이 반문했다.

"아까 말씀드린 것처럼 워낙 비밀스럽게 진행하는 프로젝트라 공개할 수 없다고 합니다. 행여나 교신을 하다가 다른 나라에 노출될 수가 있어서 그렇게 한다고……."

"그럼 우리랑 교신도 안 하고 랑데부를 한다고요?"

"예, 교신은 일절 필요하지 않다고 합니다."

민준 역시 어리둥절한 얼굴이었다.

"그러니까, 그냥 우리가 어딨는지 자기네들이 알아서 찾아와서 산화제 누출되는 부위 찾아서 때우고 돌아가겠다? 너희들은 그냥 아무 일도 없었던 것처럼 가만히 있어라?"

"그게 미국, 아, 죄송합니다. 지금부터는 국가명도 공식적으로 언급하지 말라는 지시를 받았습니다."

"그럼 뭐라고 부르죠?"

"코드명은 하프문(Half-moon)입니다. 작업이 완료될 때까지는 그냥 하프문으로 통칭하겠습니다."

"좋습니다. 하프문."

"작업 시간이나 예상 성공 확률은요?"

서윤이 끼어들어 물었다.

"예, 그 부분은 비교적 명확히 알려줬는데요. 작업 시간은 1시간

이내, 수리를 통해 누출을 완전히 막을 가능성은 40퍼센트, 달 착륙이 가능한 정도로만 막을 가능성은 70퍼센트라고 전달받았습니다."

"그리 높지 않군요."

"그렇죠. 그리고 이 부분도 꼭 고지하라고 했는데……."

빠르게 제반 사항을 전달하던 시찬이 잠시 머뭇거렸다.

"말씀하세요."

"아무래도 가스가 누출되는 우주 공간에서 플라스마 용접을 하다 보니 사고 가능성도 있는 것 같습니다."

"사고요?"

"그렇습니다."

서윤의 물음에 시찬이 짧게 답했다.

"작업하다 폭발할 수도 있다는 말이죠? 쉽게 말하면."

"예, 불행히도 그런 가능성이 존재합니다."

"얼마나 되죠? 그럴 확률은?"

민준의 물음에 시찬이 선뜻 답을 하지 못했다.

"괜찮아요. 어쨌든 안 할 수는 없는 작업이니까."

"하프문에 의하면 작업 도중 폭발이 일어날 가능성은 30퍼센트입니다."

"미쳤군."

"생각보다 너무 높은데요."

서윤과 시찬의 교신을 듣던 민준과 주원이 탄식 섞인 말을 한마디씩 내뱉었다.

"그 정도 확률이면, 우리도 선외용 우주복을 입고 바깥에서 대기하는 것이 맞지 않나요? 폭발이 일어나더라도 안전한 범위 내에서 기다리는 것이 좋을 것 같은데요."

"죄송합니다. 하프문은 작업의 모든 과정이 유출되는 것을 허용하지 않고 있습니다."

"아니, 멀찍이 떨어져 있는데 무슨 기술이 유출된다는 거예요?"

"그 부분은 저희도 협의를 해보려고 했는데, 하프문 측의 입장이 완고합니다. 자기네들이 내세운 조건을 단 하나도 바꿀 수 없다고 합니다."

"구조가 아니라 협박을 하러 오는군. 그러니까 폭탄을 끌어안고 기다려라. 잘되면 집에 돌아가는 것이고, 안 되면 그대로 산화해라."

민준이 실소하며 비꼬는 말투로 이야기했다.

"나로, 잘 알겠습니다. 지시한 대로 궤도를 유지하면서, 구조팀, 아니 수리팀을 기다리겠습니다."

민준이 교신 중단 버튼 위에 손을 올리며 시찬에게 통보했다.

"예, 1시간 후 정규 교신 다시 드리겠습니다."

시찬이 교신을 끝내자 사령선 안에는 잠시 적막이 감돌았다.

"능력을 가진 자들의 오만이네요."

"미국 애들, 아니 하프문 애들 그렇게 겁은 줘도 잘 해낼 거야."

"예?"

"실패 확률이 30퍼센트나 되는데 섣불리 달려들 애들이 아니야. 무언가 확신이 있으니까 오는 거지."

오랫동안 미국의 우주 기술을 눈으로 보고 배운 민준은 그에 대한 신뢰감이 있었다.

"30퍼센트는 그냥 책임을 회피하기 위해서 겁을 준 거야. 선의로 왔는데, 행여나 어긋나면 외교적으로 낭패일 테니까. 나로우주센터와 대통령을 믿고 조금만 더 기다려보자고."

\*　　\*　　\*

"우주인들 반응은 어때?"

편한 옷차림으로 갈아입은 윤중이 간이 집무실 안락의자에 몸을 누였다.

"예상보다는 호의적이라고 합니다. 자기네들도 자체적으로 해결할 수 없다는 것을 잘 알고 있는 것 같습니다."

"다행이군. 정민준이가 가만히 있지 않을 줄 알았는데."

윤중이 눈을 반쯤 감은 채 말했다.

"뭐, 자기가 어쩌겠습니까. 죽음을 마주한 상황에서는 다 순하디순해질 뿐이죠."

아직도 넥타이를 풀지 않은 하진이 미소를 띠며 윤중의 입

맛에 맞게 말했다.

"이게 다 내가 오웬 대통령과 쌓아놓은 개인적인 친분 덕분 아니겠어."

아직 수리 미션이 시작되지도 않았지만, 윤중은 자칫 정치적 재앙이 될 수도 있는 상황을 잘 넘겼다는 생각에 스스로 흡족해하고 있었다.

"예, 맞습니다. 다 대통령님의 외교력 덕분입니다."

하진이 능숙하게 윤중의 비위를 맞췄다.

"그나저나 걔들 하는 짓 보면 정말 대단해. 어떻게 산화제가 새어 나오는 분사 모양만 보고 구멍인지 크랙인지 구분했을까. 게다가 크랙 길이와 형태까지 유추했으니까. 놀라워, 정말 놀라워."

미국이 제공한 데이터를 직접 본 윤중은 그들의 제안을 수락할 수밖에 없었다. 자국의 기술진들이 채 영상 분석을 시작하기도 전에, 도중에 가로챈 정보들만으로 이미 사고 부위와 원인까지 파악해놓았기 때문이었다.

"이건 오프 더 레코드지만……."

윤중이 자리에서 몸을 일으켰다. 그리고 신발을 벗어 실내화로 갈아 신었다.

"오웬 대통령이 내게 직접 미안하다는 말도 했어요."

"예? 그게 무슨……."

"그런 말은 거의 하지 않는 사람인데……. 한울 우주선에 적용된 '외피-탱크 일체형' 기술 말이야."

"아, 그런 것이 있었습니까?"

"이 사람 좀 보게. 우리 우주선에 통 관심이 없구먼."

그가 한심하다는 듯이 하진을 쳐다보더니 간이 집무실 한쪽에 난 통유리를 향해 걸어갔다.

"아무튼, 그 신기술. 화성으로 가는 우주선의 무게를 조금이라도 줄여보려고 만든 그 기술에 문제가 있었대. 용접 부위가 열변형에 취약해서, 일부 로트(rot)에서 그렇게 크랙이 발생할 가능성이 있었다는군."

"그럼 사고 가능성을 알면서도 알려주지 않은……."

"그렇게 야박하게 해석할 필요는 없지."

그가 고개를 설레설레 저은 뒤 창밖에 떠오른 그믐달을 넌지시 올려다보았다. 붉은 기가 도는 그믐달이 기분 나쁜 미소를 짓고 있는 듯했다.

"자기네들도 가능성을 발견하고 생산 제품들을 검토하는 과정에서 사고가 생긴 거지. 아마 3개월만 늦게 발사했어도 미리 조치할 수 있었을 거라 하더군."

"아, 그렇습니까. 프로젝트를 조금 더 늦추었어도……."

순간, 자신의 말실수를 알아차린 하진이 다급히 말을 끊었다. 하지만 이미 윤중의 표정은 굳어버린 뒤였다.

"그건 아니지."

윤중이 뒤로 돌아 하진을 빤히 쳐다보았다.

"그건 아니야. 그런 말은 야당의 능력 없는 노인네들이나 하는 거지."

"그런 뜻이 아니었습니다. 죄송합니다."

지난 10년 동안 유인 달 탐사 프로젝트를 밀어붙인 윤중은 전방위로 공격을 받아왔다. 야당과 언론은 물론 여당의 유력 경쟁자들까지도 달 탐사 무용론을 제기하며 연일 비판을 쏟아 냈다. 누리 14호 로켓이 발사되는 당일에도 수백 명의 시위대가 나로우주센터 정문 밖에 모여 예산 낭비라고 지적하며 발사를 반대하는 형국이었다.

그들의 저항이 더욱 거세질수록 윤중은 오히려 프로젝트의 진행 속도를 높였다. 기술적으로 불가능하다는 이야기가 나올 때면 그는 오웬 대통령에게 도움을 요청하여 핵심 기술들을 그대로 구매했다. 일부 기술들은 미 의회의 승인을 거쳐야 해 까다로웠지만, 화성 유인 탐사에 수조 달러를 쏟아붓고 있는 오웬에게 한국은 좋은 고객이자 돈줄이었다.

백도어 칩은 그런 의회의 반발을 무마하기 위해 오웬이 생각해낸 묘수였다. 기술이 유출되더라도 모조리 감시할 수 있다는 명분이 있었기에, 오웬은 한층 더 손쉽게 최신 기술들을 한국에 전수할 수 있었다.

그런 일련의 비화들을 모조리 감당해낸 윤중이 제일 싫어하는 말은 바로 '안전과 검증을 위해 발사를 연기하자'라는 의견이었다. 다른 비판들에는 돌부처처럼 평정심을 유지하던 그였지만, 유독 계획을 늦추자는 말에는 신경질적으로 반응했다. 그것을 가장 잘 알고 있는 하진은, 윤중의 화가 폭발하기 전에 스스로 먼저 무릎을 꿇었다.

\* \* \*

"지금 한국 시간으로 새벽 1시가 조금 넘었는데요, 이 늦은 시각까지 한울 우주선과의 인터뷰를 기다려주신 시청자 여러분께 죄송하다는 말씀을 드려야 할 것 같습니다."

KBN 뉴스 룸에서 채민서 앵커가 홀로 카메라 앞에 앉아 있었다. 민서의 화면이 실시간으로 유튜브와 케이블을 통해 전국에 중계되고 있었다.

"방금 나로우주센터에서 들어온 소식에 의하면, 태양풍의 영향으로 인해 한울 우주선과 관제센터 사이의 교신이 원활하지 않은 상황이라고 합니다. 이에 영상 신호 전송에 어려움이 있어……."

민서는 프롬프터에 떠오른 멘트를 그대로 읽었다.

"내일 아침 8시경에 다시 라이브 인터뷰 일정을 알려드릴 수 있을 것 같습니다. 대한민국 우주개발의 역사적인 순간을 함께 해주신 시청자 여러분께 다시 한번 감사의 말씀을 드립니다."

민서가 고개를 숙이자 잠시 후 카메라의 녹화 등이 꺼졌다.

"수고 많으셨습니다."

민서가 피곤한 기색이 역력한 얼굴로 데스크 위에 놓인 태블릿과 서류들을 챙겼다. 그리고 휴대전화의 전원을 켜자 몇 시간 동안 걸려온, 35통에 달하는 부재중 전화 리스트가 떠올랐다.

"아주, 이 시간에도 가만두지를 않는군."

대개 각종 정부 기관과 언론에서 온 전화들이었다. 수백 개의 읽지 않은 메시지들은 덤이었다.


정권의 앞잡이! 나팔수는 꺼져라!

우주개발은 니 돈으로 해!

결혼은 하셨나요? 완전 제 스타일이에요.


최윤중 정부 출범 이후 승승장구해온 민서는 몇 년 전부터 스토킹에 가까운 협박을 받고 있었다. 이번 한울 프로젝트뿐 아니라 정권의 우주개발 관련 이슈들을 독차지한 탓에 그녀는 늘 반대론자들의 타깃이었다. 짧게는 1개월마다 전화번호를 바꾸었지만, 귀신같이 그녀의 번호를 알아낸 이들이 지속으로 메시지 폭탄을 보내고 있었다.

그녀는 읽지 않은 메시지들을 일괄적으로 지우려다가, 후배 기자인 리아의 메시지를 보고 멈칫했다. 한때는 절친한 동문이자 후배였지만 우주개발의 방향성을 두고 마찰을 빚으면서 사적인 이야기를 나누지 않은 지 오래였다. 게다가 VIP가 리아의 자리에 다른 이가 앉길 원한다는 의중을 노골적으로 내보이기도 했기에 민서는 마음이 복잡했다.

답신을 보낼까 고민하며 한동안 휴대폰을 들여다보던 그녀는 충동적으로 통화 버튼을 눌렀다. 귀에 휴대폰을 댄 채 스튜디오를 나와 복도를 걸어갈 무렵, 리아가 그녀의 전화를 받았다.

"아, 언니. 방송 잘 봤어요."

"그래, 늦은 시간인데 깨어 있었네. 무슨 일이니?"

"한울 우주선 라이브 인터뷰 취소된 거, 언제 전해 들으셨어요?"

"나는 또 오랜만에 안부 인사 하나 했네."

민서가 예상했던 반응이라는 듯이 실소하며 엘리베이터의 버튼을 눌렀다.

"미안해요. 그러기에는 지금 상황이 너무 안 좋아서."

"왜? 통신 상태 불량으로 인터뷰 지연되는 건 흔한 일인데."

민서는 리아가 여전히 괜한 의심병에 사로잡혀 있을 거라 생각했다.

"그건 그런데, 이번 건은 좀 다른 것 같아요."

"리아야, 나 지금 너무 피곤하거든? 네 추리 소설 들을 시간은 없어."

지하 주차장에 내려온 민서가 충전 중인 자신의 차량을 향해 걸어갔다.

"언니!"

그때, 자신의 차량 주위에서 서성이던 리아가 손을 들어 인사를 건넸다. 당황한 민서가 걸음을 멈추며 얼굴을 찌푸렸다.

"네가 여기 왜 있어?"

"아, 다른 일 때문에 들렀다가 언니 기다린 거예요. 오해하지 마세요."

리아가 휴대전화를 가방에 넣으며 민서에게로 걸어왔다. 섬뜩함을 느낀 민서는 한두 걸음 뒤로 물러서며 거리를 뒀다.

"오해는 무슨. 그래도 이건 좀 아닌 것 같은데."

리아는 개의치 않고 민서를 향해 접근했다.

"그쯤에서 이야기하는 게 좋겠어. 너도 잘 알잖아. 나 요즘 민감한 거."

민서가 오른손을 뻗으며 거리를 벌렸다.

"언니, 중요한 사안이에요. 오늘 생중계 중단, 통신이상 때문이 아닐 수도 있다고요."

리아는 여전히 미소를 거두지 않고 있었다.

"그게 무슨 소리야."

난데없는 리아의 말에 민서는 당황스러운 표정을 지었다.

"지금 한국항공우주연구원의 수석 엔지니어들하고, 과기부의 국장급 인력들이 다 전남 고흥으로 내려갔다는 정보가 있어요. 다들 추적을 피해서 렌트 차량만 이용하고, 휴가랑 출장을 섞어서 냈나 봐요."

"그게 뭐? 당연히 국가적으로 가장 큰 일인데 모여서 상의할 일이 있을 수도 있지."

"예, 하지만 프로젝트 전에는 가만히 있다가 도중에 갑자기 모이는 것은 드문 일이죠."

"설마 그거 때문에 나한테 온 거야? 팩트로 이름 날리던 김리아가?"

"그럴 리가요. 고급 정보는 이런 공개된 장소에서 말할 수가 없죠."

순간 민서의 머릿속에 여러 가지 시나리오가 흘러갔다. 윤중과 하진으로부터 기밀급의 정보를 직접 전달받기도 하는 민서였지만, 이번 라이브 인터뷰 중단과 관련해서는 아무런 언질도 받지 못했다. 그녀는 정권의 충실한 스피커가 되어 홍보를 담당했던 자신이 핵심 라인에서 소외되었을 수도 있다는 걱정에 잠시 착잡함을 느꼈다.

민서는 리아와 눈을 마주치며 조심스럽게 차량의 조수석 문

224

을 열었다.

"그래, 일단 나가서 이야기하자."

\*　\*　\*

하프문 구조대 도착 90분 전

"그럼 우리가 할 일은 없다는 건가요?"

민준이 시찬에게 재차 같은 내용을 물었다.

"대장님, 조금 전 최종 논의에서도 같은 결론이 났습니다. 죄송하지만 한울 우주선은 궤도와 속도 모두 그대로 유지한 채 수리가 완료될 때까지 기다리시면 됩니다."

"인사도 안 하고? 지구도 달도 아닌 우주 허허벌판에서 사람을 만났는데?"

민준이 장난 섞인 목소리로 물었다.

"예, 우주유영도 하시면 안 됩니다. 미국에서는 창도 모두 가려줄 것을 요구했는데, 그건 저희가 어떻게든 반대했습니다. 너무 비인간적인 것 같아서요."

"내부에서 촬영하는 것은 되나요?"

궁금증이 많아진 서윤이 물었다.

"죄송하지만, 당연히 안 됩니다. 하프문이 제일 민감해하는 것이 자신들의 수리 기술이나 방법이 노출되는 것이어서요. 이건 제 생각인데……."

시찬이 무언가를 확인하는 듯 잠시 머뭇거렸다.

"아마 하프문 구조대는 재밍(jamming: 전파 교란) 장비를 사용할 것 같아요. 우리를 전혀 믿지 못하고 있으니 통신, 전파, 전자 기기를 모두 차단하는 장비를 가지고 올 거예요."

"전투를 하러 오는 것도 아니고……."

"민감한 사항이라 직접 대놓고 이야기하지는 않았어요. 다만 아르테미스 기지와의 통신도 불가하다고 하고 어떠한 촬영, 녹음도 안 된다고 하는데, 별다른 방지 방법을 요구하지 않는 것을 보면 자신이 있는 것 같아요."

"너희들이 어떻게 해도 우리가 다 막을 수 있다, 이런 건가?"

"예, 그래서 저희도 수리하는 동안은 통신과 텔레메트리가 중단될 것을 대비하고 있습니다."

"어떻게?"

"아, 미국 애들이 워낙 이곳저곳에 백도어 칩을 심어놔서 걱정이기는 한데……."

시찬이 또 한 번 잠시 뜸을 들였다.

"다행히 수리를 받으시는 동안 한울 우주선이 우리나라 상공에 떠 있을 것 같아요. 그러면 3시간 정도는 관측이 가능하죠."

"그래서?"

"저희 천문대의 광학망원경을 이용해서 상태를 확인하려고요."

"음······."

보현산 천문대에는 한국에서 가장 큰 3미터급 반사망원경이 있었다. 우주선과 같은 인공 물체를 관측하기 위한 시설은 아니지만, 지구와 달 사이에 있는 한울 우주선 크기의 물체는 어느 정도 확대하여 촬영할 수 있었다.

"그냥 빛을 수동적으로 받아들이는 거라 하프문 구조대도 어떻게 막을 수가 없고, 우리가 아무것도 안 하고 손 놓고 있는 것도 좀 그렇고 해서요."

"미국에는 이야기 안 했고?"

"예, 만약 이야기하면 수리 시점을 바꾸겠죠. 우리나라에서 보이지 않는 시간대로."

"철두철미한 녀석들인데, 설마 우리가 반사망원경으로 관측할 생각을 못 할까요?"

주원이 의문스러운 표정으로 물었다.

"글쎄. 뭐 그렇게까지 하겠나 생각할 수도 있고, 아니면 방지책을 또 마련해놓았을 수도 있지."

민준은 여전히 고민에 빠져 있었다. 늘 리더 역할만을 해온 그에게 아무런 통제나 교류도 없이 우주 공간에 가만히 있는 상황은 견디기 힘든 것이었다.

"일단 알겠습니다. 이제 약 80분 남았네요. 하프문 구조대가 우리 레이더에 잡히면 알려줄게요."

짧게 침묵하던 민준이 긴 정규 교신을 마쳤다.

"그래도 다행이네요."

남은 의문이 많았지만 서윤은 한결 편안한 얼굴이었다.

"그래, 수리만 잘되면 아무 일도 없었다는 듯이 임무를 재개할 수 있으니까."

"1960년대에 달에 갈 때도 이런 비화가 있었을까요?"

"그때 달에 가지 않았다고 믿는 사람이 아직도 태반인데 뭘."

서윤의 질문에 민준이 웃음을 터트렸다.

"주원이도 한때 달 착륙 음모론에 빠져 있던 때가……."

서윤이 주원을 넌지시 언급하자 그가 손사래를 쳤다.

"아니에요. 그냥 순전히 과학적인 오류가 있지는 않은지 검토한 것뿐이라고요!"

과도한 주원의 반응이 오히려 어색했다.

"국민들이 알면 난리 나겠군. 대한민국 최초의 달 착륙 우주인이 사실은 달 착륙을 믿지 않는 음모론자였다니……."

"아, 대장님. 절대 아니라니까요. 저는 그때 태어나지도 않았잖아요. 그러니까 그냥 호기심에 연구한 거라고요."

"그래, 농담에 진지하게 반응하면 그게 더 진실 같은 거 잘 알지?"

세 사람은 오랜만에 긴장이 풀린 것을 느꼈다. 아직 무엇도 해결되지 않았지만, 죽음과 실패의 공포에서 벗어날 수 있다는 희망이 그들을 짧게나마 웃게 했다.

*   *   *

"실장님, 저 민서예요."

"예, 자고 있었습니다. 무슨 일이죠?"

새벽 2시가 넘은 시각. 하진은 한울 우주선과 하프문 구조대의 랑데부를 앞두고 비서동에서 쪽잠을 자고 있었다.

"죄송해요. 급한 일이라."

"말씀하세요."

윤중이 그녀를 얼마나 신뢰하는지 잘 알고 있었기에, 하진은 몰려오는 잠을 이겨내며 차분히 응했다.

"혹시 저한테 말씀 안 하신 것 있나요?"

"예? 뭘요."

"한울 우주선 관련해서 말씀 안 하신 게 있나 해서요."

'이게 무슨 뚱딴지같은 소리야.'

하진이 휴대전화를 귀에서 때며 화면을 다시 확인했다. 비록 정권 친화적인 기자였지만, 마치 자신이 비선 실세라도 되는 양 구는 민서의 행동이 당황스러웠다.

"아니, 채 앵커님이 모르시는 일이야 늘 일어나죠. 어디 달에 사람 보내는 게 쉬운 일이겠습니까?"

정신이 바짝 든 하진은 그녀가 무언가 눈치챈 것이라 확신했다.

"그렇죠. 누리 10호 로켓 폭발 당시에도 제가 있었으니까."

"돌려 말씀하지 마시고요. 지금 청와대입니다."

"아무리 그래도 국민들 앞에 한울 우주선 소식 전하는 얼굴마담이 저인데, 저까지 속이면서 바보 만드시면 안 되죠."

"자꾸 빙빙 돌리기만 하시는군요."

하진이 풀고 있던 와이셔츠 단추를 잠갔다.

"한울 우주선 무사한 거 맞아요? 왜 갑자기 라이브 인터뷰 취소한 거죠?"

"그건 김세준 센터장이 직접 전달드렸잖아요. 태양풍 때문에 통신이상이 생겼다고."

"알죠. 제가 제 입으로 그렇게 말했으니까. 국민들도 다 그렇게 믿고 있을 거고요."

"그럼 잘되었네요. 뭐가 문제입니까?"

"저한테 숨기시는 게 있으면 곤란해요. 제가 오랫동안 당신들 편이었던 거, 잘 아시죠?"

"우리나라의 간판 언론인께서 중립을 지켜야지 무슨 편 가르기를……."

하진은 민서에게 말려들지 않으려 정신을 바짝 차렸다.

"누가 말을 돌리고 있는 건지 모르겠네요. 나 여기서 원하는 거 못 얻으면 대통령께 다이렉트로 전화드릴 거예요. 그걸 원하는 건 아니죠?"

'이 새끼가……'

민서에게 협박에 가까운 말을 들은 하진이 욕설이 튀어나오려는 걸 가까스로 참았다.

"채 앵커님. 저는 대통령 비서실장입니다. 지금 혹시 술 드시고 다른 데 전화 거신 건 아니죠?"

"예, 잘 알고 있어요. 대통령님 오른팔. 정, 하, 진 실장님."

민서가 또박또박 앙칼지게 답했다.

"도대체 지금 뭐 하시는 겁니까?"

"마지막으로 여쭐게요. 한울 우주선 문제 있어요, 없어요?"

"없습니다."

"진짜 없어요?"

"예, 당연히 없습니다. 곤히 자고 있던 사람 깨워서 지금 왜 이럽니까?"

"알겠어요. 그럼 계속 주무세요. 이만."

민서가 먼저 전화를 끊었다.

"이게 완전 맛이 갔군."

화면을 보던 하진이 분을 참지 못하고 휴대전화를 바닥에 내리 던졌다.

　　　　　*　　*　　*

"리아야, 나 민서."

아직 차 안에 있던 채민서 앵커는 정하진 비서실장과 통화를 마치자마자 리아에게 전화를 걸었다. 30분 전, 차 안에서 짧은 대화를 마치고서 민서는 리아를 집 앞까지 데려다주었다. 대부분 근거가 부족했지만 리아는 한울 우주선에 무언가 심각한 문제가 생겼을 것이라 추론하고 있었다.

"예, 뭐 좀 나왔어요?"

"아니. 나한테도 숨기는 것 같아."

"숨기는 건 맞아요?"

"확실하지는 않은데, 느낌이 그래."

"그걸로는 부족한데…… 언니가 비서실장하고 잘 안다면서요."

"비즈니스만 그렇지. 사귀는 건 아니니까."

민서가 멋쩍은 웃음을 지었다.

"아무튼, 이 사람들 물불 안 가리는 거 잘 알지? 일단 내가 눈치챘다는 신호를 보냈으니까 앞으로 정신 바짝 차려야 해."

"예, 제 이름도 말씀하셨나요?"

"그렇진 않은데 너는 이미……."

"잘 알아요. 저 찍힌 거."

리아가 대수롭지 않다는 듯 웃었다.

"주변에 네 위치 항상 공유하고, 무슨 일 생길 것 같으면 연락해."

민서가 휴대전화를 내려놓은 다음 한숨을 쉬었다. 그녀는 최윤중 대통령의 큰 뜻에 자신의 운명을 걸었다. 그런데 무언가 커다란 비밀에서 소외되었다는 생각에 반감이 커지고 있었다. 반대파의 공격과 욕설을 온몸으로 받아내는 역할을 해온 그녀였기에, 무언가를 숨기는 듯한 하진의 태도는 그녀를 더욱더 실망케 했다.

* * *

하프문 구조대 도착 10분 전

"이게 마지막 교신입니다. 랑데부 예정 시각 5분 전부터는 모든 전파 송수신을 중단하기로 협의했어요."

"예, 알겠습니다. 신의 가호를 빌어주세요."

민준이 교신을 마치고는 목에 걸고 있던 헤드셋을 걷어냈다.

"진짜 오긴 오는 거겠죠?"

"믿어봐야지."

10초에 한 번씩 천천히 회전하는 한울 우주선 바깥으로 반쯤 가려진 달의 윤곽이 선명하게 보였다. 민준은 차분히 숨을 고르며 사령선의 전면 윈드실드를 응시했다.

"창문도 막으라는 말은 없었으니까, 살갑게 인사나 건네자고."

그가 허탈하다는 듯 손을 들어 어설프게 흔들었다.

"그게 보이겠어요?"

서윤이 어이없다는 표정을 지었다.

"당연하지. 주변은 다 어두운데 우리만 불빛이 있으니까 아주 잘 보인다고."

"아…… 경험에서 우러나온 거니, 인정."

그녀가 고개를 끄덕이며 민준의 비위를 맞추었다.

"저기요!"

그때, 저 멀리서 무언가를 발견한 주원이 손을 쭉 뻗었다. 달의 밝은 면을 배경으로 회색빛 점 하나가 다가오는 것처럼 보였다.

"오, 정말 오고 있는 건가?"

민준이 자리에서 몸을 빼내어 전면 창에 얼굴을 바짝 붙였다.

"맞아! 우주선이야!"

아직 형태나 크기를 가늠할 수는 없었지만, 분명 빛을 내는 점 하나가 민준의 시야를 자극했다.

"어떻게 오려나……."

나로우주센터에서 하프문 구조대에 대한 어떠한 정보도 받지 못했기에 세 사람은 그들과의 랑데부 방식에 대해 잠깐 토의했다. 지구에서 달로 향하고 있는 한울 우주선과 달리 하프문의 우주선은 달에서 출발해 다가오고 있었다. 그러니 필연적으로 엄청난 상대 속도를 가질 수밖에 없었다. 단순 계산만 해보아도 두 우주선 사이를 가르는 상대 속도는 초속 3킬로미터가 넘었다. 권총 탄환보다 열 배 가까이 빠른 속도였다. 이 정도면 잠깐의 실수만으로도 거대한 충돌이 일어날 수 있었다.

"속도를 안 줄이는 것 같은데요?"

점점 커지는 점의 크기를 가늠한 주원이 불안하게 말했다.

"우리 시야에 들어왔으면 수십 킬로미터 앞이라는 이야긴데……."

"그러니까요."

주원은 초조한 듯 속으로 숫자를 세고 있었다.

"잘 알아서 하겠죠. 그래도 구조대가 느리게 오는 거보다는 낫잖아요."

자리를 지키고 있는 서윤은 하프문 구조대를 신뢰한다는 입장이었다.

"그래. 아마추어들이 괜히 조바심을 내면 프로들이 일을 할 수가 없지."

태연하게 반응하면서도 민준은 시선을 정면에서 떼지 못했다.

"대장님, 보세요!"

변화를 감지한 서윤이 짧게 외쳤다. 작은 점처럼 보이던 하프문 우주선이 방향을 180도 바꾸는가 싶더니, 푸른색 화염을 선명하게 드러냈다.

"방향을 바꿨어. 이제 속도를 줄이는 것 같은데."

20개의 이온추진기로 추력을 보조하는 하프문 우주선이 진행 방향을 완전히 바꾸면서 속도를 줄였다.

"화염 색깔이⋯⋯."

"응, 우리 같은 구식 액체로켓이 아니야."

"예, 동영상으로만 보던 이온추진기 색이네요."

"역시. 자신감이 가득한 이유가 있었군."

이온추진기는 전자기력을 이용해 금속 이온을 가속시켜 추력을 얻는 기술이었다. 그동안은 소형 무인 탐사선이나 위성에 간헐적으로 탑재되어왔다. 큰 추력을 짧은 시간 동안만 낼 수 있는 액체추진로켓과 달리, 이론상 작은 추력을 끊임없이 낼 수 있었기 때문에 지속적으로 속도를 높이고 유지하는 데 유리했다.

"그래도 저것만으로는 이렇게 빨리 올 수 없었을 텐데⋯⋯."

민준이 점점 크게 흔들리는 파란 불빛을 보며 말했다. 주원은 묵묵히 창에 코끝을 바짝 붙이고 있었다.

그때, 갑자기 불빛이 번쩍하더니 하프문 우주선에서 강한 노란색 불꽃이 일기 시작했다.

"액체추진로켓 점화! 이제 속도가 확 줄어들 거야."

한울 우주선 3킬로미터 근방까지 도착한 하프문 우주선이 속도를 줄이기 위해 액체추진로켓을 가동했다.

"신이시여."

눈앞에서 펼쳐지는 첨단 우주 기술 쇼에 민준이 농담 반 진담 반으로 탄식을 내뱉었다.

"또 신을 찾으시는 걸 보니 진짜 긴장하셨나 봐요."

태연한 얼굴의 서윤이 농담조로 말했다.

"거의 다 왔어요. 이제 확실히 보이는 것 같아요!"

시력이 제일 좋은 주원은 벌써 우주선의 윤곽을 구별해냈다.

"확실히 뭔가 다르네요. 기다란 원추 형태인 것 같아요."

이윽고 하프문 우주선의 액체추진로켓 불꽃이 꺼지고 거리가 300여 미터로 가까워졌다. 주원은 호기심에 찬 눈으로 그것의 모습을 면밀히 살폈다.

"저런 색은 처음 보는군."

대부분 흰색이나 밝은 회색을 띠는 우주선들과 달리, 하프문 우주선은 달의 토양과 비슷한 짙은 회색으로 칠해져 있었다.

"예, 태양 빛도 거의 반사하지 않는 것 같아요."

주원이 달의 밝은 음영에 비추어도 눈에 잘 띄지 않는 것을 확인하며 말했다.

"숨길 것이 그토록 많다는 이야기겠지."

민준의 이마엔 어느새 땀이 흐르고 있었다.

"어, 멈춘 것 같은데요?"

우주선의 로켓 노즐까지 보일 만큼 거리가 가까워지자, 하프 문 우주선이 갑자기 정지한 것처럼 보였다.

"아직 200미터는 더 되는 것 같은데."

우주선은 이온추진기마저 끄고 좀처럼 움직이지 않았다. 일부러 한울 우주선과의 거리를 좁히지 않은 채 잠시 대기하는 듯했다.

"너무 조바심 내지 말고 기다려요. 환영 인사를 건넬 것도 아니라면서요."

서윤은 디스플레이를 통해 한울 우주선의 상태 변화를 계속 확인했다.

"그래, 우리도 자리로 돌아가서 그냥 기다립시다."

두 사람이 돌아오는 사이 서윤이 켜놓은 외부 CCTV 화면이 일그러지더니 금세 암전했다.

"재밍을 시작했네요. 1, 3, 5번 카메라 아웃."

서윤이 예상했다는 듯 담담한 표정으로 상황을 전했다.

"통신도 끊겼습니다. 모든 채널 시그널 로스(signal loss)!"

디스플레이 패널 밑의 통신 패널도 신호 없음을 알리며 붉은 등을 깜박였다.

"좋아요. 이제 구조 작전이 시작됩니다. 다들 정신 바짝 차리고 도움을 기다리죠."

민준이 조바심을 억누르려는 듯 조종석 자리에 앉으며 눈을 살짝 감았다.

* * *

"랑데부 시작되었습니다."

시찬이 시작을 알리자 발사관제실 스크린의 화면들이 하나둘씩 꺼지기 시작했다.

"텔레메트리 아웃."

"승무원 생체 신호 아웃!"

"궤도 추적 신호 모두 블랙아웃 되었습니다."

연달아 각 콘솔에 앉아 있던 매니저들이 신호 소실을 알리며 손을 들었다. 센터스크린에 떠 있는 궤도 화면에서도 한울 우주선의 아이콘이 붉은 엑스 자로 변하며 깜박였다.

"녀석들, 제대로 하는군."

맨 뒷줄에 서 있던 재윤이 혼잣말을 했다.

"다들 당황하지 말고 각자의 자리 지키세요. 보현산 천문대 광학 관측 결과는 어떤가요?"

이내 헤드셋 마이크를 잡고 단호히 상황을 정리했다. 비장의 무기를 준비했다는 듯이 당당한 목소리였다.

"아직 추적이 안 되고 있습니다."

TELMU 콘솔의 김지선이 답했다.

"예, 일단 화면 연결해놓고 기다려보기로 하죠."

보현산 천문대의 3미터급 반사망원경으로 랑데부 현장을 몰래 살피자는 것은 재윤의 아이디어였다. 천문대에 근무하는 직원 10여 명을 입막음해야 했기에, 정하진과 최윤중 대통령의 빠른 재가가 필요한 상황이었다.

추진하는 과정에는 세준이 적극적으로 나섰다. 윤중의 당근 유인책에 걸려든 세준은 자신의 충성심을 증명하기 위해 이 아이디어에 다시 한번 사활을 걸었다. 자칫 미국에게 들킬 경우, 신뢰 관계가 급격히 깨질 수 있었기에 윤중도 쉽게 결정하진 못했다. 하지만 보현산 천문대는 미국에게는 관심 대상조차 되지 못하는 작은 규모인 데다가 반사망원경은 전파 신호와 달리 빛을 수동적으로 받아들이기만 한다는 점에서 외교적 위험이 덜 할 것이라 판단했다.

지선이 콘솔을 조작하자 보현산 천문대 망원경이 촬영한 하늘이 대형 스크린에 떠올랐다. 달의 작은 분화구까지 보이는 상세한 화면이 초점을 맞추지 못하고 이리저리 흔들렸다.

"보현산 쪽에서는 뭐라고 하나요?"

"아, 감청 우려가 있어서 교신은 하지 않기로 했습니다. 어차피 한울 우주선의 마지막 위치가 명확하기 때문에, 그쪽에서 주도해 추적을 시도하기로 했습니다."

"좋습니다."

지선의 말에 재윤이 고개를 끄덕였다.

내로라하는 우주공학자들이 모두 모여 있는 나로우주센터였지만 그 높이를 가늠할 수 없는 미국의 우주 기술에 다들 주눅이 들어 있었다. 백도어 칩의 존재를 알아차린 뒤 가능한 한 모든 유출 경로를 차단했지만, 또다시 정보가 새어 나가지 않으리라 장담할 수는 없었다.

"수리 시간은 최대 1시간 정도입니다. 그사이에는 어떻게든 광학 화면에 잡힐 테니까, 다들 자리를 지키면서 냉정하게 기다려주세요."

재윤이 오랜 기다림을 예상했는지 비어 있는 옆 콘솔 의자에 앉으며 말했다.

\* \* \*

"뭘 이리 꾸물대는 거야."

하프문 우주선의 재밍이 시작된 지 10분이 지났지만, 아직 우주선에서는 어떠한 움직임도 볼 수 없었다.

"혹시 우리 모르게 바깥으로 나와서 수리를 하고 있는 건 아니겠죠?"

주원이 자리에서 일어나더니 다소 과장된 몸짓으로 사령선

측면의 창을 일일이 확인했다.

"그럴 리는 없잖아. 우리가 이렇게 두 눈을 부릅뜨고 보고 있는데."

민준이 타박하듯 말했다.

"자기네들도 절차가 있겠죠. 아르테미스 기지든 휴스턴이든 교신도 해야 할 테고……."

서윤은 담담한 얼굴로 가만히 있었다.

"산화제는 계속 새어 나가는데, 구조대는 천하태평이네."

민준이 센터디스플레이를 확인했다. 산화제 잔량이 11,298 킬로그램에서 빠르게 줄어들고 있었다.

"문이 열렸어요!"

주원이 잠잠하던 하프문 우주선에서 작은 움직임을 포착했다. 우주선 옆면에서 해치로 추정되는 무언가가 스르르 열렸다.

"드디어 오는군."

그리고 잠시 후, 검은색 우주복을 입은 우주인들이 천천히 바깥으로 나오기 시작했다.

"저게 뭐죠?"

주원이 헛웃음을 지으며 고개를 기울였다. 흰색이나 파란색, 주황색 우주복은 흔히 보았지만 검은색 우주복은 단 한 번도 공개된 적이 없었다. 검은 우주를 배경으로 이루어지는 우주 유영에서 우주복과 장비류의 색깔은 눈에 잘 띄는 흰색이어야 한다는 것이 국제적 상식이었다.

"뭐야, 쟤들."

당황한 것은 민준 역시 마찬가지였다. 앞장선 우주인의 우주복 색깔뿐 아니라, 헬멧과 산소 탱크 등 모든 장구류가 난생처음 보는 것투성이었다.

"헬멧도 특이한 소재예요. 거의 빛을 반사하지 않고 있어요."

천천히 다가오는 우주인의 헬멧이 태양을 향하고 있었지만, 빛이 거의 반사되지 않아 검게 보였다.

"도대체 달에서 무슨 짓을 한 거야."

무언가 심상치 않은 분위기를 느낀 민준이 무의식중에 교신 버튼을 눌렀다.

"나로, 나로!"

연거푸 교신 버튼을 누르며 외쳤지만 당연하게도 아무런 답이 들려오지 않았다.

"왜 그러세요. 교신 다 끊긴 거 아시잖아요."

분명 놀라운 상황이었다. 하지만 서윤은 오히려 과하게 반응하는 민준을 걱정했다.

"다른 나라에도 공개하지 않은 기술이라면서요. 몰래 하려고 저렇게 했을 수도 있죠."

"무언가 심상치가 않아."

완전히 우주 공간으로 나온 세 명의 우주인이 공중에서 대열을 맞추더니 천천히 한울 우주선을 향해 날아왔다.

"오고 있네요."

어느새 100여 미터 거리까지 다가온 우주인들의 모습이 점점 더 뚜렷해졌다. 하지만 검은색 우주복에 빛이 반사되지 않는 장비를 착용한 탓에 자세히 식별하기는 쉽지 않았다.

"어…… 근데, 뭐가 좀 이상해요."

윈드실드 앞에서 눈을 크게 뜨고 살피던 주원이 말했다.

"뭐가?"

"쟤들, 우리 누출 부위를 용접한다고 하지 않았나요?"

"그랬지. 최신 우주 용접 기술이라고 했잖아."

"플라스마 용접을 하려면 장구가 있어야 할 텐데……. 아무것도 안 들고 오는 것 같은데요?"

"어디 봐봐."

민준이 주원의 옆에 바짝 붙어 섰지만, 주원만큼 시력이 좋지 않았기에 제대로 확인할 수 없었다.

"서윤아, 실내등 좀 다 꺼."

"예, 알겠습니다."

민준의 지시에 서윤이 터치 패널을 조작하며 조명을 모두 껐다. 순식간에 한울 우주선 안이 암흑에 빠졌고, 바깥 상황이 조금 더 선명해졌다.

"하나, 둘, 셋. 세 명은 맞고. 산소 탱크하고 EMU는 있는

데……."

민준이 눈을 크게 뜬 채 빠르게 눈동자를 굴렸다. 그런데 다가오던 하프문 구조팀이 갑작스레 그 자리에 멈춰 섰다.

"멈췄어요!"

"이런. 서윤아, 다시 켜봐."

괜히 상대에게 잘못된 신호를 보낸 것은 아닌지, 민준이 순간 당황했다.

"예."

서윤이 실내조명을 켜자 구조팀이 서서히 다시 전진했다.

"정말 이상하긴 하네요."

세 명의 검은 그림자가 다가올수록 주원은 구조의 기쁨보다 미스터리에 대한 두려움이 커지는 것을 느꼈다.

"도저히 알 수가 없군."

어느새 30여 미터 앞까지 다가온 그들은 조금씩 속도를 줄이고 있었다.

"대장님, 잠깐만요!"

그때, 무언가를 발견한 주원이 크게 소리쳤다.

"왜 그래?"

평정심을 유지하던 서윤도 놀란 얼굴로 주원을 보았다.

"쟤들이 들고 있는 거 혹시……."

주원이 손을 쭉 뻗어 무언가를 가리켰다.

"뭐가, 뭔데?"

서윤이 자리에서 일어나며 주원이 있는 곳으로 향했다. 옆에 서 있던 민준은 주원이 가리킨 곳을 뚫어지라 쳐다보고 있었다.

"설마……."

"소총인 거 같은데."

"그러니까요."

그들이 어깨에 걸치고 있는 기다란 막대 모양의 물체는 분명 지구에서 흔히 사용되는 M4 소총의 형태였다.

"에이, 설마. 둘 다 너무 예민해진 거 아니에요?"

서윤이 억지웃음을 지으며 두 사람의 팔뚝을 툭 쳤다.

"우주 공간에서 총을 어떻게 쏴요? 그리고 왜 쟤네들이 구조하러 오는데 총을 가지고 와요."

서윤이 짐짓 너스레를 떨었지만 주원과 민준의 얼굴은 반응하지 않았다.

"주원아, 확실하지? 저거 신형 용접기 그런 거 아니지?"

"예……. 대장님이나 저나 M4 소총은 눈감고도 분해하잖아요. 저거 지구에서 쓰던 거하고 똑같아요. 색깔도 검은색이라 그대로 가져왔나?"

주원의 표정이 점점 굳어지고 있었다.

"군대 소속이라 그런 걸까요? 다른 나라 몰래 온다면서요.

미 공군 소속 우주인들일 수도 있죠."

"우주에서 무기를 휴대하는 것은 국제협약 위반이야."

민준의 표정은 사뭇 진지했다.

"좋게 생각하자고요. 아직 통성명도 안 했는데. 워낙 비밀스러운 부대니까 자위권 차원에서……."

"다들 정신 차려. 이건 구조가 아닐 수도 있어."

"구조가 아니면 뭐예요?"

굳어 있던 민준의 얼굴이 붉게 달아올랐다. 동시에 민준의 머릿속에는 누리 10호 로켓의 폭발 장면이 스치면서, 비명을 지르는 후배 우주인들의 얼굴이 겹쳤다.

"대장님, 대장님!"

민준의 호흡이 점점 가빠지는 것을 확인한 서윤이 그의 팔을 살며시 잡았다.

"대장님, 호흡을 천천히 하세요. 놀라지 마시고."

식은땀에 젖은 민준의 얼굴을 서윤이 차분히 바라봤다.

"아니야, 그렇지 않아."

민준이 서윤의 손을 뿌리치며 반대편 창으로 향했다.

"우리가 뭐 잘못한 거 있어?"

"예?"

"교신하면서 실수한 거 있니?"

민준은 이미 녀석들이 자신들을 공격하러 온 것이라 확신하고 있었다.

"그럴 리가요. 쟤네들하고는 말 한마디 안 나눴는데요."

"도대체 무슨 수작들을 부리는 거야!"

민준이 큰 목소리로 신경질을 내며 우주선 벽을 쾅 쳤다.

"대장님! 진정하세요!"

서윤은 민준이 공황발작으로 인한 일시적 망상을 겪고 있다고 확신했다. 그녀는 지금 바깥에서 다가오고 있는 세 명의 우주인이 아니라, 난동을 부리기 직전인 한 명의 동료 우주인에게 집중했다.

"대장님, 정신적으로 힘든 순간인 거 잘 알아요. 저는 대장님 이해하는 거 알죠? 하지만 주원이는 모르고 있어요. 그러니까 숨을 천천히 쉬고, 곧 가라앉을 거라 믿고 조금만 진정하세요."

이런 말이 소용없다는 것을 잘 알고 있었지만, 서윤은 어떻게든 민준의 돌발 행동을 막으려 애썼다. 민준이 눈을 감은 채 벽에 몸을 기대더니 실내 우주복 안쪽에 손을 넣어 무언가를 더듬었다. 그리고는 돌돌 말린 비닐 포켓에서 작은 알약 하나를 꺼내어 그대로 삼켰다.

이 상황을 보고 있던 주원은 넋이 나간 얼굴이었다.

"대장님……."

"괜찮아, 주원아. 나중에 다 이야기해줄게."

서윤이 주원을 달래려 고개를 돌리는 찰나, 그녀는 우주선 창밖으로 펼쳐진 광경을 보고 입을 다물지 못했다.

맨 앞에 있던 하프문 구조팀 우주인이 어깨에 메고 있던 소총으로 그들을 정조준하고 있었다.

# 8

## 알려지면 안 되는 것

### 2031년 07월 20일

"안녕하세요, 존 타일러(John Tyler) 소령입니다."

사령선의 선내 스피커를 통해 교신이 들어왔다.

"뭐야, 이 미친놈들은."

정신을 미처 다잡지 못한 민준이 눈앞에 펼쳐진 광경이 믿기지 않았는지 나지막이 욕을 내뱉었다.

"놀라게 했다면 미안합니다. 지금 이 교신은 재밍 과정에서 실시간으로 이루어지고 있으며, 우주선 바깥으로는 노출되지 않습니다."

"우리도 말할 수 있는 건가요?"

서윤이 민준과 존 소령을 번갈아 보며 물었다.

"그렇겠지. 그러니까 교신을 했겠지."

민준의 답을 들은 서윤이 서둘러 센터디스플레이 앞으로 향했다. 그리고 곧장 교신 패널의 '송신' 버튼을 눌렀다.

"안녕하세요. 한국의 유인 달 탐사선 한울 1호입니다. 하프문 구조대가 맞나요?"

"예, 이서윤 대원님. 반갑습니다."

존의 무뚝뚝한 목소리가 들려왔다. 통성명을 하지 않았음에도 그는 서윤의 이름을 알고 있었다.

"이름은 아직 말하지도 않았는데……. 구조대라면서 지금 뭐 하시는 거죠?"

전면 윈드실드 너머로 세 사람을 겨누고 있는 존 주위로 나머지 두 명의 우주인이 한울 우주선의 외부를 살피는 것이 보였다.

"보시다시피 경계하며 여러분의 우주선을 살피고 있습니다."

"이게 무슨 짓이에요? 아무리 우주 공간이고 비밀스러운 임무라고는 하지만 최소한의 예의는 지켜야 하잖아요."

서윤의 목소리가 잔뜩 높아져 있었다.

"흥분하시는 것은 좋지 않습니다. 저희는 주어진 임무를 할 뿐입니다."

"무슨 임무요? 우주선을 수리하는 게 당신들 임무 아니었나요?"

쏟아지는 비아냥에도 존은 아무런 답도 하지 않았다.

"그럼 빨리 우주선이나 수리해주세요. 제발 그 총 좀 내리고요!"

서윤이 신경질적으로 재촉했으나 존은 대답하지 않았다. 그는 그저 천천히 나머지 두 명의 대원들과 대화를 주고받았다.

"수리가 가능한지는 저희가 판단합니다. 그리고 본국 센터를 통해 들으셨겠지만, 저희와의 접촉 상황은 모든 것이 비밀입니다. 단 하나의 상황이라도 외부로 유출되는 경우 그 책임을 지셔야 할 겁니다."

"뭘 들었단 말이에요? 우리는 당신들이 그토록 대단한 첨단 기술을 가지고 있다는 말만 들었어요. 아, 너무나 대단해서 우리랑 말도 안 섞고 수리만 하고 갈 거라고 하더군요. 그래서 얌전히 기다리고 있었는데, 왜 말을 거시는 거죠?"

서윤의 흥분은 좀처럼 가라앉지 않았다.

"존 소령님."

어느새 민준이 다소 차분해진 얼굴로 서윤의 옆에 섰다.

"정민준 대장입니다."

"예, 안녕하세요."

"우리 대원이 너무 흥분한 것 같아 죄송합니다. 저희가 고립된 공간에 오랫동안 있다 보니 조금 이성을 잃었습니다."

약발이 오른 민준은 다시 안정을 찾고 있었다.

"그러셨군요."

존은 민준의 말에 별다른 관심을 두지 않았다.

"어차피 비밀이 유지되는 채널이고, 우리도 녹음 따위는 하지 않고 있으니 몇 가지 사항을 좀 알았으면 좋겠군요."

"녹음은 하고 싶어도 못 하실 겁니다."

존의 말에 서윤이 몰래 교신 패널의 'REC' 버튼을 눌렀다. 역시나 버튼은 이미 비활성화되어 반응하지 않았다.

"미친놈들……."

서윤이 눈을 질끈 감으며 혼잣말로 욕설을 내뱉더니 다시 바깥으로 시선을 쏘아 올렸다.

"총은 왜 겨누고 있는 거죠? 우리는 비무장 상태입니다. 공격할 무기는 단 하나도 없어요."

"군인에게 경계는 기본 중 기본이죠. 우리는 여러분이 달에 와서 뭘 하든 관심이 없습니다. 다만, 항해 도중 고장을 일으킨 우주선 하나가 우리의 경계 범위 안에 들어올 가능성이 90퍼센트라는 보고를 받고 본국에 연락을 취했을 뿐입니다. 더 이상은 말씀드리기 곤란합니다."

"우리가 당신들 영역을 침범했다고요?"

"달이 당신들 땅인가요?"

민준과 서윤이 동시에 반문했다.

"달이 우리 영토라 한 적 없습니다. 어쨌든 당신들은 원래 계획대로 달을 반 바퀴 돌아 아르테미스 기지에 가면 그만인 여행객입니다. 우리도 이렇게 직접 마중 나온 것은 처음 있는 일입니다."

존이 나머지 두 명의 우주인들과 계속해서 어떤 말을 주고받으며 대강 답했다.

"생각보다 손상이 심각한가 보군요."

존이 안타깝다는 말투로 말했다.

"예, 산화제 탱크에서 누설이 지속되고 있어요. 곧 잔량이 70 퍼센트대로 떨어질 거예요."

"저희도 실시간으로 확인했습니다. 누출 속도가 점점 빨라지더 군요."

"맞아요."

이제야 구조대 본연의 임무를 수행한다고 생각한 서윤이 반 색하며 답했다.

"크랙이 진행되고 있는 건가요?"

"글쎄요."

존이 산화제가 새어 나오고 있는 곳을 물끄러미 바라봤다. 그 주위에 있는 두 명의 우주인이 아무런 작업도 하지 않고 작 은 계측장비만을 들고 무언가를 재고 있었다.

"10분 정도면 끝날 겁니다."

"뭐가요?"

"손상 부위를 수리할 수 있는지 없는지에 대한 판단이요."

"수리할 수 없으면요?"

지극히 사무적인 존의 말투에 서윤이 다시 날카로워졌다.

"그럼 당신네 나라 사람들하고 다시 논의하셔야죠."

"뭐라고? 이 새끼가!"

존의 냉랭한 말투에 민준이 울컥했다.

"잠깐만요. 존, 우리를 구조하러 온 거잖아요. 저희도 외부로 나갈 수 있는 선외용 우주복이 있습니다. 우주유영 경험도 있고요."

서윤이 고개를 돌려 민준과 눈을 맞췄다. 목숨을 구걸하고 싶지는 않았지만 수리가 불가능하다면 다른 방법을 찾아야 했다. 하프문 구조대가 타고 온 우주선을 타고 달로 귀환하는 것이 차선책이었다.

"저희랑 같이 가실 수는 없습니다."

"지금 우리를 놀리러 온 겁니까?"

"당연히 아니죠. 제가 여러분께 무슨 원한이 있겠습니까."

"존 소령님."

민준이 창을 하나 사이에 두고 존을 똑똑히 바라보았다. 하지만 모든 빛을 흡수하는 것처럼 보이는 검은 헬멧 탓에 존의 얼굴을 보는 것은 불가능했다.

"저도 이 망망대해 우주에까지 와서 생판 모르는 사람에게 목숨을 구걸하고 싶지는 않습니다. 하지만 인류애 실현을 표방하며 화성 이주를 계획하는 당신네 대통령이 이런 비인간적이고 비도덕적인 일이 일어나고 있다는 것을 알면 어떻게 될까요? 지금 하시는 행동 하나하나가 거대한 우주 산업에 영향을 미칠 수도 있다는 생각은 안 해봤습니까?"

민준이 또박또박 힘을 주어 존을 자극했다.

"대통령께서 다 알고 계십니다. 하퍼(Harper), 우리 상황 중계되고 있지?"

존이 대답을 미뤄두고 태연한 말투로 동료에게 말했다.

"예, 중계되고 있다네요. 저희 윗선에선 이미 다 보고 있습니다. 실시간으로 지시도 내려주고 있고요."

"이런, 젠장."

존의 말을 들은 민준이 입술을 깨물었다.

"혹시나 살아 돌아가서 우리의 행동이나 말을 그대로 전달하실 계획이라면 신중히 생각하시는 게 좋을 겁니다."

더욱더 차분하게 가라앉은 목소리로 그가 경고했다.

"우주 공간은 인간이 미치기에 가장 좋은 조건이죠. 닭장같이 비좁은 우주선, 여기저기서 떠오르는 태양, 게다가 인간 존재에 대한 근원적 허무함까지. 오랫동안 정신질환을 앓고 있던 개도국의 대장님이 주인공이면 금상첨화겠군요."

민준을 한껏 조롱한 존이 혼자 킥킥대며 웃었다.

"미친 새끼!"

민준이 윈드실드를 손바닥으로 강하게 내리쳤다. 격한 반응을 보였음에도 존은 미동도 하지 않았다.

"무슨 말이죠?"

주원이 어리둥절한 표정으로 서윤과 민준을 번갈아 보았다.

"죄송합니다. 저희 하퍼 대원은 우주 공간에서의 수리 실력이 아주 수준급인 친구인데, 크랙이 한 방향이 아니라 여러 방향으로 진행되고 있어서 용접이 불가능하다고 하네요. 좋은 소식 못 전해드려 안타깝습니다."

이내 존이 겨누고 있던 소총을 거두며 EMU의 레버를 뒤로 당겼다. 검수를 마친 두 명의 우주인이 그의 주위로 재빠르게 붙었다.

"오해는 하지 마세요. 어떠한 사심도 없이 객관적인 데이터를 근거로 내린 판단입니다. 저희가 측정한 자료는 실시간으로 본국에 전송되었으며, 나중에 필요하면 당신네 나라에도 전달할 겁니다. 인도적인 목적으로 왔는데 욕만 얻어먹고 가다니, 참. 당신들이 왜 우주 개발에서 후진국인지 잘 알 것 같군요."

존이 끝까지 자극하자 한울 우주선의 세 사람은 영혼까지 털린 듯 허무한 표정을 지었다.

"재밍은 30분 후에 풀어드리겠습니다. 바로 해제할 수도 있지만, 서로 흥분을 가라앉히는 시간이 필요할 것 같군요."

세 명의 하프문 우주인은 어느새 수백 미터 거리까지 멀어졌고, 오직 존의 목소리만이 선내 스피커를 통해 들려왔다.

"아, 그리고 이건 그냥 팁을 드리는 건데, 그 우주선은 처음부터 지구로 돌아갈 수 없었습니다. 왜 그걸 모르는지 참 답답하네요."

"그건 또 무슨 소리죠?"

"산화제가 저 위치에서 새기 시작하면 로켓을 점화할 수조차 없어요. 터보펌프와 연소실이 너무 가까워서 자칫하면 폭탄의 뇌관을 건드릴 테니까요. 위험을 무릅쓰고 하겠다면 말리지는 않겠지만, 아주 높은 확률로…… 순식간에 터져버리고 말 거예요."

존이 안쓰럽다는 듯 말끝을 흐렸다.

"존, 존!"

서윤이 반복해서 교신 버튼을 누르며 불렀지만 어떤 대답도 돌아오지 않았다. 이윽고 교신이 끊긴 듯 잡음이 들리자 세 사람은 마치 무언가에 홀린 듯 완전히 넋을 놓고 말았다. 천사가 내려와 자신들을 구해줄 것이라 기대했던 방금까지의 순간들이 꿈처럼 느껴졌다.

"도대체 녀석들 정체가 뭐죠? 어떻게 이렇게……."

오직 선한 인도주의의 영향력만을 믿어왔던 서윤은 가치관 전체가 흔들리는 혼란을 겪고 있었다.

"개만도 못하게 보는 거지. 그냥 뒤떨어진 기술력을 가진 우주 조난객. 그 이상도 이하도 아닌 것 같아."

민준이 반쯤 풀린 눈을 마저 감았다.

저 멀리 세 명의 우주인은 하프문 우주선 안으로 유유히 들어갔다. 슬라이딩도어가 빠르게 닫혔고, 꺼져 있던 이온추진기의 푸른 불빛이 다시 들어왔다. 우주선은 거짓말처럼 허무하게 빠른 속도로 멀어지기 시작했다.

"믿기지가 않아요. 저렇게 떠나버린다는 게."

끝까지 자신들을 버리고 갈 리는 없을 것이라 생각했던 서윤은 허무함을 이겨내지 못하고 흔들렸다.

"정신 차려야 해. 그래도 우리가 얻은 것들이 있잖아."

민준이 스스로 뺨을 치며 말했다.

"뭘요? 로켓을 점화할 수 없다는 거요? 그건 제일 절망적인 소식인데요?"

"아니야. 오히려 이 우주선을 포기할 수 있다는 뜻이기도 하니까."

"무슨 말씀이세요, 도대체."

민준이 희망을 잃지 않기 위해 머리를 굴리는 사이, 하프문 우주선의 액체연료로켓이 점화되며 거대한 섬광이 일었다. 일순간 그 열기가 창을 넘어 세 사람의 얼굴에 닿았다.

그렇게 하프문 우주선은 순식간에 그들의 시야에서 사라졌다.

\*　\*　\*

"대통령님!"

아직 동이 떠오르지 않은 깜깜한 새벽, 청와대 관저로 향하는 오르막을 뛰어오른 하진이 대통령 침실 앞에서 숨을 헐떡였다. 멀찍이 서 있던 경호원들은 그런 하진을 그저 바라만 보고 있었다.

"대통령님! 하진입니다!"

하진이 침실 문을 두드렸지만 윤중은 아무런 답이 없었다.

"주무시는 거 맞아?"

그가 경호원들을 보며 물었다. 다들 대답을 하지 못하고 우물쭈물할 뿐이었다.

"얼이 빠져가지고는……."

그가 다시 문을 두드리려 손을 들 무렵, 침실 문이 빼꼼히 열렸다. 한 손에 휴대전화를 들고 있는 윤중이 하진에게 들어오라는 손짓을 했다.

"죄송합니다. 통화 중이신 줄 모르고."

윤중은 유창한 영어로 누군가와 통화를 하고 있었다.

"알겠습니다. 아무튼 도움을 주셔서 감사합니다."

전화가 끊기자마자 윤중이 굳은 표정으로 침실 앞 소파에 휴대전화를 던졌다.

"이런, 젠장!"

"다 들으셨습니까?"

"그래, 직접 들었지. 오웬 대통령에게."

한숨도 자지 못한 윤중의 눈이 붉게 충혈되어 있었다.

"죄송합니다. 저희도 그렇게 나올 줄은 전혀 예상을 못 했습니다."

"어쩐지 선뜻 제안할 때부터 뭔가 이상하다 싶었어. 우리 실패가 자기네들 화성 프로젝트에 방해가 되는 것도 아닌데 말이야."

"우리 우주인들을 데리고 가지 않은 이유가……."

"오웬이 그 부분은 재차 사과했어. 자기네들도 너무 많은 기밀이 있는 우주선이라 어느 누구에게도 공개할 수가 없다고. 자기 권한 밖의 일이라는데, 그건 또 뭔 소리인가 싶고."

오웬을 믿고 있던 윤중은 배신감에 분을 삭이지 못했다.

"방법이 없다는군. 액체로켓을 점화하면 폭발할 테고, 그렇다고 속도를 줄이지 않으면 달 공전궤도에 못 들어가고 그대로 튕겨 나갈 거야."

"그렇다면……."

"그냥 달을 지나쳐서 영영 우주 미아가 되는 거지. 어떻게라도 누출을 줄여줄 수 없냐고 부탁했는데, 용접을 하면 크랙이 오히려 커지는 상황이라고 하더군."

재료공학박사 출신인 오웬과 기계공학과 출신인 윤중은 서로 닮은 정치인이었다. 두 사람은 각 나라의 최초 공학자 출신 대통령이었다. 그러한 그들의 유대감은 이번 일을 계기로 완전히 깨져버리고 말았다.

"아무리 그래도 어떻게 버려두고 갈 수가……."

"화가 나지만 어쩔 수 없어. 그들에게 구조 의무가 있는 것은 아니니까."

윤중이 분을 삭이며 냉정을 되찾으려 애썼다.

"센터장은 뭐라고 하든?"

"아직 통화 못 하셨습니까?"

"그렇지. 오웬하고 이야기가 길어지다 보니."

"아, 예. 보현산 천문대 시설을 이용해서 구조 상황을 파악하려 했는데, 생각대로 안 되었나 봅니다."

"그거까지 미국이 눈치챈 건가?"

윤중의 눈매가 날카로워졌다.

"그렇지는 않을 겁니다. 세준 센터장 말로는 하프문 구조대의 우주선을 광학으로 관측하는 것 자체가 애초에 어려운 일이었다고……."

"그래, 바보가 아닌 이상 지구에서 자기네들을 빤히 볼 수 있다는 걸 모를 애들이 아니지. 지구와 달 사이 정도의 거리라면 아마추어 천문가들도 관측할 수 있을 테니까."

"결과적으로 저희 쪽에서는 시간만 허비한 것 같습니다. 상황은 더 악화됐고요."

"얼마나 남았지?"

"예? 어떤 것 말씀입니까?"

"한울 우주선 말이야. 어쨌든 달 공전궤도에 진입하기로 한 시간이 있을 것 아니야."

"제가 그 부분은 아직 파악을……."

"정 실장, 나보다 한발 늦는구먼. 지구 저궤도를 떠나고 72시간이라고 했으니까 아직 이틀 정도는 여유가 있는 것 아닌가?"

"그렇기는 하지만……."

"알아. 갈수록 지구에서 멀어지고 있다는 것을. 하지만 시간이 남은 이상 차선책을 고민해봐야지. 아니, 고민할 시간도 없지."

"혹시 무슨 고견이라도 있으십니까?"

"그 누구야, 우리 뒤를 쫓고 있다던 기자 있지?"

"아, 브리핑 때 질문했던 그 조그만 여자 기자 말입니까?"

"그래, 맞아. 김리아 기자."

"예, KBN 소속입니다."

"당장 이리로 데리고 오게."

"예?"

이번 사고 상황이 언론에 노출되는 것을 극도로 꺼리던 윤중이었다. 그런 그가 호시탐탐 특종을 노리는 기자를 호출한다는 것이 하진은 선뜻 이해가 되지 않았다.

"오웬이 제일 중요시하는 가치가 뭔지 알아?"

"우주개발……."

"아니야. 오웬은 표면적으로 늘 인도주의를 내세우고 있어. 화성에 인간을 보내는 것도 인류의 미래를 위한 인도주의적 플랜이라고 역설하고 있지."

"혹시 그렇다면……."

"그걸 자극해야지. 뒤통수를 한 번 맞았으니, 우리도 뺨따귀를 한 대 날려야 하지 않겠나?"

* * *

같은 시각, 나로우주센터 발사관제실의 분위기는 엄숙하다 못해 침울했다.

"감독관님, 보현산 천문대 정밀 광학분석 영상입니다."

지선이 실시간으로 전달받은 분석 자료가 담긴 태블릿을 재윤에게 건넸다. 태블릿 화면에는 광학망원경이 가까스로 포착한 한울 우주선과 하프문 구조대의 랑데부 순간이 흐릿하게 찍혀 있었다.

"이게 한울 우주선이고, 저 너머에 있는 게 하프문 구조대라는 건가?"

"예, 일단 그렇게 추정합니다."

"우주선에 검은색 칠을 해놓은 것도 아닐 텐데 어떻게 하나도 안 보일 수가 있지?"

태블릿 화면을 클릭하자 한울 우주선 너머로 푸른 불빛과 붉은색 화염이 번쩍이더니 빠르게 사라지는 장면이 나타났다. 재윤이 연거푸 재생 슬라이드를 앞으로 당겼지만 이전에는 우주선이 흔적조차 보이지 않았다.

"분석을 담당한 엔지니어 의견에 따르면 우주선이 순간이동을 한 것처럼 보인다고……."

"지금 농담할 때가 아니야."

"죄송합니다. 그쪽에서 실제로 그런 단어를 써서……."

지선이 재윤의 눈치를 보며 고개를 살짝 숙였다.

"자, 자, 여기 주목!"

재윤이 손뼉을 치며 사람들의 시선을 끌었다.

"구조 작전은 실패로 돌아갔습니다. 미국 측 리포트엔 '수리 불가', '크랙 진행 중' 두 문구뿐이었습니다."

이미 다들 알고 있는 사실이었는데도 재윤의 말에 다시 한번 여기저기서 탄식이 흘러나왔다.

"우리가 한 방 제대로 맞았습니다. 바꿔 생각하면 우리 우주선인데 다른 나라의 도움을 지나치게 기대했어요. 상대가 또 최고의 기술력을 가진 팀이라 방심했습니다. 아직 달 공전 궤도 진입까지 47시간이 남았으니까 어떻게든 방안을 찾아봅시다."

목소리에 힘을 주어 이야기했지만 직원들의 반응은 영 시큰둥했다.

"감독관님! 아까 말씀 중에 하나 빠트리신 것이 있습니다.

액체연료로켓 점화가 불가능한 상황이라고 전달받았습니다."

맨 앞 콘솔에 앉아 있던 남자 직원이 손을 들어 말했다.

"예, 맞습니다. 그 부분은 제가 의견이 좀 달라서 뺐습니다."

"무슨 말씀이죠?"

"다들 잘 아시겠지만, 누출 부위를 직접 본 미국 조사팀이 크랙이라고 확인해준 이상, 누출이 일어나고 있는 곳은 외벽의 용접 지점임이 확실해졌습니다. 시찬 매니저, 화면 좀 띄워주세요."

재윤의 말에 시찬이 콘솔을 조작했다. 한울 우주선의 3D 구조도가 전면 스크린에 나타났다.

"한울 우주선의 추진제 탱크는 총 두 곳에 걸쳐 원형으로 플라스마 용접이 되어 있습니다. 이 중 아랫부분에서 누출이 발생한 것으로 추정되고요."

재윤이 레이저 포인터로 누출 예상 지점을 가리키자 오른쪽 열에 앉아 있던 엔지니어들이 무언가를 발견한 듯 웅성거렸다.

"예, 맞아요. 여기는 연소실과 터보펌프와 맞닿아 있는 곳입니다. 만약 로켓 엔진을 점화하고 시간이 지나면 열기가 그대로 전달되면서 폭발로 이어질 가능성이 있습니다."

한울 우주선의 구조를 빠삭하게 알고 있는 엔지니어들이 재윤의 말에 맞장구치듯 고개를 주억거렸다.

"그래서 미국의 하프문 구조대도 로켓 점화 불가라는 의견을 주고 돌아간 것으로 보입니다."

재윤이 숨을 크게 들이쉬더니 눈을 살짝 감았다.

"하지만 제 의견은 좀 다릅니다."

엔지니어들의 시선이 일제히 재윤에게 모였다.

"액체연료로켓의 장점은 우리가 원하는 때에 언제든지 로켓을 켜고 끌 수 있다는 점입니다. 물론 자주 켜고 끄면 펌프와 추진체계에 무리가 갈 수 있고, 그래서 권장 횟수 제한이 있습니다. 하지만 재사용할 게 아니니까 전혀 상관없습니다."

재윤이 시찬에게 재차 신호를 보냈다. 궤도 화면이 다시 스크린에 나타났다.

"그래서 말인데, 제 계획은······."

잠시 뜸을 들이던 그가 사고 대응을 위해 차출되어 온 외부 엔지니어 무리를 바라보았다.

"소프트웨어를 조금 손봐서, 액체연료 엔진을 쉼 없이 껐다 켰다 반복하는 겁니다. 연소실이 달아오르고 열기가 외벽으로 전달될 때쯤 엔진을 껐다가, 다시 식으면 켜는 행위를 반복하는 것이죠."

상상치도 못한 그의 제안에 일부는 탄성을, 나머지는 고개를 가로저었다.

"저도 잘 알고 있습니다. 연소실의 열은 순식간에 바깥으로 전달된다는 것을. 그래서 인간이 컨트롤하기 어렵다는 것도요.

그러니 지금부터 여러분이 얼마의 간격으로 얼마나 껐다가 켜야 할지를 알아봐주십시오."

재윤의 말에 엔지니어들이 너도나도 손을 들었다.

"우리에겐 시간이 없습니다. 핵심 질문이 아닌 것 같으면 끊겠습니다."

그는 가장 먼저 콘솔 맨 앞자리에 앉은, 긴 생머리를 한 남자 직원을 가리켰다.

"액체로켓을 반복해 껐다 켜면 터보펌프에 무리가 갈 수 있습니다. 그렇게 짧은 시간 동안만 작동하고 멈추면……."

"상관없습니다. 어차피 액체로켓을 점화하지 못하면, 한울 우주선은 달 공전궤도에 못 들어갑니다."

재윤이 직원의 말을 바로 끊어버렸다.

"너무 위험한 계획인데, 누가 책임집니까?"

어디선가 비관적인 질문이 들려왔다.

"모든 것은 제가 책임집니다. 윗선의 승인도 제가 받겠습니다."

재윤의 표정은 어느 때보다 단호했다. 의문에 차 있던 엔지니어들이 하나둘씩 손을 내렸고, 잠시 정적이 흘렀다.

이윽고 침묵을 깨고 앳돼 보이는 얼굴의 남자 직원이 손을 들었다.

"펄스(pulse) 추진을 제안하신 것 같은데, 추력 150톤급 로켓에서 비슷한 연구를 수행한 적이 있습니다."

부정적인 의견이 나올 것이라 기대했던 재윤이 생각 외의 반응이 나오자 얼굴을 폈다.

"어디에서 온 누구시죠?"

"한국항공우주연구원 선임연구원 김천수입니다. 한울 프로젝트엔 참관만 했습니다."

"그건 상관없습니다. 한울 우주선의 로켓에서도 말씀하신 추진 방법이 가능합니까?"

"아, 한울 우주선의 로켓은 35톤급으로 저희가 실험한 것보다 작습니다. 그건 득이 될 수도 실이 될 수도……."

"그럼 상관없습니다. 당장 궤도팀에 합류해서 펄스 추진 가능한지 확인해주세요. 아니, 가능한지는 중요하지 않고, 달에 착륙하려면 언제 어떻게 해야 하는지를 판단해주세요. 4시간 내에 해야 합니다."

\* \* \*

"안녕하십니까, 시청자 여러분. KBN 뉴스 속보를 전달드리겠습니다."

출근이 한창인 아침 8시 10분, 채민서 앵커가 뉴스 룸에 앉아 단독 보도를 시작했다. 민서의 시선 밑에 놓인 모니터링 화면에 '[속보] 한울 우주선 추진제 탱크 결함으로 표류 중'이라는 자막이 떠올라 있었다.

"다수의 소식통에 의하면, 달로 항해 중인 한울 우주선의 추진계통에 문제가 생긴 것으로 확인되었습니다. 정확한 사항은 당국이 공개하지 않았지만, 현재 지구와 달 사이의 중간 지점을 지나 표류하고 있는 것으로 확인되었습니다. 김리아 기자."

민서의 말이 끝나자 김리아 기자의 화면이 떠올랐다.

"저는 지금 전남 고흥 나로우주센터 앞에 나와 있습니다. 보시다시피 나로우주센터의 정문에서 2킬로미터 떨어진 지점부터 경찰 병력들이 삼엄한 경계를 서고 있습니다. 신분만 확인받으면 출입 기자단이 자유로이 드나들 수 있는 곳이었지만, 오늘 아침부터는 외부인의 출입이 전면 통제된 상황입니다."

리아가 손으로 가리킨 곳에는 형광색 옷을 입은 경찰들이 왕복 2차선 도로를 완전히 틀어막고 있었다.

"유례없는 일로 보이는군요. 한울 우주선의 안전에는 문제가 없는지, 우리 우주인들의 생사는 어떤지 알 수 있습니까?"

"예, 현재 나로우주센터와 정부 모두 사고 의혹에 대해 공식적으로 함구하고 있는 상황입니다. 다만, 내부의 소식통에 의하면 한울 우주선에 탑승하고 있는 한국 우주인 세 명의 생사에는 이상이 없으며, 달 착륙 지점을 조정하는 방식으로 문제 해결 방안을 모색 중인 것으로 보입니다."

민서는 꼿꼿한 자세로 앞을 바라보고 있었다. 프롬프터 화

270

면에서 담당 피디로부터 전달된 '유튜브 실시간 조회수 120만 돌파, 1분 연장'이라는 메시지가 깜박였다.

"잘 알겠습니다. 무엇보다 우리 우주인들이 무사히 귀환하는 것이 중요할 텐데요, 혹시 달 유인 기지 아르테미스를 운영하고 있는 미국에서는 별다른 입장이 없습니까? 박대현 기자."

민서의 멘트와 동시에 외교부 청사의 모습이 나타났다.

"저는 지금 외교부 청사 앞에 나와 있습니다. 이번 프로젝트의 국제 공조를 책임지는 외교부의 입장을 듣기 위해 수차례 연락을 시도했지만, 보시다시피 삼엄한 경계와 함구령이 떨어진 상황입니다. 정부는 조난당한 한울 우주선의 위치가 점점 더 달에 가까워지고 있어, 미국을 비롯한 관계국들에 협조를 요청한 것으로 보입니다."

\*　\*　\*

"강 장관님, 받지 마세요."

같은 시각, 청와대 집무실에서 대통령과 관계 부처의 장관들이 모여 KBN의 속보를 지켜보고 있었다. 뉴스가 시작되자마자 강주호 외교부 장관의 휴대전화가 계속해서 울렸지만 윤중은 통화를 허락하지 않았다.

"대통령님, 발신번호 표시제한으로 전화가……."

하진이 테이블에 놓인 윤중의 휴대전화를 보며 조심스럽게 말을 건넸다. 윤중은 미동도 하지 않았다.

"오웬일 거야. 받지 않아도 돼."

"핫라인을 무시하시면 외교적 분쟁 요소가⋯⋯."

강 장관이 안절부절못하며 조심스럽게 입을 열었다.

"공격은 그쪽이 먼저 시작한 거야. 우리는 충실히 방어만 하면 되는 거고."

윤중의 단호한 말투에 강 장관이 한 걸음 뒤로 물러섰다. 이윽고 짧은 KBN 속보 뉴스가 끝나자 윤중이 리모컨을 들어 텔레비전을 껐다.

"잘했어. 두 기자가 선을 넘지 않을까 걱정했는데, 그래도 이성이 남아 있군."

"예, 그 부분은 단단히 주의를 주었습니다."

하진이 윤중의 눈치를 보며 말했다.

"두 사람은 어디까지 알고 있지?"

윤중이 집무실 테이블에 걸터앉으며 물었다.

"그건⋯⋯."

하진이 두 장관의 눈치를 보며 말끝을 흐렸다.

"왜? 뭐 문제 있어?"

"아닙니다. 깊이 이야기하지 않으려 했는데, 워낙 집요하게 파고들어서."

"그래서?"

"하프문에 대해 공식적으로 이야기하지는 않고, 미국이 첨단 기술을 동원해 도움을 줬는데 어렵게 되었다는 정도로만 이야기했습니다."

하진이 윤중의 호통을 기다리며 눈을 감았다.

"다 이야기해주지 그랬어, 왜."

윤중이 차분한 말투로 말하자 하진이 의외라는 듯 주위를 두리번거렸다.

"아, 기자들에게 말씀입니까?"

"그래. 어차피 있는 그대로 말해줬어도 보도하지 못했을 거야."

"비밀 등급이 제일 높은 사안인데……."

"달과 화성을 오가는 시대라지만, 검은 우주복을 입은 우주인들이 지구와 달 중간 지점까지 달려왔다가 그냥 돌아갔다는 말을 믿을 국민이 있을 것 같아?"

윤중이 씁쓸한 웃음을 지으며 하진을 바라보았다.

"그건 그렇기는 하지만……."

"기자들이 아무리 날고 기어도, 우주 공간까지 직접 가서 취재를 할 수는 없지. 그저 일방적으로 우리가 전달하는 내용을 받아 적을 뿐이야. 앵무새같이."

윤중이 상황을 잘 컨트롤했다는 자부심에 의미심장한 미소를 지었다.

"시간 날 때 두 사람을 불러서 하프문에 대해서 다 알려주게. 아마 우리를 미친놈 취급하면서 멀리하기 시작할 수도 있으니."

* * *

"산화제 누출 속도가 조금 줄어들었어요."

오랜 침묵을 깨고 서윤이 조심스럽게 입을 열었다.

"큰 의미는 없지."

민준은 공중에 몸을 띄운 채 그저 둥둥 떠다니고 있었다.

"달까지는 얼마나 남았지?"

"19만 킬로미터 조금 안 남았습니다."

궤도 화면을 주시하고 있던 주원이 답했다.

"조금 있으면 중간 지점이겠군."

민준이 머릿속으로 무언가를 골몰하며 말했다.

하프문 우주선이 허무하게 떠난 이후 2시간이 지났지만 세 사람은 아직 아무런 해답도 찾지 못했다. 재밍이 풀린 직후부터 나로우주센터의 시찬과 계속해서 교신을 주고받았으나 속수무책인 건 마찬가지였다. 불안한 마음을 조금 달랠 뿐, 실질적인 소득은 아무것도 없었다.

답답함을 느낀 민준은 다시 우주유영을 해 직접 수리하겠다는 의사를 밝혔다. 그러나 그것이 가능함을 믿는 사람은 아무도 없었다. 서윤과 주원이 아무런 제지도 하지 않자 오히려 뻘쭘함을 느낀 민준은 스스로 자리를 피해 사령선 뒤편에서 떠다니고 있었다.

"만약 액체로켓을 점화하지 못할 경우, 우리 궤도는?"

다들 차마 토의 주제로 꺼내지 못하고 있던 내용을 민준이 불쑥 내뱉었다.

"안 그래도 제가 시뮬레이션을 해보고 있었는데요……."

주원의 목소리엔 힘이 쫙 빠져 있었다.

"원래는 달과 12,000킬로미터 떨어진 지점부터 액체로켓을 점화해서 속도를 줄인 다음, 달 공전궤도에 진입하기로 되어 있었죠."

주원이 디스플레이에 떠오른 모의 착륙 화면을 가리켰다.

"그런데 이 속도를 그대로 유지할 경우 달의 중력에 의해 살짝 오른쪽으로 궤도가 굽어졌다가 오히려 속도를 높여 탈출하게 될 거예요."

"스윙바이(swing by: 행성의 중력을 이용하여 궤도를 조정하는 항법)가 되어버렸군."

"예, 태양계를 벗어나는 탐사선에서나 쓰던 방식이죠."

서윤이 씁쓸한 미소를 지었다.

"우리가 달을 벗어날 경우, 생존 가능한 기간은 얼마나 되지?"

"그건 절망적일 수도, 희망적일 수도 있어요."

"왜?"

"무려 1개월이나 살 수 있으니까요."

"이런……."

서윤의 답을 들은 민준이 눈을 질끈 감았다.

"전력은 방사능 열발전기가 백업으로 있어서 사실상 무한대고요. 식수와 생존유지 장치도 3개월 이상 버틸 수 있어요. 문제는 식량인데……."

서윤이 태블릿에서 적재 물품 리스트를 확인하며 말했다.

"사령선에 2주, 착륙선의 비상식량 2주 치 해서 1개월은 먹을 것이 있어요. 만약 움직임을 줄이고 아껴 먹는다면 1일 기초대사량 기준……."

태블릿 화면에서 자동으로 결괏값이 도출됐다.

"7주까지 버틸 수 있겠네요."

서윤이 살짝 웃으며 말했지만 나머지 두 사람은 따라 웃지 못했다.

"시한부 인생일 뿐이잖아."

민준은 돌파구를 찾기 위해 끝없이 머리를 굴리고 있었다.

"예, 지구에서 가장 멀리까지 나간 한국인이라는 타이틀도 얻겠죠."

서윤이 농담조로 말하더니 등받이에 몸을 기댔다.

"어쨌든, 나로우주센터에서 해결책을 찾고 있다니까 조금만 기다려보죠."

"무슨 영화에 나오는 것처럼 최첨단 우주선을 타고 온 애들도 답이 없다며 돌아가는데, 무슨 해결책이 있겠어? 그냥 희망고문을 하는 거겠지."

냉소적인 말투로 이야기했지만, 무언가 묘안이 있을 것이라 기대하고 있는 것은 오히려 민준이었다.

"정 안되면 착륙선을 타고 탈출하는 방법도 있어요."

주원의 말을 들은 민준이 순간 눈을 번쩍 떴다.

"그게 뭔데?"

"아, 그냥 농담으로 이야기한 건데요. 달에 착륙하라고 만든 거니까……."

민준의 갑작스러운 반응에 주원이 당황스러운 표정을 지었다.

"아니, 농담이 아닌 것 같은데?"

"착륙선은 달 궤도에 진입하고 고도가 100킬로미터 정도 될 때나 사용 가능해요. 지금처럼 달하고 멀리 떨어진 상황에서는……."

주원이 당황한 듯 눈짓하며 서윤에게 도움을 요청했다.

"아니야, 가능성이 있을 것 같아."

민준이 진지한 표정으로 두 사람이 앉아 있는 조종석으로 향했다.

"주원아, 지금 이대로 액체로켓 점화 없이 날아갈 경우, 달

최근접 거리가 얼마인지 계산해줘. 서윤이는 달 착륙선의 총중량을 최대한 얼마까지 줄일 수 있는지 알아보고."

"예?"

갑작스러운 민준의 지시에 서윤도 어리둥절한 표정을 지었다.

"지금 달 착륙선으로 내려가서 불필요한 물품이나 기기들 없나 확인해보라고."

"이미 최소한의 물품만 싣고 떠나온……."

"생존에 필요하지 않은 것들은 모조리. 아, 생존에 필요한 것들도 다 제외하면 무게를 얼마나 줄일 수 있을지 일단 확인해 봐. 어서!"

민준이 장난을 친 것이 아니라는 것을 알아차린 서윤이 즉시 고개를 끄덕였다.

"주원이는 한울 우주선에 남은 질소추진제 양 확인해주고, 녀석들 다 모아서 한 방향으로 뿜어냈을 때, 얼마나 궤도를 틀 수 있는지도 알아봐. 할 수 있지?"

민준의 지시에 주원이 재빠르게 디스플레이를 조작했다.

"예, 알겠습니다. 하지만 질소추진기는 워낙 추력이 약해서요."

"알아. 하지만 할 수 있는 데까지 해봐야지."

민준이 주원의 어깨를 두드렸다.

"간단한 궤도공학일 뿐이야. 어떻게든 이 우주선의 속력을 줄인 다음, 착륙선을 이용해서 빠져나가면 달에 내려갈 수도 있을 것 같아. 거기가 어디인지는 모르겠지만."

민준은 그 말을 끝으로 창밖을 내다봤다. 지구에서 보던 것보다 두 배는 커진 달이 그의 시선을 이끌고 있었다.

* * *

"재점화 주기를 2초로 하고, 추력을 50퍼센트로 줄이면 가능성이 있어요."

나로우주센터의 대회의실에서는 '펄스 추진' 아이디어를 제공한 김천수를 중심으로 엔지니어들의 논의가 이어지고 있었다.

"그래도 크랙 부위에 열변형이 발생해 터져나갈 확률이 있습니다."

"예, 지금 모델링 수치에 의하면 5퍼센트에서 10퍼센트 정도 있을 것 같네요."

천수가 다른 엔지니어들의 지적 사항을 확인하며 컴퓨터를 조작했다.

"일반적인 상황에서는 결코 용납할 수 없는 수치지만, 지금은 어쩔 수 없으니까요."

천수가 주위를 둘러보며 다른 엔지니어들의 동의를 구했다.

"일단 그렇게 해보시죠. 저는 이견 없습니다."

"저도요."

대한민국에서 내로라하는 로켓 공학자들이 고개를 끄덕이자 천수가 흡족한 표정으로 자리에서 일어났다.

"좋아요. 시간이 얼마 없습니다. 이제 이 수치들을 시뮬레이터에 입력하고 착륙이 가능할지 테스트해봅시다."

몇 걸음 뒤에서 회의를 지켜보고 있던 재윤이 짧게 두 번 박수를 치며 호응하고는 회의실 문을 활짝 열었다.

* * *

"아무리 생각해도 이상해요."

뉴스 속보를 마친 민서는 휴대폰을 귀에 댄 채 홀로 9층 복도를 걷고 있었다.

"말조심하자. 나 아직 회사야."

부근에 아무도 없음에도 민서는 작게 답하며 주위를 살폈다. 작은 회의실에 들어선 그녀는 조심스레 문을 잠갔다.

"나도 이해가 안 되는 게 한두 가지가 아니야. 그래도 지금은 어쩔 수 없어."

민서는 앞만 보고 의문을 파고드는 리아가 못 미더웠다. 당장은 이번 이슈를 터트려야 한다며 보류했지만 VIP가 리아를 주시하고 있는 상황이었다. 군이 전남 고흥까지 내려가서 나로우주센터를 취재하겠다는 것도 리아의 고집이었다.

"여기 사람들은 다 무언가에 정신이 팔려 있어요. 연락을 안 받는 것은 아닌데, 다들 딴짓을 하고 있는 느낌이에요."

"당연히 그렇겠지. 지금 우주선이 조난당했잖아. 어떻게든 해결책을 찾으려 하겠지."

민서가 속삭거리며 타박했다.

"알아요. 그런데 아무리 생각해도⋯⋯."

"리아야. 너 정하진 비서실장이 마지막에 지은 표정 못 봤어? 여기까지 하게 해준 것도 많이 배려해준 거야. 그러다 자칫하면⋯⋯."

"저 죽을 일 없어요. 걱정 마세요, 언니."

리아의 자신감 섞인 목소리가 민서는 오히려 더 불안했다.

"그 사람이 말해준 미국 구조팀 이야기는 어떻게 생각하세요?"

"터무니없지만 믿어야지. 설마 한 나라의 비서실장이 망상 장애를 앓고 있지는 않을 테고. 너 설마 그걸⋯⋯?"

"아니요. 저도 그 정도 판단력은 있어요. 그 부분에 대해서 제가 좀 생각해봤는데⋯⋯."

리아가 뜸을 들이자 민서가 한숨을 내쉬었다.

"미국 애들은 우리를 구해주려고 온 게 아닌 것 같아요."

"그게 무슨 소리야?"

"수리가 가능한지 불가능한지는 오기 전에 다 파악하고 왔겠죠. 수리가 된다고 해서 왔는데, 쓱 보고 안 된다고 돌아간다? 이건 보험 사기꾼들이나 하는 짓이에요."

"너무 나갔다, 너."

민서는 아무런 근거 없이 뻗어나가는 리아의 추론이 불편했다.

"미국 애들이 돈 받는 것도 아니고 무엇 하러 우주 허허벌판까지 날아와서 그냥 돌아가겠니? 다 불확실성이 있고 자기네들도 숨겨야 할 것이 있으니까……."

"그러니까요. 그 숨겨야 할 걸 더 잘 숨기기 위해서 왔다 간 거죠."

"자꾸 뚱딴지같은 소리 그만하고 얼른 올라와."

"제가 보기에는……."

"야! 그만하라니까."

오히려 민서가 자신의 목소리가 커진 것에 놀라 몸을 움찔했다.

"미국이 숨기려 한 것은 그 구조선이 아닌 것 같아요."

"그럼 뭔데?"

"진짜로 숨기고 싶어 한 것은 달에 있겠죠. 조난당한 우주선이 혹여나 그곳에 불시착할까 봐 우려한 거고요."

"그만하자. 나 시간 없어."

끊임없이 이어지는 리아의 추론에 민서가 지친 표정을 지었다.

"어제 두 시간 자고 생방송 한 거야. 나 이제 집에 들어갈 거니까, 다시는 이런 일로 전화하지 마."

민서가 대답도 듣지 않고 먼저 전화를 끊었다. 그녀는 잠시 흥분을 가라앉힌 뒤, 회의실 문고리에 손을 올렸다.

'불시착……'

리아가 마지막에 내뱉은 단어 하나가 그녀의 머릿속에 선명하게 박혔다.

＊　＊　＊

"한울 원, 나로. 잘 들립니까."

"나로, 한울. 잘 들립니다."

서윤이 착륙선에 내려가 있는 사이, 나로우주센터에서 교신을 시도했다.

"방금 저희가 1차 시뮬레이션을 마치고 해결책을 찾았습니다."

"예?"

기대하지 않았던 소식에 민준이 놀란 표정을 지었다.

"한울 우주선의 속도를 줄여줄 방법입니다."

"예, 말씀하세요."

"상세한 파라미터 조절은 텔레메트리로 보내드릴 텐데, 일단 방식을 간단히 말씀드리겠습니다."

"서윤이 얼른 올라오라고 해."

민준이 헤드셋을 살짝 떼며 주원에게 말했다.

"나로, 말씀하세요."

"달 공전궤도 진입 14,500킬로미터 전부터 액체연료로켓을 가동할 예정입니다."

"그건 안 된다고 했잖아요."

"자세히 말씀드릴게요. 끝까지 들어주세요."

시찬이 우주인들의 말을 끊는 것은 처음 있는 일이었다.

어느새 착륙선에서 사다리를 타고 올라온 서윤이 두 사람의 뒤에 바짝 붙어 섰다.

"한국항공우주연구원 김천수 연구원이 제안한 내용인데, 액체연료로켓을 2초 간격으로 켰다 끄기를 반복하면서 열냉각을 시키는 추진법입니다. 추진체계에 무리가 가기는 하지만, 시뮬레이션에서는 달 착륙까지 문제없는 것으로 나왔고요."

민준은 인상을 한껏 찌푸린 채 시찬의 설명을 잠자코 들었다.

"로켓을 2초마다 켜고 끈다고요? 여기서는 그렇게 조작이 불가능해요."

서윤은 참지 않고 바로 의문점을 물었다.

"맞습니다. 모든 시퀀스는 저희가 자동으로 프로그램을 짜서 보내드릴 겁니다. 다만 한 가지 문제가 있는데요."

"말씀하세요. 뭐든지 각오가 되어 있습니다."

"저희가 현재 한울 우주선의 정확한 외부 조건을 모르기 때문에,

태양열이나 기타 조건에 의해서 열냉각에 실패할 가능성이 있습니다. 그러면 산화제 탱크 크랙 부위가 폭발할 수 있고요."

"그렇군요. 확률이 얼마나 되죠?"

"시뮬레이터에서는 5에서 10퍼센트 정도로 나왔습니다. 하지만 이건 가장 이상적인 조건에서입니다."

"그럼 실제로는 한 20퍼센트 정도 보면 되겠군."

시찬의 답을 들은 민준이 담담한 말투로 중얼거렸다.

"예, 20퍼센트가 될지, 아니면 그 이상이 될지는 저희도 확신할 수 없습니다."

"아무튼, 그게 나로우주센터에서 논의한 최선이라는 말씀이지요?"

"그렇습니다."

"잘 알겠습니다. 그럼 업데이트는 언제쯤 생각하시나요?"

의외로 쿨한 민준의 반응에 주원과 서윤이 그를 어리둥절하게 바라보았다.

"대장님, 이 플랜 수용하시는 거예요?"

"그럼 어떻게 해?"

"제가 제안한 착륙선 방안은요?"

"그건 그거대로 가야지."

"예?"

두서없는 민준의 말에 서윤이 미간을 찌푸렸다.

"한울 원, 나로. 듣고 계십니까?"

"나로, 말씀하세요."

"업데이트된 추진 알고리즘과 항법 자료는 1시간 내로 보내드릴 예정입니다. 다만 주의 사항이 있습니다."

"주의 사항?"

"아무래도 알고리즘을 다 업데이트한 이후에는 한울 우주선의 교신을 단방향으로 제한하는 것이 좋겠습니다."

"그게 무슨 말이죠?"

"나름대로 정보가 유출될 만한 경로를 전부 차단했지만, 아직까지 어디에 얼마만큼의 백도어 칩이 심어져 있는지 모릅니다. 하프문이나 다른 곳에서 알고리즘을 해킹할 수도 있고, 만에 하나 개선된 알고리즘을 무력화할 수도 있어서요."

"충분히 그럴 수 있는 녀석들이지."

시찬의 교신을 들은 민준이 씁쓸한 표정을 지었다.

"그래서 알고리즘 업데이트가 끝나면 한울 우주선의 수신 기능을 완전히 꺼주셨으면 합니다."

"예?"

"그럼……."

"맞습니다. 한울 우주선에서 저희 측에 교신이나 신호를 보낼 수는 있지만, 외부에서 들어오는 무전이나 신호는 받을 수 없습니다."

민준이 잠시 눈을 감았다. 우주비행에서 정확한 교신의 중요성은 아무리 강조해도 지나침이 없었다. 게다가 한 번도 가보지 않은 궤도로 진입하는 지금, 나로우주센터의 실시간 모니터링과 지시는 필수적이었다.

"알겠습니다. 그렇게 할게요."

민준이 선뜻 답을 주지 않자, 서윤이 끼어들었다.

"마지막 순간에 교신이 불가능하면 우리 위치 확인이……."

"어쩔 수 없잖아요. 나로 말대로 알고리즘을 무력화하려는 시도가 있을 수도 있고."

서윤이 굳은 눈빛으로 민준을 마주 보았다.

"사령선 조종사는 저예요. 물론 대장님께 반기를 드는 것은 아니지만. 저들이 무슨 계획을 세웠는지 알 것 같아요."

서윤의 당당한 태도에 당황스러운 것은 오히려 민준이었다.

"게다가 착륙선을 둘러본 결과 몇 가지 좋은 소식을 찾았어요."

"그게 뭐지?"

"착륙선 화물칸에는 불필요한 물품들이 많이 선적되어 있어요."

"예를 들면?"

"달에서 타고 다닐 소형 로버나 운석 채취용 도구들 그리고 아르테미스 기지에서 요청한 각종 물자들이죠."

"그걸 다 합치면 얼마나 되지?"

"리스트에 의하면 9톤이 조금 넘어요."

"어마어마하게 싣고 왔군."

"예, 어쨌든 지금 비상착륙을 준비하는 시점에서는 전혀 필요한 것들이 아니니까요. 그리고 또 있어요."

"뭐지?"

"착륙선 내부에도 떼어낼 수 있는 장비들이 많아요. 단열 패널이라든지 생존유지 장치들……."

"아, 그건 있어야 할 것 같은데요."

착륙선 조종사인 주원이 서윤의 눈치를 보며 끼어들었다.

"우리가 아직 달 어디에 내려앉을지도 모르는데, 구조를 기다리더라도 최소한의 장비는 가지고 있어야……."

"선외용 우주복만으로는 몇 시간을 버틸 수 있지?"

"길어야 5시간이요."

민준의 질문에 주원이 답했다.

"그럼 생존유지 장치는 내버려두어야겠군. 단열 패널은 떼어내더라도."

"뭐 그렇다면……."

서윤이 태블릿으로 다시 계산하기 시작했다.

"대장님 말씀대로라면 9.7톤을 더 줄일 수 있어요. 착륙선 전체 무게의 3분의 1에 해당하는 수치죠."

"3분의 1 더 가벼워진 착륙선이라……."

나로우주센터의 '펄스 추진' 방법이 없었다면 이 정도 감량만으로 달에 비상착륙하는 것은 불가능한 상황이었다. 하지만 지금이라면 분명 희망이 있었다.

　　"생각했던 것에는 못 미치지만 그래도 액체추진로켓을 쓸 수 있다고 하니까."

　　민준이 은은하게 다시 자신감 있는 표정을 되찾았다.

　　"그럼, 지금부터 작업을 시작해봅시다."

# 9

## 환영받지 못한 착륙

2031년 07월 21일

"나로, 한울 원. 펄스 추진 개시 3분 전."

나로우주센터로부터 펄스 추진 알고리즘을 다운로드한 지 4시간이 지났다. 달에서 14,700킬로미터 떨어진 우주 공간에 떠 있는 우주선에서 세 우주인은 선외용 우주복에 헬멧까지 갖추어 입은 채 착륙선 좌석에 나란히 앉아 있었다. 달 착륙선 조종사인 주원이 가운데, 민준과 서윤이 양옆에 어깨를 맞대고 있었다.

좁지만 아늑했던 사령선과 달리, 달 착륙선은 비좁을 뿐 아니라 음산한 분위기까지 흘렀다. 민준의 지시를 따라 내부의 단열 패널까지 모조리 떼어내어 사령선으로 옮겼기에 착륙선 내부는 더 황량하게만 느껴졌다.

"90초 전."

착륙선의 디스플레이에는 달 공전궤도로 접어들기 위한 궤적이 실시간으로 업데이트되고 있었다.

"과연 버텨줄까요?"

"모르지."

곧 있을 액체로켓 점화를 앞두고 서윤이 민준의 마음을 떠보았다. 몇 분 전부터 눈을 지그시 감고 있는 그가 다시금 불안 발작을 일으키지는 않을까 노심초사하는 것이었다.

"걱정하지 마. 주원이가 잘 해낼 테니까."

민준이 그런 서윤의 걱정을 알아차린 듯 주원에게 어깨를 부딪치며 말했다.

"사실 뭐, 제가 할 것도 없죠."

양다리 가운데 튀어나온 조이스틱을 쥐고는 있었지만, 주원은 모든 것이 자동으로 진행될 것이란 걸 누구보다 잘 알고 있었다.

"10초 카운트다운 시작합니다. 9초, 8초, 7초……."

주원이 내려가는 디스플레이의 숫자를 나지막이 읊었다.

"3초, 2초, 1초…… 점화!"

이윽고 한울 우주선의 액체연료로켓이 거친 작동음을 내며 점화되었다. 순식간에 뿜어져 나온 화염이 우주선의 속도를 급속히 줄이자 세 사람의 몸이 앞으로 쏠렸다.

"중단!"

그리고 벨트에서 몸을 채 떼기도 전에, 갑자기 로켓 분사가 중단되면서 몸이 다시 등받이에 부딪혔다.

"젠장, 이걸 계속 반복하라고?"

이제 겨우 한 번 진행되었지만 민준은 벌써 속이 메스꺼워지는 것을 느꼈다.

"다시 갑니다. 개시!"

민준이 투덜거림을 채 마치기도 전에 다시 액체로켓이 점화되었다.

"중단!"

"이런……."

"개시!"

앞뒤로 쏠리는 머리를 고정하기 위해 세 사람이 목에 빳빳이 힘을 주고 버텼다.

"와, 이거 생각보다……."

서윤은 어이없는 웃음을 터트리며 흔들렸다. 그러면서도 눈을 떼지 않고 디스플레이를 주시했다.

"중단! 개시!"

주원은 직접 조종하는 것이 아님에도 정신 줄을 놓지 않기 위해 마치 주문을 외우듯이 반복해서 '개시'와 '중단'을 외쳤다.

"얼마나 남았지?"

민준이 구역질이 올라오려는 것을 참으며 물었다.

"3분 40초 후면 달 공전궤도 진입 속도에 도달합니다."

"그게 얼만데?"

"예?"

"속도를 얼마까지 줄여야 하냐고."

"초속 1.7킬로미터까지 감속해야 해요."

"하, 아직도 많이 남았군."

민준이 목에 다시 힘을 주며 눈을 감았다.


\* \* \*


"텔레메트리 신호 들어오고 있습니다!"

10분 전, 나로우주센터 발사관제실은 관계 부서 직원들과 엔지니어들이 모여 있는 탓에 발 디딜 틈 하나 없었다. 채민서 앵커의 속보 이후 국내외 언론사의 관심이 폭발하면서 관제실 뒤편에는 취재진의 카메라가 빼곡하게 들어찼다.

"좋습니다. 계속해서 확인해주세요."

재윤은 헤드셋을 목에 걸친 채 마이크를 들고 상황을 지휘했다.

"펄스 추진 개시 5분 전입니다."

"산화제 탱크 외벽 온도는?"

"한계 온도인 1,200도에는 한참 못 미치고 있습니다."

재윤이 각 콘솔의 매니저들을 호출했다. 관제실 앞 대형 스크린에는 한울 우주선에서 보낸 텔레메트리를 바탕으로 한 우주선의 궤적이 실시간으로 업데이트되고 있었다.

"나로, 한울 원. 펄스 추진 개시 3분 전."

곧 교신이 시작됐다. 민준의 목소리가 들려오자 관제실 안이 술렁거렸다.

"좋습니다. 교신 상태 양호하네요. 모두 동요하지 말고 관제에 집중하세요!"

1시간 전부터 나로우주센터와 한울 우주선은 단방향 통신만 유지하고 있었다. 우주선에서 센터로 신호를 보내는 것은 가능했지만 그 반대의 과정은 완전히 막힌 것이었다. 우주선 승무원들에게 객관적인 상태를 전달할 수 없다는 것이 재윤과 직원들을 더 불안하게 했다.

"펄스 추진 시작합니다. 셋, 둘, 하나."

시찬의 카운트다운에 맞추어 스크린에 '엔진 점화'라는 문구가 초록색으로 떠올랐다. 일부 직원들은 박수를 치다가 곧 어색한 분위기를 느끼고 다시 침묵을 지켰다.

"첫 번째 펄스 오프, 두 번째 펄스 점화!"

1초마다 '오프', '점화'로 바뀌는 문구가 스크린을 보는 이들을 어지럽게 했다.

"시찬 님, 괜찮아요. 중계 안 해주어도 됩니다."

흥분한 시찬의 목소리가 끊임없이 관제실 내에 울리자 재윤이 헤드셋 마이크를 통해 개인 통신으로 말했다.

"아, 예. 알겠습니다."

시찬이 멋쩍은 듯 숨을 들이켜고는 스크린을 응시했다. 승무원과의 통신이 주 업무인 시찬은 더 이상 자신이 할 수 있는 일이 없다는 사실을 견디기 힘들어하고 있었다.

"산화제 탱크 온도는 어떤가요?"

"외벽 부근은 300도 미만을 유지하고 있습니다. 펄스 추진이 효과가 있는 것 같습니다."

TELMU 지선의 답을 들은 재윤이 고개를 한 번 끄덕였다.

"좋습니다. 펄스 추진 중단까지 얼마나 남았지요?"

"예, 175초 남았습니다."

"알겠습니다."

김천수 연구원의 제안으로 갑작스럽게 준비한 계획이 별다른 무리 없이 진행되고 있다는 사실이 재윤은 아직 믿기지 않았다. 미국을 비롯한 우주 선진국에서도 실제로 사용한 적이 없을 뿐 아니라, 독자적인 유인 우주비행 경험이 전무하다시피 한 자신들이 새로운 프로토콜을 발견했다는 자부심이 조금씩 차오르고 있었다.

그러나 재윤이 긴장감이 줄어드는 것을 느낄 무렵, 스크린에 붉은 글씨로 '신호 소실'이라는 문구가 떠올랐다.

"뭐죠?"

신호가 유실되면서 한울 우주선의 위치를 나타내는 궤도 화면도 점선으로 바뀌며 깜박였다.

"지금 한울 우주선에서 들어오는 신호가 끊겼습니다."

"젠장."

"통신 상태 확인 중입니다."

관제실 안이 순간 소란스러워지더니 취재진들의 플래시가 연이어 터지기 시작했다.

"촬영 중단! 촬영 중단!"

재윤이 양손을 높이 들어 가로 저으며 신경질적으로 외쳤다. 그럼에도 기자들이 계속해서 플래시를 터트리자 보안요원들이 다급히 그들을 제지했다.

"신호가 일시적으로 끊긴 겁니까? 아니면……."

기자들의 플래시와 질문에 혼란이 가중되던 사이, 갑작스레 스크린의 '신호 소실' 글자가 사라졌다. 그리고 한울 우주선 아이콘이 다시 초록색으로 변했다.

"일시적인 것으로……."

안도의 한숨을 채 내쉬기도 전에 또 다른 이상 현상이 나타났다. 한울 우주선의 아이콘이 궤도 위 여기저기를 순식간에 왔다 갔다 하는 것이었다. 달 근처에 있던 우주선이 갑자기 지구 근처에서 나타나더니, 또 잠시 후에는 달 뒤편을 오갔다.

"재밍…… 누군가 신호를 방해하고 있어요!"

버그가 걸린 것처럼 여기저기 튀어 오르는 한울 우주선의 궤적을 보며 EECOM 선민이 외쳤다.

"말도 안 돼."

의도적인 신호 방해가 다시 시작되었다는 사실에 재윤이 믿을 수 없다는 표정을 지었다.

"지구에서 하고 있는 건가요? 재밍 신호가 어디서 오고 있죠?"

"아, 확인해보겠습니다."

재윤의 지시에 선민이 바쁘게 콘솔을 조작했다.

"죄송합니다. 저희는 이런 종류의 재밍 신호에 대응해본 적이 없어서……."

선민이 바쁘게 키보드를 두드렸지만 전파 방해의 근원을 찾을 만한 소프트웨어나 알고리즘이 이곳에는 없었다.

"망할 자식들. 도대체 누구야."

"나로우주센터 근방이나 지구 저궤도는 아닌 것 같습니다. 다른 위성이나 우주선들의 텔레메트리는 정상적으로 들어오고 있습니다."

지선이 자신의 화면을 확인하며 보고했다.

"그럼 어디라는 말인가요?"

"지금 방해 신호를 받고 있는 것은 한울 우주선의 텔레메트리가 유일합니다. 그렇다면 아마도 우주선 근처에서……."

"미친놈들……."

설마 했던 재윤이 하프문 구조대를 떠올리며 고개를 숙였다.

"언론사 통제해주세요. 지금 당장."

한울 우주선의 구조 작전이 비공개에서 공개로 변환되었지만, 여전히 미국과 하프문의 구조 시도는 극비로 유지되고 있었다. 불가피하게 다시 등장한 하프문의 흔적을 보며 재윤이 아랫입술을 단단히 깨물었다.

"다들 안 나가고 뭐 해요! 얼른 나가요, 당장!"

재윤이 머뭇거리고 있는 기자단을 보며 신경질적으로 외쳤다. 그들이 재빨리 나가지 않고 우물쭈물하자 제복을 갖추어 입은 보안요원들이 곧장 기자들을 끌어냈다. 여기저기서 저항하는 소리가 들려왔지만 재윤은 개의치 않고 스크린에 집중했다.

잠시 후, 관제실의 문이 닫히자 실내가 일순간 조용해졌다.

"여기 계신 분들은 아마 사안의 중대성에 대해 다 아실 거라고 생각됩니다. 만약 전파 방해를 한 것이 하프문이라면……."

분노에 가득 찬 재윤이 흥분을 가라앉히려 숨을 골랐다.

"이건 우리를 대상으로 전쟁을 선포한 것이나 다름없습니다. 전파 방해 소스가 어디인지부터 확실히 파악해주세요."

그러나 그의 지시를 따를 인력과 물자가 이곳에는 없다는 걸 모두 잘 알고 있었다.

"그리고 모든 수단을 동원해서 한울 우주선의 위치와 궤도를 확인하세요. 필요하면 당장 보현산 천문대의 광학망원경도 동원하고!"

재윤의 극도로 흥분한 모습에 직원들은 적잖이 당황하고 있었다.

"감독관님, 방금 말씀하신 사항은 저희 재량을 넘어서는 일인 것 같습니다. 차라리 윗선에 보고하시는 게……."

재윤의 지시에도 직원들이 별다른 움직임이 없자 시찬이 조용히 그의 곁으로 다가와 말했다.

"그게 무슨 말이야."

재윤은 시찬을 노려볼 뿐이었다.

"재밍은 고도의 군사 기술일뿐더러, 그것을 역추적하는 기술은 공군의 영역이지 저희 권한 밖의 일입니다. 게다가……."

"게다가?"

"조금 있으면 한울 우주선은 달의 뒷면으로 진입합니다. 더이상 지구에서는 육안으로 확인할 방법이 없습니다."

\*　\*　\*

"어떻게 된 거지?"

대통령 전용 헬기 마린 원(Marine One) 안에서 윤중이 놀란 표정으로 하진에게 물었다. 그들은 부산에서의 일정을 마치고 청와대로 돌아오던 중에 소식을 전해 들었다.

"지금 바로 알아보겠습니다."

헬기의 텔레비전에서 생중계되던 화면이 갑작스럽게 끊기자, 하진이 헬기에 설치된 위성 전화를 들고 어디론가 연락을 했다. 윤중의 시선은 멈추어버린 텔레비전 화면에 고정되어 있었다.

"센터장님, 뭐 하시는 겁니까? 도대체 어떻게 된 거예요?"

세준은 하진의 전화를 한참 만에 받았다. 하진이 화를 내려다가 윤중을 의식하고는 목소리를 낮추었다.

"뭐라고요?"

하진이 잠시 멈칫하더니 전화기를 내려놓고 윤중을 바라보았다.

"한울 우주선의 신호가 끊겼다고 합니다."

하진의 말을 들은 윤중이 지그시 눈을 감았다.

"추락 흔적은?"

"알아보겠습니다."

윤중은 로켓 점화 직후에 신호가 유실됐으니 폭발에 이어 추락했을 것이라 확신했다.

"뭐라고요? 알겠습니다. 지금 같이 계십니다. 제가 보고드리겠습니다."

서둘러 위성 전화를 끊은 하진이 차마 입을 열지 못하고 뜸 들였다.

"괜찮아. 내 기분 고려할 필요 없어."

윤중은 머뭇거리고 있는 하진을 넌지시 보았다.

"아, 아닙니다. 추락 흔적은 아직 없고 기계적 결함보다는 재 밍 가능성이 높다고 합니다."

"재밍?"

"예, 한울 우주선에서 나오는 신호를 누군가가 의도적으로 방해해서……."

"이런 망할."

윤중은 단번에 그것이 누구의 짓인지 알아차리고는 욕설을 내뱉었다.

"당장 연결해."

"예?"

"오웬 대통령 당장 연결하라고!"

윤중이 헬기의 소음을 삼킬 만큼 크게 역정을 냈다.

"아직 아무런 증거도……."

"증거가 뭐가 필요해? 사람들이 드나드는 곳도 아니고, 달 부근에서 그 짓을 할 수 있는 세력이 누가 있어?"

"저희가 언론에 터트린 것을 가지고도 강한 항의가 들어왔 는데, 이번 건까지 더해지면……."

"정 실장, 내가 외교국 중에 제일 좋아하는 나라가 어디지?"

"예?"

"자네는 내 성향을 잘 알잖아. 내가 제일 좋아하는 나라가 어디냐고."

"그야, 오웬 대통령이 있는……."

"그래. 나는 오래전부터 오웬 대통령의 팬이었지. 우주개발에 모든 걸 바쳐 나라를 발전시켜야겠다는 생각도 그를 벤치마킹한 거야. 하지만 그것도 어느 정도 페어플레이를 할 때의 이야기지, 이런 식이면 더는 곤란해. 이제 막 걸음마를 뗀 우리 우주 산업을 도와주는 것처럼 하더니 이제는 완전히 짓밟고 있잖아."

"그렇기는 하지만……."

"우리가 한울 우주선 프로젝트 하면서 미국에 지급한 기술 수입료만 수십조 원이야. 그렇게 돈을 갔다 바치고도 을의 자세일 수밖에 없는 것이 우주 산업이라고. 그래도 최소한의 인도적인 대우는 해줘야지. 우주를 좋아하는 사람들은 선하고 인간미가 있을 줄 알았는데, 이건 뭐 악질이나 다름없군."

"예, 맞습니다. 그런데 아직 전파 방해를 그쪽에서 했다는 증거가 전혀 없습니다."

"됐어. 그냥 연결해. 기장님!"

윤중이 벽에 걸린 인터폰을 들어 헬기 기장을 호출했다.

"청와대까지 얼마나 남았습니까?"

"예, 목적지까지 234킬로미터 남았습니다."

"고흥으로 목적지를 변경할 수 있습니까? 연료가 충분합니까?"

"아, 예……."

기장이 잠시 계기반을 조작하며 멈칫했다.

"가능합니다. 예비 연료가 충분히 탑재되어 있습니다. 기수를 돌릴까요?"

"그렇게 좀 부탁합니다. 나로우주센터로요."

"알겠습니다."

인터폰을 다시 벽에 건 윤중이 하진에게 손을 건넸다.

"자네가 안 걸면, 내가 걸도록 하지."

"대통령님, 외교부 장관하고도 협의를……."

"내가 책임진다니까. 이전 정상 대 정상이 아니라 오랜 동지이자 친구로서 거는 전화야."

윤중이 하진에게서 위성 전화를 빼앗아 들더니 오웬의 개인 전화번호를 눌렀다. 잠시 후, 신호음이 이어지던 중 오웬이 전화를 받았다.

"오, 최 대통령님. 비행 중이시군요."

전화가 어디서 걸려왔는지 다 알고 있다는 사실이 섬뜩했지만 윤중은 태연함을 유지했다.

"대통령님, 저희 우주선 좀 내버려두시면 안 되겠습니까?"

"무슨 말씀이시죠?"

"한울 우주선 말입니다. 가까스로 달에 착륙하려고 하는데 누군가 전파 방해를 하고 있다는 소식을 들어서요."

"그렇습니까? 안 그래도 아주 독창적인 방법으로 달 궤도에 진입하고 계시다고요. 우리 기술진도 혀를 내둘렀습니다. 미처 생각하지 못한 묘안이라면서요. 축하드립니다."

"축하가 아니라 저희 우주선 전파 방해를 당장 멈추어주십시오."

"무언가 오해가 있는 것 같군요. 저는 그런 지시를 내린 적이 없습니다."

자신의 속내를 영 드러내지 않는 오웬이었지만 이번만큼은 억울하다는 말투가 분명했다.

"도와주시지 않으셔도 됩니다. 제발 저희가 저희의 힘으로 알아서 할 수 있게만 해주십시오."

윤중의 말에 오웬이 한동안 응답이 없었다.

"대통령님, 제가 지금 중요한 스케줄을 앞두고 있어서요. 우리가 외교부 장관 통해서 확인해보고 연락드리겠습니다."

오웬이 먼저 전화를 끊었다. 윤중은 불쾌한 표정을 감추지 못했다.

"예상했던 반응입니다."

하진이 윤중의 위성 전화를 건네받으며 말했다.

"도무지 믿을 수가 없군."

"무엇이……."

"오웬이 거짓말을 하는 것 같지가 않아. 아무리 초강대국의 수장이라 해도 솔직한 면은 있는 친구거든. 무언가 우리가 놓친 것이 있는 것 같아요."

"무슨 말씀입니까?"

"한울 우주선의 예상 착륙지가 어디라고 했지?"

"예, 원래는 아르테미스 유인 기지 부근 5킬로미터 지점이 목표였는데, 산화제 누출 상황이 심각해서 도저히 거기까지 갈 수 없다고 전해 들었습니다."

"그러니까 어디에 비상착륙할 예정이냐고."

"제가 마지막으로 보고받기로는……."

하진이 급히 휴대전화를 꺼내 세준이 보낸 메시지를 확인했다.

"아, 예. 여기 있습니다. 아르테미스 유인 기지에 가려면 달 궤도에 진입한 이후 반 바퀴를 더 돌아야 하는데, 우주선의 궤도 불안정성이 심각하고 연료가 부족해서……."

"핵심만 말해."

"죄송합니다. 달 궤도에 진입한 후 바로 착륙을 시도한다고 합니다. 예상 착륙 지점은 너무 변수가 많아 특정할 수 없으며, 달의 뒷면이라는 것 정도만……."

"달의 뒷면이라……."

하진의 보고를 들은 윤중의 눈빛이 다시 강렬해졌다.

"달의 뒷면은 지구에서 관측이 불가능한가?"

"예, 잘 아시다시피 지구의 자전주기와 달의 공전주기가 동일해서 지구에서는 영원히 달의 뒷면을 볼 수 없습니다."

"아르테미스 유인 기지는 달의 앞면에 있는 거고."

"그렇습니다."

하진의 말을 들은 윤중이 골똘히 생각에 잠겼다.

\* \* \*

"현재 속도 초속 1.78킬로미터! 마지막 펄스 추진입니다."

주원의 외침과 함께 액체추진로켓이 마지막 분사를 마쳤다. 머지않아 서서히 우주선 전체를 뒤흔드는 진동이 멈췄다.

"드디어 끝났군!"

갑작스럽게 고요해진 착륙선 안에서 민준이 홀로 환호성을 질렀다.

"믿을 수 없어요. 정말로 문제없이 작동했군요."

서윤이 디스플레이의 궤도를 확인하며 말했다. 어느새 한울 우주선이 지구-달 천이궤도에서 달 공전궤도로 진입하며 고도를 낮추고 있었다.

"이 망할 놈의 달에 오려고."

민준이 왼쪽 창을 내다보았다. 달의 거친 표면이 창의 절반가량을 채우고 있었다.

"나로, 한울 원입니다. 방금 펄스 추진을 모두 마치고 달 공전궤도로 진입하고 있음을 확인했습니다. 아직 변수가 많이 남아 있지만, 최대한 안전히 착륙하도록 노력하겠습니다."

민준이 한껏 들뜬 표정으로 상황을 전했다.

"답을 들을 수 없다는 것이 아쉽네요."

"그래, 하지만 우리가 무사하다는 것은 잘 알겠지."

"예상 착륙 지점은?"

"지금 다시 계산 중이에요. 달 공전궤도에 들어오는 데는 성공했지만 워낙 궤도가 불규칙해서……."

"달을 반 바퀴 돌아 나갈 에너지는 없어."

"그렇죠."

자신들이 아르테미스 유인 기지가 있는 달 앞면에 착륙할 수 없다는 것은 이미 여러 번의 계산을 통해 잘 알고 있었다. 달을 여유롭게 돌아 나가기 위해서는 더 안정된 궤도로 진입해야 했지만, 그러기엔 남은 산화제의 양과 추력 모두 부족했다. 지금의 궤도는 달을 원형으로 공전하기보다는 달의 지면을 향해 '천천히' 추락하는 궤도에 가까웠다.

"그래서, 계산 결과는?"

주원이 조이스틱을 꽉 쥐고 있는 사이 서윤이 디스플레이를 터치하며 예상 궤도를 확인했다.

"서경 100도 17분 23초, 북위 17도 45분 11초 지점입니다."

"이전 계산보다 더 뒤쪽이군."

"원래는 달의 앞면과 뒷면 경계 지점에는 갈 수 있을 거라고 생각했어요. 그런데 그러기에는 아직 고도가 높고 속도가 너무 빨라요. 두 면의 경계선인 서경 90도 지점과 289킬로미터 떨어진 곳이니 가능성이 없진 않지만요."

"우리가 거기에 내린다는 걸 어떻게 알려주지? 아르테미스 기지에 말이야."

"아마, 제가 최종 착륙 지점을 전송하고 나면 나로우주센터에서 연락을 취할 거예요. 우리는 지금 교신해도 응답을 들을 수 없으니까요."

서윤의 설명을 들은 민준이 고개를 끄덕였다.

"아무튼 이제 착륙만 앞둔 셈이네. 주원이가 마지막까지 잘 이끌어줘야겠어."

민준이 주원의 어깨를 꽉 잡으며 말했다.

"뭐, 제가 할 거는 별로 없죠. 오토파일럿이 다 알아서 하니까요."

말은 그렇게 하면서도 주원은 지금껏 조이스틱을 놓지 않고 있었다.

"현재 고도 120킬로미터에서 분당 3킬로미터의 속도로 하강 중입니다. 90초 후에 착륙선 분리가 예정되어 있고요."

서윤의 말에 민준과 주원이 다시 자세를 고쳐 잡았다.

"그래, 이제 정말 마지막 단계가 왔군."

세 사람은 긴장한 채로 천천히 숨을 골랐다. 얼마 남지 않은 시간은 빠르게 흘렀다.

"분리 15초 전!"

주원이 착륙선 대시보드의 붉은색 버튼을 누르자 한울 우주선의 화물칸 문이 서서히 열렸다.

"셋, 둘, 하나…… 분리!"

그리고 자동착륙 시퀀스에 따라 화물칸 안에 숨겨져 있던 착륙선이 달을 향해 떨어져 나왔다.

"분리 상태 양호!"

천천히 멀어지는 한울 우주선의 모습이 착륙선의 쪽창을 통해 보였다.

"더 이상 새어 나오지 않는군요."

착륙 과정에서 남은 산화제를 모두 다 써버렸기에 우주선 표면에서 분수처럼 쏟아져 나오던 산화제 줄기는 더 이상 보이지 않았다.

"그래, 기가 막힌 타이밍이야."

민준이 자신의 머리 쪽에 난 창을 보며 말했다.

세 명의 우주인을 달 표면까지 데려다줄 착륙선은 기다란 원

통 모양이었다. 1960년대 아폴로 프로젝트의 달 착륙선이 다면체의 기괴한 형상이었던 것과 달리, 아르테미스 프로젝트의 착륙선은 그보다 훨씬 진보된 형상을 하고 있었다. 부탄가스통보다 조금 짧은 원통형 객실 위에는 달 표면에서 이륙할 때 필요한 구 모양의 산화제 탱크와 연료 탱크가 여러 개 올려져 있었다. 그리고 그 위로는 각종 통신과 주변 탐색을 위한 장비들이 가득했다.

"현재 고도 98킬로미터, 방위각 71.4도."

주원이 계기반에 떠오른 수치들을 면밀히 확인했다.

"예상 착륙 지점은 변동 없나?"

"예, 아직 계산 중입니다."

대기가 없는 달에서의 착륙은 지구로 착륙하는 것보다 훨씬 고요하고 안정적이었다. 착륙선의 비행을 방해할 바람도, 마찰열도 없기에 세 사람이 탄 착륙선은 그저 중력에 이끌리며 자유로이 낙하했다.

"착륙 지점 계산 완료되었습니다. 서경 100도 14분 21초, 북위 17도 44분 20초 지점입니다."

주원이 계기반의 지도 화면을 확인하며 보고했다.

"아까 말했던 것보다 조금 아래쪽인가?"

"예, 차이는 미미합니다."

서윤이 주원의 계기 화면을 넘겨다보았다. 예상 착륙 지점의 지형도는 검게 반전되어 나타나지 않고 있었다.

"달 뒷면에 대한 정보는 없나 보군."

"달 뒷면이라 하더라도 관측선이 측정한 자료가 나타나는 게 정상인데, 뭔가 오류가 있는 것 같습니다."

지구에서는 달 뒷면을 볼 수 없었다. 하지만 그동안 아무런 탐사가 이루어지지 않은 것은 아니었다. 1960년대의 달 탐사 과정에서 모든 착륙선은 달의 뒷면을 지나가야 했기 때문에, 앞면만큼이나 자세한 사진과 정보들이 기록되어 있었다. 게다가 이후 일부 국가들은 무인 탐사선을 달의 뒷면에 착륙시키기도 했다. 그러니 지구에서 육안으로만 볼 수 없을 뿐, 과학적 데이터는 충분히 확보되어 있었다.

"일단 지금은 그게 중요한 건 아니니까."

서윤이 고개를 돌려 태양 빛을 그대로 반사하고 있는 달 표면을 내려다보았다. 수억 년의 세월을 그대로 기록하고 있는 크고 작은 크레이터들이 여기저기 음영을 만들어내며 음산한 분위기를 자아내고 있었다.

"곧 달의 뒷면으로 들어갑니다. 나로우주센터에 저희 예상 착륙 지점 좌표 발송하겠습니다."

주원이 통신 콘솔의 다이얼을 조작하더니 방금 확인한 착륙 좌표를 텍스트 메시지로 전송했다.

"비상주파수로 아르테미스 유인 기지에도 전송하자."

"비상주파수 사용은 자제하는 것으로……."

"그건 하프문 애들이 하는 이야기고, 지금은 가능한 모든 곳에 알리는 것이 좋아."

"예, 알겠습니다."

민준의 지시를 받은 주원이 통신 주파수를 111.2메가헤르츠에 맞추었다. 그리고는 방금 보낸 것과 동일한 내용의 메시지를 전송했다.

*　*　*

"아직 교신은 불가능한가요?"

나로우주센터 헬기 착륙장에 내린 하진이 마중 나온 세준에게 뛰어가며 물었다.

"죄송합니다."

"얼마나 된 거죠?"

"교신이 두절된 지는 30분이 조금 넘었습니다."

뒤이어 윤중이 헬기에서 천천히 내렸다.

"센터장님, 고생 많으신데 번거롭게 해드려 죄송합니다."

윤중이 악수를 건네자 세준이 90도로 허리를 굽히며 인사했다.

"아닙니다. 좋은 소식을 전해드리지 못해 죄송합니다."

"기다려봐야지. 다행히 폭발한 것은 아니라고 하니까."

세준이 앞서 하진에게 보고하며 언급한 것은 '교신 두절'과 '재밍' 두 단어뿐이었다. 그것이 한울 우주선의 폭발 가능성을 배제하는 것은 아니었으므로 세준이 웅얼거리며 설명하려 할 무렵, 하진이 이상한 낌새를 눈치채고 끼어들었다.

"센터장실로 가시죠."

"아, 예? 발사관제실로 가시지 않고요?"

"괜히 드러내서 좋을 것 없으니까. 대통령께서는 원격으로 관제실 상황만 확인하시고, 교신이 재개되기를 기다린다고 하셨습니다."

하진이 세준의 옆에 바짝 붙으며 귓속말을 했다.

"절대 폭발했다는 둥 실패했다는 둥 말하지 말아요. 이미 충분히 인지하고 계시니까."

그리고는 세준의 등을 두 차례 두드렸다.

\* \* \*

"고도 9킬로미터, 하강 속도 분당 1킬로미터에서 유지 중입니다."

어느새 착륙선은 달의 분지들이 세세히 보일 만큼 낮게 날고 있었다. 사실 난다기보다는 둥둥 떠다닌다는 표현이 어울릴 만큼 여유롭고 안정적인 비행이었다.

"이렇게 편안할 수가 없네."

"그러니까요. 공기의 존재감을 여기서 느끼네요."

오랜 위기가 드디어 끝난다는 생각에 세 사람은 긴장감보다 안도를 느끼고 있었다.

"주원이가 잘 마무리하겠지?"

서윤이 조종간을 꼭 쥐고 있는 주원을 바라보며 웃었다. 그리고 다시 고개를 돌려 발밑의 쪽창을 보는 순간, 작은 섬광이 그녀의 주의를 끌었다.

"어?"

무언가 태양 빛을 반사하고 있다고 생각한 서윤이 몸을 숙여 그것에 집중했다. 작은 섬광처럼 보였던 물체는 기다란 화염을 일으키며 수직으로 상승하고 있었다.

"대장님, 저게 뭐죠?"

서윤이 가리킨 곳을 따라 고개를 숙인 민준의 얼굴이 일순 굳었다.

"젠장! 당장 꺾어!"

주원이 채 조종간을 조작할 틈도 없이, 민준이 먼저 조종간을 붙잡아 오른쪽으로 밀었다. 그러자 착륙선 전체가 기우뚱하며 가파르게 하강하기 시작했다.

"대장님, 뭐 하는 거예요!"

"주원아, 현재 고도! 속도!"

"8,123미터, 분당 900미터로 하강 중입니다!"

"대공 미사일이야. 몇 초 후에 우리를 명중할 거라고."

민준이 착륙선 곳곳에 난 창들을 둘러보며 소리쳤다.

"맙소사."

서윤이 탄식을 내뱉기도 전에 민준이 이어 대시보드를 면밀히 살폈다. 달 표면에서 다시 이륙할 때 사용할 액체연료로켓의 점화 버튼이 그의 눈에 띄었다.

"고도…… 고도를 높여야 해."

어느새 고도를 확보한 열추적 대공 미사일이 방향을 바꾸어 착륙선을 향해 내려오고 있었다. 민준은 망설일 틈도 없이 '점화' 버튼의 커버를 열고는 붉은 버튼을 눌렀다.

"대장님, 그건 안 돼……."

제지할 새조차 없었다. 곧 착륙선 아래쪽에서 강한 화염이 뿜어져 나왔다. 착륙선은 하강을 멈추고 수직으로 상승했다.

"미쳤어요!"

서윤이 민준의 팔을 붙잡았지만 민준은 개의치 않고 주원의 손 위에 자신의 손을 올린 채 조종간을 이리저리 꺾었다.

'위로 한 번, 아래로 한 번.'

오래전, 전투기 조종사로 비행할 때의 경험을 떠올리며 민준이 회피기동을 시작했다. 하지만 부드러운 비행을 위해 만

들어진 착륙선은 민준의 뜻대로 움직이지 않았다. 착륙선 안에서 몸이 이리저리 움직이자 서윤과 민준의 헬멧이 여러 차례 부딪쳤다.

"9시 방향에서 접근 중, 거리는 1,000피트 이내!"

사태를 파악한 주원이 창을 둘러보며 상황을 파악했다.

'셋, 둘, 하나!'

민준이 속으로 카운트다운을 하더니 액체로켓의 '컷오프' 버튼을 눌러 분사를 중지했다. 상승 가속도가 갑작스레 줄어들었지만 착륙선은 여전히 고도를 높이고 있었다.

"지나갔어요!"

갑작스러운 착륙선의 고도 변화에 에너지를 잃어버린 열추적 미사일이 그대로 땅을 향해 내리꽂혔다. 달 표면에서 붉은 화염이 거세게 퍼졌다.

"미친. 방금 뭐였죠?"

"나도 몰라."

민준은 사태를 파악하기 위해 쉴 새 없이 주변을 살폈다.

"고도 11킬로미터, 분당 2,000피트 속도로 상승 중입니다."

"이대로 가면 달 궤도를 벗어날 수 있어요!"

계기반에는 '착륙 지점 예상 불가'라는 메시지가 떠올랐다.

"다시 내려가야만 해요."

서윤의 말에 민준이 고개를 끄덕이더니 조종간을 반대로 끝까지 꺾었다. 그러자 위를 향하고 있던 착륙선이 180도 선회하며 뒤집혔다.

"대장님, 설마……."

민준이 한 치의 망설임도 없이 다시 로켓의 '점화' 버튼을 눌렀다. 착륙선은 달 표면을 향해 다시 빠른 속도로 곤두박질 쳤다.

"8킬로미터, 7킬로미터……."

계기반의 고도계에 나타난 수치가 빠른 속도로 줄어들었다. 주원의 이마에서는 식은땀이 걷잡을 수 없이 흐르고 있었지만, 민준과 겹쳐 쥔 조종간을 놓을 수는 없었다.

"4킬로미터……. 대장님……."

고도계를 뚫어지라 쳐다보고 있던 민준은 아무런 답이 없었다.

"대장님……. 이러면 그대로 충돌……."

"알아, 기다려."

그때, 착륙선의 위쪽 창에서 다시 한번 섬광이 일더니 두 번째 미사일이 상공으로 치솟았다.

"저게 우리를 덮치기 전에 먼저 내려앉아야 해."


충돌 경고! 충돌 경고!

하강 속도 확인! 하강 속도 확인!

뒤이어 착륙선에 탑재된 지상충돌방지 시스템이 시끄러운 경보음을 울려댔다.

"2킬로미터…… 더 이상은……."

주원이 조종간에 힘을 주었지만, 민준은 아직 움직임을 허락하지 않았다.

"잠시만."

민준은 계기반에서 눈을 떼지 않았다. 이미 달 표면은 착륙선의 창문을 전부 덮을 만큼 가까워져 있었다.

"지금이야!"

고도계가 1킬로미터 아래로 내려간 순간, 민준이 조종간을 반대 방향으로 꺾어 착륙선을 다시 직립시켰다. 그리고 액체연료로켓의 '점화' 버튼을 다시 한번 눌렀다.

동시에 마지막 착륙 과정에서 자동으로 작동하도록 프로그래밍된 역추진로켓도 함께 점화되었다. 지구 중력 가속도의 다섯 배가 넘는 힘이 세 사람의 몸을 의자 바닥에 바짝 붙였다.

"100미터, 90미터, 70미터……."

지표면이 가까워질수록 착륙선의 속도가 눈에 띄게 줄어들었다. 하지만 여전히 빠른 속도라는 것은 변함없었다.

"10미터! 호버링(hovering: 제자리 비행) 시작합니다."

달 표면에 인접한 착륙선이 정확한 착륙 지점을 탐색하기 위해 잠시 공중에 멈추었다. 그러자 역추진로켓이 일으킨 먼지가 착륙선의 주변을 덮었다. 착륙선 바닥에서는 지형을 스캔하기 위한 초록색 레이저 불빛이 뿜어져 나왔다.

"착륙합니다."

스캔이 끝나고 근접지형도가 모니터에 나타나자 주원이 얼른 '승인' 버튼을 눌렀다. 공중을 맴돌던 한울 착륙선에서 네 개의 지지대가 펼쳐지더니 그대로 달 표면에 내려앉았다. 두 번째로 발사된 열추적 미사일은 목표를 잃어버리고 공중에서 자폭하며 거대한 화구를 만들어냈다.

"도대체 무슨 일이 벌어지고 있는 거죠?"

정신을 차릴 새도 없이 민준은 서둘러 안전벨트를 풀었다.

"어쩌면 다행이지. 이 허허벌판에 우리만 있는 게 아니란 소식이니까."

민준이 의미심장한 미소를 지으며 착륙선의 에어로크로 향했다.

2031년 7월 21일 UTC 23:14:19. 착륙 지점 달 서경 102도 43분 11초, 북위 18도 32분 24초. 대한민국의 첫 유인 달 탐사선 한울 1호가 달의 뒷면, 폭풍의 대양(Oceanus Procellarum)에 착륙했다.

# 10

## 진실은 가까울수록 거짓처럼 보인다

2031년 07월 21일

경상북도 영천시 화북면 보현산 천문대

하프문 구조대의 해프닝을 촬영하기 위해 나와 있던 인력들이 모두 철수한 지금, 이곳은 평소와 다름없이 한적했다. 선임들이 모두 귀가한 사무실에서 당직을 서고 있던 2년 차 직원 선규는 오늘 관측이 할당된 우주 구역을 확인하고 있었다. 그가 전날 난리 통을 겪으며 달에 고정되어 있던 3미터급 반사망원경의 좌표를 조정하려는데, 달 경계면의 작은 섬광 하나가 주의를 끌었다.

"이게 뭐지?"

선규가 자동으로 녹화된 화면을 확대하며 이리저리 돌려보았다. 이제 막 중천에 떠오른 그믐달의 가장자리에서 폭발처럼 보이는 불빛이 반짝이고는 사라졌다.

"설마……."

곧 그것이 인위적인 화염임을 직감한 선규가 서둘러 비상통신망을 확인했다.

*   *   *

"확실합니까? 예, 알겠습니다."

전화를 끊은 세준이 센터장실 문 앞에서 눈을 지그시 감았다. 문고리를 잡은 그의 손이 옅게 떨리고 있었다.

'괜찮아. 다 끝났을 뿐이야…….'

몇 초 동안 망설이고 있던 세준이 스스로를 위안하며 문을 열었다. 센터장실 안에는 윤중과 하진이 관제실 전체를 비추는 화면을 보며 여유롭게 앉아 있었다.

"저기, 대통령님."

평소와 확연히 다른 세준의 태도에서 하진은 눈치 빠르게 불길함을 직감했다.

"예, 센터장님 바쁘시지요? 늦었는데 가서 쉬셔도 됩니다."

윤중은 화면에서 눈을 떼지 않고 있었다.

"드릴 말씀이……."

"아, 편하게 하세요, 편하게. 여긴 당신 집이나 마찬가지인데."

윤중은 그저 세준이 불편해하고 있는 것이라 여길 뿐이었다.

"방금 보현산 천문대장에게 연락이 왔습니다. 우연히 달을 관측하다 발견된 사실인데……."

'보현산'이라는 단어에 윤중에 테이블 위에 올려놓고 있던 두 다리를 내리며 몸을 돌렸다.

"우리 우주선이 발견되었습니까?"

윤중의 시선이 부담스러웠는지 세준이 힘없이 고개를 숙였다.

"달 착륙 직전에 폭발한 것 같다는 소식입니다."

세준의 말을 들은 하진은 가만히 눈을 감았다.

"확실합니까? 지금 말 책임질 수 있어요?"

애써 담담한 척했지만, 윤중은 마음속으로 내심 착륙에 성공했을 것이라 기대하고 있었다. 지구의 6분의 1에 불과한 중력과 대기가 없는 환경은 분명 착륙에 유리한 조건이었기 때문이다.

"예, 그러니까……."

"말씀하세요. 뜸 들이지 말고!"

"반사망원경에 우연히 촬영되었는데, 달 지표면 아주 가까운 지점에서 폭발 화염이 관측되었습니다. 저희가 교신이 끊길 당시의 위치로 추정해보면, 착륙선이 달에 내릴 예상 지점과 거의 일치하는 것으로……."

"영상, 영상 가져와요! 말로만 그러지 말고!"

윤중이 자리에서 뻘떡 일어나더니 정신 사납게 방 안을 서성였다.

"지금 관제실에서 영상 분석해서 곧 스크린에 띄우도록 하겠습니다."

"아직 외부에 알리지 말고. 기자들 다 차단해."

윤중이 화면과 하진을 번갈아 보며 지시했다.

"예, 알겠습니다."

하진이 가볍게 목례를 하고는 서둘러 센터장실을 나섰다.

*　*　*

"대장님, 바로 나가시게요?"

민준이 에어로크의 조작 패널을 열자 서윤이 고개를 돌려 물었다.

"우리가 이곳에 온 것을 탐탁지 않아 하는 분들이 계시는 것 같은데, 가만히 기다릴 수는 없지."

민준은 주저 없이 패널의 버튼을 눌렀다. 에어로크의 작은 문이 천천히 안쪽으로 열렸다.

"그래도 몇 가지 확인할 것이 있어요. 우선 교신이 가능한지부터……."

"안 될 거야. 우리를 공격한 게 누구라고 생각해?"

"그야⋯⋯."

"그래, 아르테미스 유인 기지 아니면 하프문 애들이겠지. 달에서 또 다른 국가가 생겨나지 않은 이상."

"저도 그렇게 생각해요."

달 착륙 도중의 미사일 공격. 세 우주인 모두 오랫동안 전투 훈련을 받은 공군 조종사였지만 달에서 실전을 겪을 것이라고는 상상도 하지 못했다. 그러나 아이러니하게도 이 암담하고도 황당한 상황에서 세 사람은 도리어 차분함을 유지하고 있었다.

"아르테미스 애들은 공식적인 조직이니까 설마 그런 망할 짓을 하지는 않았을 테고."

민준은 한 명이 간신히 들어갈 수 있는 좁은 에어로크 안으로 몸을 비집어 넣었다.

"남은 것은 하나지. 하프문의 존 타일러 소령."

그가 헬멧까지 에어로크 안으로 집어넣고는 버튼을 눌러 교신기를 켰다.

"아, 아, 잘 들립니까?"

"예, 잘 들립니다."

"재밍은 안 하는 것 같군."

이어 손을 뻗어 에어로크의 안쪽 문을 닫은 다음, 천장의 '감압' 버튼을 눌렀다. 이윽고 공기가 빠져나가는 소리가 들리더니 감압 완료를 알리는 초록색 등이 들어왔다.

"나가서 주위만 둘러보고 오겠습니다. 착륙선에서는 비상구조 신호 계속 발신해주세요."

민준이 거침없이 에어로크의 바깥문을 열었다. 황량한 달의 평원이 그의 시선을 사로잡았다.

"고요하기 그지없군."

착륙선이 내린 곳은 '폭풍의 대양'이라고 이름 붙여진 곳이었다. 현무암과 용암대지가 주를 이룬 탓에 상대적으로 검은 빛을 띠고 있었다.

멀찍이 시선을 둔 민준이 사다리에 발을 올리고는 천천히 내려갔다. 그러다 마지막 계단을 앞두고 무언가 생각이 난 듯 주춤하더니 이내 내려가기를 멈추었다.

"아니, 나름 우리나라로서는 최초의 달 방문인데, 의미 있는 말을 남겨야 하는 거 아닌가? 한 인간에게는 작은 발걸음이지만…… 뭐 이런 거."

민준이 착륙선 창을 통해 서윤을 올려다보며 말했다.

"이제 의미 없어요. 봐줄 사람도 없고. 무엇보다 60년이나 늦었어요, 우리는."

서윤은 사용 가능한 통신 채널을 찾기 위해 분주한 모습이었다.

"알겠습니다. 비록 예상했던 것은 아무것도 이루어지지 않았으나……."

민준이 능청스러운 목소리로 사다리의 마지막 층계에서 뛰어내렸다. 그의 발이 달 표면에 닿자 작은 먼지들이 공중으로 서서히 떠올랐다.

"별것 없군."

자리에 곧추선 민준이 황량한 주위를 하염없이 둘러보았다.

민준이 입고 있는 신형 우주복에는 보스턴다이나믹스(Boston Dynamics)사에서 제작한 보행보조 장치가 설치되어 있었다. 다리 가장자리를 따라 설치된 프레임이 허리와 등 지지대와 연결되어 보다 자유로운 움직임을 제공하는 장치였다. 특히 걸음 동작에 따라 적절한 반동을 제공함으로써 지구 중력의 6분의 1밖에 되지 않는 달 표면에서도 붕붕 뜨지 않고 안정적으로 걸을 수 있게 하는 것이 특징이었다.

"걷는 것은 좀 어떠세요?"

지구에서는 한 번도 이것의 효과를 경험해볼 수 없었기에, 서윤도 민준의 움직임에 호기심을 보였다.

"아주 자연스러워. 좋은데?"

민준이 천천히 걸음을 내딛자 보행보조 장치가 덜컹이며 공중으로 떠오르려는 민준의 움직임을 제어했다. 이어 몇 걸음을 더 내디딘 뒤에는 민준의 보행 방식을 학습한 장치가 더 자연스러운 움직임을 제공했다.

"착륙 지점에는 별다른 특이 사항은 없는 것 같아. 교신은 좀 어때?"

"예, KPLO(Korea Pathfinder Lunar Orbiter: 한국형 달 궤도선) 1호부터 3호까지 모두 연결을 시도하고 있는데, 응답하는 녀석이 하나도 없어요."

"비상교신 주파수는?"

"그것도 응답이 없어요. 신호가 발신은 되었는데, 제대로 받았다는 답신은 없습니다."

"우리가 착륙 전에 발신한 좌표도 전달이 안 되었어?"

"예, 그런 것 같아요."

"총체적 난국이군."

서윤의 답을 들은 민준은 눈을 질끈 감았다. 가까스로 달에 착륙했지만, 자신들을 구조하러 올 사람이 없다는 사실이 또 다른 절망감을 불러왔다.

"그래도 일주일 치 식량은 다 챙겨 왔으니까 희망을 가져보자고. 정 안되면 우리를 죽이려고 했던 녀석들에게 빌붙어야지."

평소와 다르게 극한 상황에 처했음에도 민준은 아직까지 공황을 겪지 않았다. 살았다는 다행감보다 자신들을 죽이려 한 상대방에 대한 증오감이 민준을 더욱더 강인하게 사로잡은 탓이었다.

"안 그래도 주원이하고 그 이야기를 좀 했는데……."

서윤이 말끝을 흐렸다.

"한 나라의 탐사선을 공중에서 요격시킬 정도의 배짱이 있는 녀석들이라면, 우리가 여기서 머무르도록 내버려두지도 않을 것 같아요."

"그건 당연하지."

"그럼 어떻게 하죠?"

"그래서 내가 바깥으로 바로 나온 거야. 대책을 찾기 위해서."

"무슨 대책이 있죠?"

"주원아, 우리 달에서 이동할 수 있는 전동 탑승 장치 안 가져왔지?"

"예, 대장님이 무게를 최대한 줄이라고 하셔서 다 두고 왔죠."

"이런…… 그건 가져왔으면 좋았을 텐데."

민준이 태양과 지구의 위치를 확인하며 주위를 삥 둘러보았다. 하얀 구름이 뒤덮인 푸르른 지구가 그제야 그의 시선을 끌었다.

"이제 저기로 돌아갈 날만 남았군."

연거푸 주위를 둘러보던 그가 우주복의 왼팔 디스플레이에 나침반을 불러냈다.

"우리 착륙 위치 좀 불러줄래?"

"서경 102도 43분 11초, 북위 18도 32분 24초입니다. 관성항법 장치로 계산한 거라 오차가 좀 있을 수 있어요."

"그래, 알겠어."

그가 디스플레이에 달의 지형도를 띄우며 아르테미스 우주

기지까지의 경로를 찾았다.

"분명 무언가 있어."

자신의 위치로 추정되는 지역을 확대했지만, 유독 이 부근만 검게 변하며 상세 지형이 나타나지 않았다.

"아르테미스 우주기지까지는 직선으로 345킬로미터야. 보행보조 장치를 끄고 빠른 걸음으로 달려가면 7시간 정도 걸릴 것 같은데."

"예, 저희도 확인했어요. 하지만 우주복의 최대 가동 시간은 5시간이 채 안 돼요."

"착륙선을 다시 띄워서 조금 더 가까이 이동하는 것은 어때?"

"그럴 수도 없어요. 아까 회피 과정에서 연료를 다 써버렸으니까요."

주원이 절망 섞인 목소리로 답했다.

"그럼 할 수 없군……."

자력으로 아르테미스 기지를 찾아가지 않는 이상, 자신들에게 우호적인 구조팀은 오지 않을 것이라는 게 민준의 결론이었다.

"일단 다시 들어갈 테니까, 어떻게든 아르테미스 기지로 갈 방법을 찾아보자고. 그래야만 우리가……."

다시 착륙선의 사다리를 오르려는 때, 민준의 시야에 작은 점들 몇 개가 눈에 띄었다. 마치 점프를 하듯이, 지상과 허공을 오가며 떠다니는 점 세 개가 빠른 속도로 자신들을 향해 다가오고 있었다.

"생각보다 빨리 오는군."

"대장님, 왜 안 들어오세요?"

민준이 에어로크 출입문 근처에서 가만히 서 있는 것을 본 서윤이 물었다.

"다들 당장 우주복 상태 확인하고 밖으로 나와!"

"예?"

갑작스러운 민준의 외침에 서윤과 주원이 당황했다.

"시간이 없으니까, 당장 나와!"

"도대체 무슨 일이에요. 설명을 해주셔야죠."

"설명은 나오면 해줄 데니까, 어서!"

민준이 급히 에어로크의 바깥문을 두드렸다. 진동과 소리가 착륙선 안쪽으로 울려 퍼졌다. 사태가 심상치 않음을 느낀 서윤이 자리에서 일어나더니 주원과 눈빛을 주고받았다. 다소 충동적인 면이 있는 민준이었지만 이토록 다그치는 모습을 서윤은 본 적이 없었다. 먼저 에어로크에 들어선 서윤이 서둘러 바깥으로 나가자 주원이 곧장 그녀의 뒤를 이었다.

"무슨 일이세요?"

서윤이 등을 돌리고 있는 민준에게 다가가 물었다. 하지만 무엇이 문제인지 알아차리는 데에는 그리 오랜 시간이 필요하지 않았다. 달의 지평선 너머로 보이는 지구를 배경으로, 세 개의 점들이 공중에 떠올랐다 내려오기를 반복하며 다가오고 있었다.

그리고 그것이 얼마 전 우주 공간에서 마주했던 이들과 같은 형상임을 알아차릴 때쯤, 에어로크에서 나온 주원이 두 사람 옆에 붙어 섰다.

* * *

"폭발이 확실합니까? 다른 가능성은 없어요?"

나로우주센터 발사관제실엔 한동안 침묵이 흘렀다. 센터스 크린에는 보현산 천문대에서 촬영한 영상이 반복해서 재생됐다. 스크린 바로 앞에는 비행감독관 재윤이 팔짱을 낀 채 우뚝 서 있었다.

"이거 누가 촬영했다고요?"

재윤이 한참 동안의 정적을 깨고 몸을 돌려 물었다.

"보현산 천문대의 이선규 연구원이 촬영한 영상입니다. 3미터급 반사망원경 가시광선 파장 대역이고요."

"이 연구원 연결 가능한가요?"

"예, 준비하겠습니다."

영상을 직접 전달받은 TELMU 지선이 수화기를 들고 어디론가 연락했다.

"연결되었습니다."

곧이어 선규의 얼굴이 스크린 오른쪽 아래에 떠올랐다.

"안녕하세요. 한울 프로젝트 비행감독관 성재윤입니다."

"안녕하세요. 감독관님."

"보내주신 영상을 저희가 분석하고 있는데요, 폭발 화염이 발생한 위치나 고도 모두 한울 우주선의 마지막 궤도와 일치합니다."

"그렇군요."

선규가 굳은 표정으로 고개를 끄덕였다.

"그런데 연구원님, 한 가지 궁금한 점이 있는데요."

"예, 말씀하십시오."

"이거, 천문대에서는 가시광선 파장 대역 데이터만 가지고 있나요? 혹시 스펙트럼 분석을 할 수는 없을까요?"

"아, 분광 스펙트럼 분석이요?"

재윤의 입에서 천문학 전문 용어가 나오자 선규가 적잖이 당황한 표정을 지었다. 지구에 도착한 별빛의 파장 대역을 통해 별의 구성 원소를 추정하는 스펙트럼 분석은 천문학에서는 오래된 기술 중 하나였지만 일반인에게 널리 알려진 것은 아니었다.

"예, 맞습니다."

재윤이 고개를 끄덕였다.

"스펙트럼 분석을 위한 검출기는 반사망원경 CCD(Charge Coupled Device: 빛을 변환시켜 이미지를 만드는 센서)에 같이 설치되어 있습니다. 하지만 저도 우연히 발견한 것이어서 영상만 확인하고 검출기 데이터는 아직 보지 않았습니다."

"그럼 박사님께서 스펙트럼 분석 진행하신 다음, 추정 구성 원소 분포 나오는 대로 연락 부탁드립니다."

"그게, 분석은 어렵지 않은데 제가 아직 경험이 없어서……."

선규가 잠시 머뭇거렸다.

그때, 센터장실에서 호출을 알리는 인터폰이 울렸다. 재윤이 가장 가까운 콘솔로 다가가 인터폰을 바로 집어 들었다.

"무슨 일이시죠? 지금 논의 중입니다."

또 쓸데없이 세준이 끼어드는 것이라 생각한 재윤이 신경질을 감추지 않았다.

"감독관님, 인터폰 스피커로 연결해주세요."

"예?"

"어서요."

세준의 다그침에 재윤이 마지못해 '스피커폰' 버튼을 눌렀다. 지직거리는 통화 잡음이 관제실 스피커를 통해 흘러나왔다.

"아, 저 대통령입니다."

윤중의 목소리가 나오자 관제실 안의 직원들이 모두 놀라며 두리번거렸다.

"이선규 박사님, 지금 천문대에 혼자 계신 건가요?"

"아닙니다. 아, 맞습니다. 제가 당직이어서……."

선규가 놀라움을 감추지 못하며 말을 더듬었다.

"지금 당장 가용 인력들을 천문대로 보내겠습니다. 감독관님이 말씀해주신…… 스펙트럼 분석? 그거 바로 진행해주시고요. 앞으로 저희 직원들 요청에 최우선으로 도움 부탁드립니다."

"예, 알겠습니다."

얼굴 없는 대통령의 음성에 선규가 아직 믿기지 않는다는 표정으로 멍하니 눈만 깜빡였다.

\* \* \*

깜짝 통화를 마친 윤중이 다시 수화기를 내려놓았다.

"여기 오신 것을 오픈하셔도 괜찮겠습니까?"

하진은 걱정스러운 눈치였다.

"아까부터 와 있었는데 뭐가 문제겠어."

"그래도 스케줄을 급히 취소하고 이쪽에 와 계신 것이 알려지면……."

"정 실장."

윤중이 하진을 넌지시 바라보자 하진은 슬며시 시선을 피했다. 윤중은 무슨 말을 하려다 말고 뒤쪽에 서 있는 세준을 올려다보았다.

"센터장님, 방금 성재윤 감독관이 요청한 거, 의미가 있는 겁니까?"

한울 우주선이 착륙 도중 폭발한 것으로 거의 결론 났지만, 윤중은 그것을 인정할 수 없었다. 방금까지만 해도 언론에 어떻게 사실을 알리고 뒷수습을 할지에 대해 하진과 논의하던 참이었음에도 마지막 순간에 나온 재윤의 분석 제안이 그를 다시 흔들었다. 그는 지푸라기라도 잡는 심정으로 마음을 다잡았다.

"저는 잘……. 지금 확인해보겠습니다."

"이 사람이……."

세준의 매가리 없는 대답에 윤중이 자리에서 벌떡 일어났다. 그리고는 센터장실의 문을 향해 성큼성큼 걸어갔다.

"대통령님!"

당황한 하진이 제지를 했지만 윤중은 걸음을 멈추지 않았다. 경호원들이 하진의 눈치를 흘낏 보더니 윤중을 뒤따르기 시작했다.

\* \* \*

"성 감독관님!"

아직 어수선한 분위기가 가시지 않은 발사관제실에 윤중이 들어서자 그에게로 시선이 집중됐다. 그는 주위를 신경 쓰지 않고 계단을 따라 빠르게 내려갔다.

"방금 보현산 천문대에 요청하신 것 말입니다."

"안녕하십니까."

재윤이 가볍게 목례를 하며 윤중을 맞이했다.

"그러니까 한울 우주선이 폭발한 게 아닐 수도 있다는 뜻인가요?"

돌직구 질문에 재윤의 눈동자가 잠시 떨렸다.

"아, 그런 것은 아닙니다만, 그저 가능성을 한번 보려는 겁니다."

"자세한 설명 부탁드립니다."

주위로 직원들이 몰려들자 경호원이 팔을 벌리며 윤중에게 다가서지 못하도록 제지에 나섰다. 뒤따른 하진이 사람들을 비집고 윤중의 뒤에 섰다.

"빛의 파장 대역을 이용해서 별의 구성 원소를 살피는 기술입니다. 천문학에서는 흔한 작업인데, 분광 스펙트럼 분석이라고 합니다. 만약 관측된 폭발에서 한울 우주선에 탑재된 연료의 구성 성분과 유사한 원소가 나온다면 해당 폭발이 우주선에서 일어난 것으로 유추해볼 수 있습니다."

"아니라면?"

윤중의 눈빛은 점점 강렬해지고 있었다.

"사실, 아닐 가능성은 따져보지 못했습니다. 지금처럼 한울 우주선과 연락이 닿지 않는 상황에서 폭발 사고를 확정하려면……."

"아니요, 그건 아니지. 폭발 사고를 확정한다니요."

윤중의 단호한 말에 재윤이 멈칫했다.

"현재로서는 폭발을 추정할 뿐입니다. 저희는 사고의 원인을 확실히 파악하고 대비해야 할……."

"이봐요, 성재윤 감독관!"

윤중이 벼락같이 소리쳤다. 그의 목소리가 높아지자 소란스럽던 관제실 안이 순식간에 조용해졌다.

"대통령님, 사람들이 많이 있습니다."

하진이 어쩔 줄을 몰라 하며 윤중의 뒤에서 속삭였다.

"성 감독관님, 당신은 이번 한울 우주선 프로젝트의 실무 총책임자입니다. 두 눈으로 우주인들의 시체를 확인하기 전까지는, 절대로 실패를 단정해서는 안 돼요! 무슨 일이 있어도 폭발의 근원이 무엇인지……."

"말씀 중에 죄송합니다……."

그때, 여전히 스크린 구석에 얼굴을 비치고 있던 이선규 박사의 목소리가 생뚱맞게 관제실 안에 울려 퍼졌다. 당황한 재윤과 윤중이 고개를 들어 스크린을 바라보았다.

"원격도 안 끊고 뭐 하는 거야?"

소동이 외부로 유출되었다는 생각에 하진이 얼굴을 싸맸다.

"분석 결과가 나왔는데요, 지금 필요하실 것 같아서."

"뭐라고요?"

재윤이 어이없다는 표정으로 화상 속 선규에게 물었다.

"아, 결과가 너무 명확해서요. 이건 뭐 대학교 학부 실험실에서도
할 수 있는 수준이었어요."

"결과가 어떻게 나왔죠?"

"폭발 화염에서 산화알루미늄 원소 수치가 아주 높게 나왔습니다."

산화알루미늄은 미사일과 같은 고체연료로켓에 첨가되는
물질이었다. 오직 액체산소와 케로신만을 탑재한 한울 우주
선의 '액체로켓'에서는 검출될 수 없는 성분이었다. 누구보다
이러한 사실을 잘 아는 나로우주센터의 직원들의 탄성이 관제
실 곳곳에서 터져 나왔다. 사람들이 다시금 웅성거렸지만 윤
중과 하진만은 그것이 무엇을 의미하는지 모른 채 어리둥절
하고 있었다.

"무슨 의미죠?"

윤중이 눈을 감고 있는 재윤에게 한 발 더 다가갔다.

"대통령님 말씀이 맞았습니다."

"뭐라고요?"

"보현산 천문대에서 관측한 화염은 고체연료로켓이 폭발하

면서 생긴 불꽃입니다."

"더 쉽게 말해주세요."

"한울 우주선은 오직 액체연료로켓만 탑재한 우주선입니다. 사령선과 착륙선, 탑재 물품 다 합쳐서 산화알루미늄이 나올 수 있는 물질은 없습니다."

"그러면요? 저 폭발이 한울 우주선의 것이 아니라는 게 확실한가요?"

"예, 지금 분석으로는 확실합니다."

"신이시여……."

재윤의 말을 들은 윤중이 반색하며 탄식하듯 중얼거렸다.

"그럼 다행이군요. 계속해서 한울 우주선의 위치 추적하고 필요하면 구조 요청도 하도록 해주세요."

"저, 대통령님."

윤중의 얼굴과 달리, 재윤은 여전히 심각한 얼굴이었다.

"왜요? 또 뭐가 문제 있습니까?"

"산화알루미늄은 고체로켓에 사용되는데, 그중에서도 단거리 미사일에 많이 사용되는 성분입니다."

"단거리 미사일이요?"

윤중이 이해할 수 없다는 듯 미간을 찌푸렸다.

"예, 저희가 국방과학연구소와 같이 개발을 진행한 경험이 있어서 잘 알고 있습니다."

"달에서 단거리 미사일을요?"

"단정할 수는 없지만 이 박사의 결과 리포트를 자세히 검토해보면……."

"단단히 미쳤군."

"예?"

"아니, 감독관님 말고요. 정 실장, 지금 당장 청와대로 복귀하지."

\* \* \*

"안녕하십니까?"

인사를 먼저 건넨 것은 민준이었다. 우주에서 만났을 때와 마찬가지로 존 타일러 소령은 짙은 회색 우주복에 내부가 전혀 보이지 않는 검은 유리 헬멧을 쓰고 있었다. 하체에는 보행보조 장치가, 양어깨에는 하늘을 날아다니도록 하는 추진기가 달려 있었다.

"만나서 반갑군요."

서윤이 이어서 악수를 건넸지만 저들은 아무런 반응이 없었다. 우주에서와 달리 소총을 등에 멘 존 소령이 세 사람을 향해 천천히 걸어왔다. 그리고는 우주복 가슴 주머니에서 무언가를 꺼낸 다음, 민준의 헬멧에 척 붙였다.

"뭐 하는 거야?"

워낙 순식간에 일어난 일이라 민준은 미처 피하지 못했다. 헬멧에 붙은 것은 작은 손목시계 크기의 동그란 물체였다.

"이제 제 목소리가 들리십니까?"

한국어로 번역된 존의 목소리가 헬멧 안으로 들려오자 그제야 민준은 존이 자동번역 교신기를 부착했음을 알았다. 또박또박 들려오는 존의 음성은 차분했다.

"편하게 모국어로 말씀하세요. 나는 당신들 발음이 불편해서요."

존이 비꼬듯이 말했지만 민준은 대응하지 않았다.

"어떻게 된 거죠? 당신들이 우리를 공격했나요?"

민준이 아무것도 보이지 않는 존 소령의 헬멧을 노려보며 물었다.

"공격은 당신들이 한 거죠."

"뭐라고요?"

민준의 헤드셋 마이크를 통해 존의 목소리가 똑똑히 전달되고 있었다.

"단단히 미쳤군."

"우주에서 저희가 조치를 취했을 때 끝이 난 줄 알았는데, 이렇게 올 줄은 몰랐습니다."

"몰랐다니요. 그럼 우리가 영영 우주 미아가 되리라 생각했다는 건가요?"

서윤이 역설했지만 그녀의 목소리는 상대에게 전달되지 않았다.

"저희도 이런 경우는 처음이라 많이 당황했습니다. 요격 미사일은 자동으로 발사된 것이니 오해하지 말기 바랍니다. 우리 기지에서 방공 시스템이 작동한 것은 50년 만에 처음 있는 일입니다."

민준은 갈수록 알 수 없는 말들을 내뱉는 존이 미쳤다고 생각했다. 자신들과는 비교할 수도 없는 첨단 장비들을 보면서 혼란스러웠지만 그는 긴장을 덜어내려 애썼다.

"군인들은 늘 그런 식으로 변명하죠. 제 상관들도 그랬고요."

민준이 농담조로 존의 말을 맞받아쳤다.

"아무튼 당신들이 달에 무사히 착륙한 것은 다행이지만, 매우 곤란한 상황이 되었습니다."

"곤란하다니요? 그냥 우리를 아르테미스 유인 기지로 데려다주시면 됩니다. 보아하니 달에서 아주 빠르게 이동하는 수단이 있는 것 같은데……."

존의 양어깨에 장착된 제트엔진 같은 장비를 보며 민준이 말했다.

"아쉽지만 그럴 수 없습니다."

"뭐라고요?"

"대장님, 도대체 얘네들 뭐 하는 거예요?"

자신의 의사를 전달할 수 없는 서윤이 답답함을 토로했다.

"그럼 왜 온 거죠? 아르테미스 기지에서 여기까지 안 된다는 말을 하려고 날아온 건가요?"

민준의 물음을 비웃는 듯 존이 키득거리는 소리가 들렸다.

"정말 모르고 그러는 건지, 아니면 첩보 활동이 들켜서 둘러대는 건지 모르겠군요. 우리는 아르테미스에서 오지 않았어요."

존이 웃음을 멈추고는 뒤에 서 있던 하퍼 리 대위에게 손짓했다. 그러자 하퍼가 땅을 향하고 있던 소총을 들어 세 사람을 조준했다.

"자세한 이야기는 돌아가서 하기로 하죠. 여기는 오랜 이야기를 나누기에 적절치 않군요."

"어디로 돌아가요? 당신들은 아르테미스에서 오지 않았다면서요."

민준이 하퍼의 총이 전혀 무섭지 않다는 듯이 거리를 좁히며 말했다.

"다가오지 마세요. 경고합니다."

존과 하퍼가 한두 걸음 물러서나 싶더니 손을 뻗어 민준을 제지했다.

"죽을 고비를 넘겨서 달에 겨우 착륙했더니 도와주지는 못

할망정 이렇게 협박하는 게 말이 됩니까? 당신들 인간 맞아요? 외계인 아니에요?”

민준의 목소리가 점점 더 높아지자 서윤이 팔을 뻗어 그의 어깨를 잡았다. 그럼에도 민준이 그것을 뿌리치며 존에게 더 다가가려 한 발 내디뎠다. 그러자 하퍼가 들고 있던 소총에서 작은 화염이 일며 무언가가 발사되었다.

그리고 아무런 소리도 없이, 민준이 그 자리에 주저앉았다.

# 11

## 보이지 않는 곳에 있는 자들

### 2031년 07월 21일

"확실해? 확실한 거 맞죠?"

수원 상공을 날고 있는 마린 원 헬기에서 하진이 누군가에게 전화를 받고는 되물었다.

"알겠어요. 근거 자료 다 기록해놓고 이번 일은 철저히 함구하세요."

하진이 위성 전화를 끊자 윤중이 그를 물끄러미 바라봤다.

"뭐라고 해?"

"미국 애들이 만든 단거리 미사일 같다고 합니다.

"젠장."

하진의 보고를 들은 윤중이 눈을 감았다.

"확실해?"

"예, 공군에서 AIM-9X라는 미사일을 도입한 적이 있는데,

그 추진제 분석을 국방과학연구소에서 비밀리에 했나 봅니다."

"그거 협정 위반이잖아."

"예, 아무튼……."

"외교적 폭탄이 될 만한 일들을 아주 대놓고 하고 있었구면."

"죄송합니다."

하진이 성의 없이 고개를 살짝 숙였다.

"그래서?"

"보현산 천문대에서 심층 분석한 분광 스펙트럼 결과를 국방과학연구소에 보냈는데, AIM-9X 미사일의 추진제 구성 원소와 매우 유사한 것으로 나왔습니다."

하진의 보고를 들은 윤중은 잠시 홀로 생각에 잠겼다. 달, 단거리 열추적 미사일, 폭발. 전혀 연관 지을 수 없는 이 세 가지 단어가 윤중의 머릿속에서 거세게 맴돌았다.

"한 가지 사항이 더 있습니다."

좀처럼 윤중의 사색을 방해하지 않는 하진이었지만, 지금은 달랐다.

"뭔데?"

"영상 정밀 분석 결과 두 차례의 폭발이 있었던 것 같습니다."

"두 차례?"

"예, 달의 지평선, 그러니까 앞면과 뒷면의 경계와 아주 가까운 지점에서 한 차례 더 폭발이 있었는데, 그것 역시 AIM-9X

346

미사일의 것으로 추정됩니다."

"한 발도 아니고 두 발이라……."

윤중의 표정이 점점 더 굳어갔다.

"그래도 다행인 소식은……."

윤중이 아무런 반응이 없자 하진이 잠시 머뭇거렸다.

"적어도 영상에서 촬영된 폭발 화염에는 한울 우주선의 흔적이 없다는 것입니다."

"그게 무슨 소리지?"

"화염의 구성 원소비가 AIM-9X의 것과 거의 일치합니다. 만약 미사일에 한울 우주선이 맞아 폭발했다면 우주선에 남아 있는 연료가 타면서 구성비가 달라져야 하는데, 현재로서는 그런 증거가 없다고 합니다."

하진의 말을 들은 윤중의 표정이 살짝 풀어지는가 싶더니 다시 차가워졌다. 공기라고는 단 하나도 없는 달 상공에서 두 발의 최신 대공 미사일이 발사되었음에도 한울 우주선을 명중하지 못했다는 것 역시 믿기 힘든 일이었다.

"자네는 무엇인 것 같나?"

"예?"

"도대체 한울 우주선에 무슨 일이 일어난 것 같아?"

"저는 도무지 모르겠습니다."

"대공 미사일은 언제 발사하나?"

"예?"

"기초적인 군사 상식이야. 자네가 산업기능요원 출신이어서 잘 모르는 것 같은데……."

윤중이 뜸을 들이며 생각을 정리했다.

"대공 미사일이 있다는 것은 그 근처에 무언가 보호할 것이 있다는 것을 의미하지. 그것도 아주 중요하고 비밀스러운 무언가."

"군사시설을 말씀하시는 건가요?"

"달에 백악관이 있는 게 아니라면, 군사시설이겠지."

윤중이 조소를 띠며 말했지만 하진은 웃지 않았다.

"정말 훌륭하신 추리입니다만, 달은 이미 국제적으로도 여러 차례 탐사된 바가 있고 인간이 거주할 수 있는 시설은 아르테미스 유인 기지가 유일한 것으로……."

"그게 보통 사람들의 한계지."

"죄송합니다."

윤중은 퍼즐 조각들이 맞추어지고 있다는 생각이 들었지만, 도무지 믿을 수가 없는 결론들만 떠올라 차마 입 밖으로 내뱉지 못했다.

"우리가 의도치 않게 녀석들을 자극한 것 같아. 만약 우리에게 그 어느 누구도 감시할 수 없는 땅이 있다면, 거기에 무엇을 두고 싶나?"

"예? 무슨 말씀이신지."

"우리를 제외하고는 그 누구도 보지 못하고, 가지 못하는 땅이 있다면 말이야. 거기에 무엇을 두겠냔 말이지."

"국가적으로 보면 비밀 군사시설을 두는 것이 가장 합리적⋯⋯."

하진이 스스로 답을 하다 무언가를 알아차린 듯 눈을 동그랗게 떴다.

"그래, 오웬 대통령이 그토록 예민하게 반응하던 이유를 이제 알 것 같아."

"설마, 지금 달 뒷면에⋯⋯."

하진의 말에 윤중이 그저 고개를 끄덕였다.

창밖에는 어느새 새벽 동이 트고 있는 시간의 지평선이 붉게 물들고 있었다.

*　*　*

"이 자식들이!"

주원은 쓰러진 민준에게로 달려갔고, 서윤은 소리를 지르며 존과 하퍼에게 달려들었다. 하지만 그녀의 목소리는 헬멧 안에서만 맴돌 뿐 상대방에게 전혀 전해지지 않았다.

"흥분하지 마세요. 다음 탄은 정말 실탄입니다."

존이 총구를 뻗어 서윤의 가슴팍에 가져다 대었다.

서윤이 멈춰 선 채 쓰러진 민준을 내려다보았다. 민준은 잔뜩 찌푸린 얼굴로 신음조차 내뱉지 못하고 있었다.

"괜찮아요? 대장님?"

주원이 민준의 가슴을 두드리다가 무언가에 충격을 받은 듯 빠르게 손을 떼었다.

"젠장, 이게 뭐지."

민준의 가슴팍에 붙어 있는 탄환에서는 아직도 고전압 충격이 전달되고 있었다.

"망할 자식들. 전기충격탄을 쐈어요."

"이런 개새끼들!"

서윤이 참지 못하고 다시 존을 향해 대들 듯이 달려들자, 존이 왼손에 쥐고 있던 자동번역 교신기를 서윤의 헬멧에 척 붙였다. 그리고 서윤의 우주복 상의를 잡고 손쉽게 공중으로 들어 올렸다.

"뭐 하는 거야! 당장 내려놔!"

그러자 이들의 등과 팔에 장착된 근력 강화 슈트가 모습을 드러냈다. 지구 중력의 15퍼센트밖에 안 되는 이곳에서, 전기유압모터의 힘까지 더해지자 서윤은 도무지 저항할 수가 없었다.

"이제 좀 뭐라고 하는지 알겠군요."

영어로 자동번역된 서윤의 말이 들려오자 존이 흐뭇한 미소를 지으며 그녀를 천천히 내려놓았다.

"당신들이 결코 우리의 상대가 될 수 없다는 것을 똑똑히 보았을 테니, 이제 더 이상 무의미한 저항은 하지 않았으면 합니다."

존이 서윤을 내팽개쳤다. 그녀는 민준의 옆으로 털썩 쓰러졌다.

"아무런 흔적도 없이 폭발시키려 했는데 아쉽군요. 방금 데리고 오라는 지시를 받았습니다. 50년 만에 처음 있는 일이라 관심을 가지는 분들이 있다는 것을 감사하게 생각하세요."

\* \* \*

"아직 아무런 신호도 없나요?"

"KPLO 위성도 모조리 다 확인하고, 미국과 유럽연합의 달 궤도 공전 위성들을 다 확인했는데, 아무런 신호도 잡히지 않고 있습니다."

TELMU 지선이 콘솔을 조작하다 말고 양손으로 머리를 움켜쥐었다. 폭발이 한울 우주선의 것이 아니라는 게 밝혀진 지 4시간이 지나도록, 아직 나로우주센터의 직원들은 그것의 흔적을 찾지 못했다.

"예, 계속 노력해주세요."

달에는 지구와 마찬가지로 궤도 주위를 돌고 있는 수십 개의 위성이 있었다. 그러나 어느 것 하나 한울 우주선의 마지막 신호를 잡아내지 못하고 있었다.

"유럽연합우주국에서 답신이 왔습니다!"

EECOM 콘솔에서 업무를 보고 있던 선민이 손을 번쩍 들었다. 그러자 재윤과 주변의 직원들이 선민의 주위로 몰려들었다.

"어떻게 된 거죠?"

선민의 콘솔 스크린에는 유럽연합우주국에서 보내온 이메일이 떠 있었다.

"12시간 전부터 달 궤도를 공진하는 모든 유럽연합 위성들이 통신이상을 보이고 있습니다……."

화면 속 영어 문장을 읽는 재윤의 표정이 어두워지기 시작했다.

"특히 위성들이 달의 뒷면으로 들어갈 때마다 중계 신호의 SNR(Signal to Noise Ratio: 신호의 선명도를 나타내는 수치)값이 크게 감소하여……. 이런 망할!"

이메일을 읽던 재윤이 헤드셋을 바닥에 거침없이 내던졌다. 직원들 모두 그가 인내심의 한계에 이르렀다는 것을 느끼고 있었다.

한동안 고개를 들지 못하던 재윤이 크게 한숨을 쉬며 천장을 올려다보았다. 무언가를 시도할 때마다 막다른 골목이 나타나는 것에 재윤은 절망감을 느꼈다.

"죄송합니다. 일단 달 공전궤도 위성을 통해 한울 우주선의 상태를 파악하는 작업은 계속 진행해주세요."

재윤이 떨어진 헤드셋을 집어 들고는 터덜터덜 관제실 계단을 올랐다.

*    *    *

여섯 개의 바퀴가 달린 오픈형 로버에 탄 채, 민준과 서윤 그리고 주원은 어디론가 이동하고 있었다. 착륙한 지점을 100여 미터 정도 벗어나자 깊이가 수백 미터는 되어 보이는 크레이터가 나타났다. 검은 바닥을 드러낸 크레이터 주위를 운석이 충돌하면서 만들어진 수백 미터 높이의 산들이 둘러싸고 있었다.

"어디로 가는 걸까요?"

서윤은 망연자실한 표정이었다. 믿을 수 없는 일들이 반복해서 일어나자 그녀는 더 이상 앞으로 닥칠 일을 상상하는 것을 포기했다. 가까스로 정신을 차린 민준은 의자에 몸을 기대 자세를 유지하고는 있었지만, 아직 대화가 가능한 정도는 아니었다.

"이서윤 대원님, 사적인 대화는 하지 않습니다."

맨 앞자리에 앉은 존이 무뚝뚝하게 제재했다.

얼마 지나지 않아 로버가 크레이터의 경사면을 따라 내려가기 시작했다. 곧 크레이터의 수직 절벽과 산맥이 만들어낸 협곡 비슷한 지형이 나타났다. 한울 우주선 프로젝트에 참여한 이후 수십 번도 넘게 보고 익혔던 달의 지형과는 사뭇 다른 구조였다.

"주원아, 이거 좀 이상한데?"

서윤이 빠르게 지나치는 주변 지형을 살피며 작게 말했다.

"마지막 경고입니다. 사적인 대화는 하지 않습니다!"

"알겠어요, 존."

서윤이 짧게 대답하고는 주원과 시선을 교환했다.

이윽고 로버가 10분 동안의 짧은 주행을 마치고 크레이터의 바닥에 도착했다.

"다 온 건가요?"

서윤의 질문에 아무런 답도 하지 않고 로버에서 내린 존이 쭈그려 앉아 바닥에 있는 무언가를 만지작거렸다.

"내리세요, 얼른!"

그가 우주복의 개인 컴퓨터를 조작하자 매끄러운 토양처럼 보였던 바닥 일부가 천천히 열렸다.

"이게 무슨……."

눈앞에서 펼쳐지는 광경에 서윤은 차마 입을 다물지 못했다. 그제야 민준도 정신이 돌아온 듯 마치 창고처럼 양쪽으로 열리는 문을 보며 눈을 휘둥그레하게 떴다.

"다크사이드 원, 지금 거동수상자를 데리고 내려갑니다."

존이 어디론가 교신을 하더니 다시 로버에 올랐다. 문이 열린 자리에 딱 로버 한 대가 올라갈 만한 크기의 수직 엘리베이터가 모습을 드러냈다.

"외부인은 당신들이 처음입니다. 아, 이곳에선 외부인이라고 부를 만한 사람을 본 적조차 없죠."

"도대체 이게 뭐죠? 비밀 기지 같은 건가요?"

로버가 느린 속도로 엘리베이터에 올랐다. 엘리베이터는 침잠하듯 아래를 향해 내려갔다. 이내 바닥을 덮고 있던 문이 닫혔고, 음침한 수직 통로는 한층 더 어두워졌다.

잠시 후, 엘리베이터가 덜컹대더니 움직임을 멈췄다.

"내리세요. 여기서부터는 여압 공간입니다. 헬멧을 벗으셔도 돼요."

존이 먼저 답답하기 그지없는 검은 유리 헬멧을 벗었다. 긴 갈색 머리를 단발처럼 기른 그는 독특한 색깔의 눈동자를 가지고 있었다.

"망할 자식. 로봇은 아니어서 다행이군."

민준이 존을 노려보며 헬멧을 따라 벗었다.

"반갑습니다. 무례했다면 죄송합니다. 존 타일러 소령입니다. 대장님과 같은 파일럿 출신이죠."

민준에게 지체 없이 사격을 명령했던 그가 아무렇지 않다는 듯이 악수를 건넸다.

"파일럿끼리의 동료 의식은 지구에서나 발휘하시죠."

민준이 악수를 거부하며 헬멧을 바닥에 내려놓았다.

"무례하군요. 우리를 두 번이나 죽이려 해놓고서 이제 와서 친한 척을 하다니."

다음으로 헬멧을 벗은 서윤이 유리에 붙어 있던 자동번역 교신기를 떼어 가슴팍에 붙였다.

"오해 없기를 바랍니다. 우리는 각자 자신의 자리에서 임무를 수행하고 있을 뿐이죠."

존이 머쓱하게 뒤를 돌아보자 긴장된 자세로 서 있던 하퍼 대위와 데클런 마이어스(Declan Myers) 중위가 차례로 검은 헬멧을 벗었다.

"일단 안쪽으로 이동하시겠습니다."

존이 가리킨 곳에는 한 사람이 간신히 지나갈 만한 작은 동굴 통로가 있었다. 인위적으로 만든 곳임을 증명하듯, 동굴 벽면에는 단단한 암석을 무언가로 파놓은 흔적이 보였다.

민준과 서윤 그리고 주원은 앞장선 존을 따라 통로를 걸었다. 하퍼와 데클런은 뒤쪽에서 여전히 소총을 파지한 채 거리를 두고 따라왔다.

"믿을 수가 없군요. 자연적으로 생긴 게 아니에요."

"달에는 자연 동굴이 있을 수 없어. 화산 활동 따위 없이 수십억 년 동안 운석에만 두들겨 맞았으니까."

"그럼, 지금 우리가 걷고 있는 이곳은 뭐죠?"

"그건 나도 모르지. 어쨌든……."

"자유롭게 추리하시는 것은 상관없습니다만, 조금 조용히 해주십시오."

작은 동굴 안에 세 사람의 목소리가 크게 울리자 존이 나지막한 목소리로 주의를 줬다.

"대단하군. 달까지 와서 이런 시설을 만들다니."

중얼거리며 걷던 민준의 시선 끝에 밝은 불빛이 보이기 시작했다.

"달 착륙 음모론자들이 옳았네요."

서윤은 상상도 못 한 일을 경험하고 있다는 생각에 조금 흥분한 듯했다.

"그 사람들은 달에 인간이 간 적이 없다고 한 거고."

"아니요, 미국이 달에 비밀 군사기지를 건설했다고 하는 사람들도 있었죠."

"이제 우리가 지구에 돌아가면 그 꼴이 나겠군."

민준이 코웃음을 치며 말했다.

머지않아 그들은 30여 미터에 이르는 작은 통로를 지나 드디어 숨이 탁 트일 만큼 너른 공간에 다다랐다. 족히 3미터는 되는 천장 밑으로 100여 평에 이르는 공간이 드러났다. 곳곳에 놓인 몇 개의 테이블에서는 미국 군복을 입은 10여 명의 인력이 노트북 컴퓨터로 바삐 무언가를 하고 있었다.

"믿을 수가 없네."

"군사기지가 맞았군."

"말도 안 돼요."

세 사람이 각자 반응을 보이며 걸음을 멈추었다. 허가받은 사람을 제외한 외부인이 이곳에 온 것은 처음이라고 했지만, 이상하게도 이들 중 누구도 한국 우주인들에게 관심을 보이지 않았다.

최첨단 장비들로 무장하고 있던 하프문 구조대와 달리 이곳의 광경은 익숙했다. 마치 야전의 사령부를 보는 것처럼, 분주하면서도 안정적이었다. 놀라운 것은 이곳의 광경이 아니라 누구도 모르게 달 뒤편에 이런 곳을 만들었다는 사실이었다.

"조금 기다리시면 사령관님이 직접 나오실 겁니다."

존이 장구류를 테이블 위에 내려놓으며 말했다.

"다시 한번 말씀드리지만, 여러분이 목숨을 건진 것은 사령관님의 배려 덕분입니다."

"그게 무슨 소리입니까? 곤경에 처한 우주인들을 미사일로 죽이려 한 게 누군데."

민준은 아직도 존의 오락가락하는 말들이 거슬리기만 했다.

"어찌 됐든 생명의 은인이라는 사실은 변함없죠. 또……."

그때, 동굴 반대편에서 40대 후반쯤 되어 보이는 가녀린 여성이 천천히 걸어왔다. 비록 큰 체구는 아니었지만, 금발 머리를 위로 올려 묶은 그녀에게서는 주변을 압도하는 단단함이 느껴졌다.

"반갑습니다. 이사벨라 소드슨(Isabella Thordoson)이에요."

푸른 눈빛의 그녀가 먼저 악수를 건넸다. 디지털 패턴의 회색 군복 어깨에는 중장 계급임을 뜻하는 검은 별 세 개가 나란히 걸려 있었다.

"반갑습니다. 한국 우주인 정민준입니다."

민준은 허리를 꼿꼿이 세운 채 손을 살짝 앞으로 내밀었다.

"이서윤, 김주원 대원."

이사벨라가 그저 눈길만 훑고는 두 사람에게는 손을 건네지 않았다.

"당신들 때문에 우리가 며칠 동안 한숨도 못 잤어요. 아주 난리도 아니었죠."

이사벨라가 제 할 말만 하고서 등을 돌리더니 어디론가 걸어갔다. 잔뜩 긴장한 존이 세 사람을 이끌고 이사벨라를 뒤따랐다. 이윽고 동굴 옆에 난 작은 회의실 문으로 들어간 이사벨라가 먼저 의자에 걸터앉았다.

"다들 앉으세요. 그래도 오시느라 고생하셨을 테니."

민준이 서로 눈치를 보다가 이사벨라와 거리를 두고 앉았다. 서윤과 주원 또한 슬그머니 민준의 양옆에 앉았다.

"당신들이 도대체 무슨 짓을 했는지 알고 있나요?"

"초면에 실례되는 말씀이군요."

민준의 날 선 반응 단어에 이사벨라의 표정이 순간 굳어버렸다.

"실례는 지적 수준이 맞는 개체들끼리나 쓰는 단어죠."

"말씀이 지나치시네요."

서윤이 지지 않고 거들었다.

"이래서 내가 우주개발 경험이 없는 후진국들은 아예 영영 우주에 못 나가도록 해야 한다고 주장한 거라니까."

이사벨라가 존을 올려다보며 실소를 터트렸다.

"상황 파악이 안 되니까 이러는 거겠지?"

이사벨라의 말에 존이 억지 미소를 지으며 고개를 끄덕였다. 그녀의 알 수 없는 카리스마가 존을 지배하고 있는 듯했다.

"당신들은 지금 돌아갈 수 없는 강을 건너온 거예요. 여기에 온 이상 절대로 지구로 돌아갈 수 없어요."

"아니요, 우리는 구조를 기다리고 있었습니다. 곧 아르테미스 유인 기지로 갈 거예요."

서윤이 당당한 태도로 답했다.

"이봐요, 아가씨. 여기는 달이라고. 저 푸르른 지구가 아니야. 이곳에서의 모든 운명은 내가 결정해. 심지어 당신들이 동경하는 지구의 운명조차도."

"망상장애 환자군."

"말조심하세요!"

민준이 혼잣말하듯 중얼거리는 것을 놓치지 않은 존 대위가 소리쳤다.

"괜찮아요, 존. 그렇게 생각할 수 있지. 암, 그렇고말고."

이사벨라가 여유를 부리며 다리를 꼬았다.

"생각해봐. 이들은 60년이나 늦게 달에 왔어. 그래놓고 자기네들끼리는 최신 우주 기술이라면서 들떠 있었을 테고. 그동안 여기서 무슨 일이 벌어졌는지는 알지도 못했을 테니까. 뭐라고 할까, 문화적 충격? 아니야. 세대적 충격? 아무튼 가공할 충격을 겪고 있다고 봐야지."

웃으며 비아냥거리던 그녀가 존을 툭툭 치더니 다시 정면으로 시선을 옮겼다.

"잘 들어요, 우주 관광객 여러분. 달에는 1년에도 수백 명의 우주인이 오가고 있어요. 그들은 지금까지 아무런 문제 없이 저 달 앞면에 있는 아르테미스 기지에 잘 착륙했죠. 우리는 그들이 신경 쓰이기는 했지만, 언제나 눈치껏 처신해줬기 때문에 별다른 경계는 하지 않았어요."

그녀가 몸을 앞으로 내밀며 민준과 얼굴을 맞댔다.

"그런데, 당신들이! 처음 달에 온다고 호들갑을 떨던 당신들이! 달 근처에 오기 전부터 문제를 일으킨 거야. 무슨 말인지 알겠어요?"

"무슨 문제요? 우리는 그저 산화제 탱크에 이상이 생겨서 표류했을 뿐이에요."

참다못한 서윤이 항변했다.

"표류라……. 당신들의 우주선에서 연료가 새어 나가는 추세를 분석해봤나요? 예상 착륙 지점은 실시간으로 파악하고 있었어요?"

이사벨라의 물음에 서윤이 곧장 답하지 못하고 머뭇거렸다.

"아니잖아. 그냥 원인 찾기에 급급했지. 우리는 당신들이 나로우주센터에서 이륙한 직후부터 지겹도록 예상 착륙 지점에 잘 내릴지 지켜보고 있었어요. 저 밖에 있는 사람들이 그런 일을 하는 거니까."

이사벨라가 문밖을 향해 팔을 뻗으며 말했다.

"당신들의 산화제 탱크에서 무언가 새어 나오기 시작한 이후부터, 착륙 예상 지점이 이상하게 변했어. 그러다가 우리가 있는 이곳 부근에 착륙할 확률이 60퍼센트를 넘어서버렸고, 우리는 그때부터 비상대기 상태였지. 안 그래, 존?"

"예, 맞습니다. 저도 비번이었는데 갑자기 알람이 울려서."

"그러니까. 근무가 빡빡하기는 해도 평온한 시설인데 아주 난리가 났지."

"그럼, 우리를 구하러 온 게 아니었나요?"

"아, 하프문팀 이야기를 안 했군."

서윤의 물음에 이사벨라가 곧장 맞장구를 쳤다.

"우리로서는 두 가지 안이 있었어요. 그냥 근처에 오면 격추하는 방안, 직접 가서 상황을 확인하고 데이터를 확보하는 방안."

"구조가 아니고요?"

"왜 우리가 당신들을 구조하죠?"

이사벨라가 주원의 말에 반문했다.

"젠장. 완전히 속였군."

"속은 건 우리지. 당신들은 아르테미스로 향한다고 해놓고 왜 우리 쪽으로 와서 이렇게 피곤하게……."

"이봐요, 이사벨라!"

서윤이 대들 듯이 말하자 존이 지체 없이 서윤의 따귀를 때렸다.

"뭐 하는 거야, 이 새끼야!"

민준이 즉시 자리에서 일어나 소리를 질렀다. 그러자 밖에 있던 군인들이 우르르 몰려들어 민준을 둘러쌌다.

"괜찮아, 괜찮아. 다들 진정하고."

이사벨라가 등받이를 눕히며 여유를 부렸다.

"흥분할 수 있지. 너무나 충격적이니까. 다들 이해해줘요."

군인들이 뒤로 물러섰지만 민준은 여전히 씩씩대고 있었다.

"내 이야기가 궁금하지 않아요? 타임머신을 타고 미래로 온 셈인데?"

이사벨라는 끊임없이 세 사람의 심기를 건드렸다.

"여기에 어떻게 이런 곳이 있는지, 당신들이 여기서 무얼 하는지 캐물을 생각도 없어요. 우리를 아르테미스 기지로 데려다줘요. 달에서 무슨 비밀스러운 임무를 수행하는지 모르겠지만 우리는 민간인 신분이에요. 지구를 파괴할 무기를 만들든 인류를 멸망시킬 음모를 꾸미든 다 상관없어요. 당장 내보내주세요!"

서윤이 부어오른 뺨을 붙잡고 자리를 박차고 일어섰다.

"아, 방금 그 말만 안 했어도 고려해보려고 했는데⋯⋯."

이사벨라가 어이없다는 듯 헛웃음을 지었다.

"인류를 멸망시킬 음모를 어떻게 알았지? 내가 아직 말도 안 했는데?"

존이 그녀의 비위를 맞추기 위해 어색하게 따라 웃었다. 그녀는 말을 하면서도 실소를 멈추지 않았다.

"이서윤 대원, 눈썰미가 좋아요. 아주 훌륭해. 나는 솔직히 당신들을 굉장히 높게 평가하고 있어. 하프문팀이 왜 그냥 돌아왔는지 알아요?"

그녀가 천천히 몸을 앞으로 숙여 서윤의 눈을 지그시 쳐다봤다.

"가보니까 상황이 심각했거든. 도저히 달에 올 수 없는 상황이었어. 언제 터져도 이상하지 않은 우주선이었으니까. 그런데 웬걸? 독특한 방법으로 여기까지 기어코 왔더라고. 놀랐어. 여기 있던 직원들 모두 어안이 벙벙했지. 한국 사람들 참 똑똑하다고. 물론 창의성은 제로지만."

곧 몸을 다시 뒤로 뺀 그녀가 자리에서 벌떡 일어났다.

"아직 상황 파악이 안 된 것 같으니까 하루 정도 있다가 이야기하기로 하죠. 존, 모셔다드려요."

그녀가 걸음을 떼기도 전에 회의실 문이 덜컥 열렸다. 그녀는 뒤도 돌아보지 않고 유유히 문밖으로 사라졌다.

\* \* \*

청와대 본관 화상회의실에서 태극기와 청와대 문장을 배경으로 윤중이 카메라 앞에 앉아 있었다. 그의 옆에는 비서실장 정하진, 과기부 장관 오태민과 외교부 장관 강주호가 나란히 보였다.

"대통령님, 이렇게 화상회의를 수락해주셔서 감사드립니다."

오웬 대통령의 모습이 대형 텔레비전에 떠오르자 윤중이 당찬 목소리로 인사했다.

"한울 우주선 실종 소식에 유감을 표합니다. 저희도 최선을 다해 노력했으나 도움을 드리지 못한 것 같아 안타까운 마음입니다."

"아닙니다. 그래도 대통령께서 구조팀까지 보내주시고, 여러 미국의 민간 우주 업체들이 기술적 도움을 주었는데 아쉬움이 클 따름입니다."

윤중이 발언하는 사이 오웬이 화면 밖의 누군가와 이야기를 주고받았다.

"아, 어쨌든 저희는 지금도 자원을 동원해 한울 우주선의 신호를 찾고 있습니다. 하지만 역시 별다른 진전은 없습니다."

의례적인 말들만 오가는 것이 답답했던 윤중이 급히 본격적인 의제를 꺼냈다.

"어떤 상황인지 잘 들었습니다. 전파 방해가 있었다고요?"

"예, 그렇습니다. 한국에서 발사한 세 기의 무인 위성이 달 주위를 공전하고 있는데, 유독 달의 앞과 뒤 경계면에서 신호가 약해지며 정보를 전달하지 못하고 있습니다."

"안타까운 상황이군요."

오웬이 영혼 없는 공감을 보였다.

"그래서 말인데, 혹시 미국의 위성이나 통신망으로 한울 우주선의 위치나 상태를 확인해주실 수는 없겠습니까?"

윤중의 요청에 오웬이 다시 화면 밖의 누군가와 이야기를 나누었다.

"대통령님, 잘 아시겠지만 저희는 지금 내부적으로 대형 산불이 발생해서 아주 위급한 상황입니다. 시시각각으로 소식을 전달받고 있으니 양해 바랍니다."

오웬이 둘러대고 있다는 걸 윤중은 금방 눈치챘다.

"예, 송구스러운 마음입니다. 저희가 도움을 드리지 못하는 것이 안타까울 뿐이지요."

상대가 일부러 뜸을 들이고 있다는 생각에 윤중이 강 장관을 슬쩍 쳐다보았다. 그러자 강 장관이 무언가를 적은 쪽지를 슬며시 보여주었다.


마스보이저 건설 분담금 1조 4,000억 수용


"기재부하고 협의된 내용이에요?"

중간에서 쪽지 내용을 확인한 하진이 작은 목소리로 물었다.

"예, 어떻게든 해봐야죠."

강 장관이 슬며시 쪽지를 거두며 답했다.

"아시다시피 화성 탐사는 저희가 사활을 건 프로젝트입니다. 아르테미스 기지는 국제우주정거장처럼 유럽연합하고 러시아와 함께 운영하고 있지요. 한울 우주선의 흔적을 찾으려면 다국적 도움을 요청하는 것이 더 적합하지 않을까 생각합니다."

"예, 안 그래도 유럽연합과 러시아, 중국에도 도움을 요청하고 있습니다. 하지만 대통령께서도 말씀하셨다시피 우주 시대의 선구자이자 최강국은 미국 아니겠습니까? 저희가 이전에 말씀드린 마스보이저 건설 분담금 관련해서도 검토를 해보았는데……."

윤중이 말끝을 흐리며 강 장관과 다시 한번 눈을 마주쳤다.

"지난번에 제시하신 안을 저희가 충분히 수용할 수 있을 것 같습니다."

분명 반색할 것이라 기대하며 말했으나 오웬은 크게 반응하지 않았다. 그저 또 누군가와 이야기를 주고받을 뿐이었다.

"대통령님, 죄송합니다. 다시 한번 말씀해주시겠습니까?"

"아, 지난번 미국 정부에서 공식적으로 요청하신 마스보이저 건설 분담금 관련해서 말씀드렸습니다. 저희의 추가 참여를 허락해주신다면 수용할 수 있을 것 같습니다."

"아, 그건 괜찮습니다."

"예?"

윤중이 의아해하며 반문했다. 이미 각국의 외교부 장관끼리 협의가 된 사안을 정상회담에서 뒤집는 것은 흔한 일이 아니었다.

"최 대통령님 뜻은 잘 알겠습니다. 그러나 마스보이저 건과 한울 우주선 탐색 건은 무관합니다. 지금 그것을 수락하면 또 저희가 그만큼 보답을 해드려야 하지 않겠습니까?"

"이미 그 부분은 사전에 협의가 된 것으로……."

예기치 못한 반응에 윤중은 적잖이 당황했다. 옆에 앉은 강 장관이 식은땀을 흘리며 하진과 다급하게 귓속말을 주고받았다.

"물론 사전에 전달받았습니다. 다만, 별개의 두 건을 연결 짓는 것은 모양새가 좋지 않은 것 같습니다. 한울 우주선 사고는 인도적인 차원에서 제가 최선을 다하라고 지시를 내리겠습니다."

강경한 오웬의 발언에 청와대 화상회의실에 있는 모두가 당황스러움을 감추지 못했다.

"오늘 시간 내어주셔서 감사드립니다. 앞으로 한울 우주선 관련해 필요하신 사항이 있으면 비상망을 통해 연락 주세요. 저희 비서진이 연락처를 알려드릴 겁니다. 저는 캘리포니아 화재 현장에 가봐야 해서, 이만."

오웬이 서둘러 자리에서 일어나더니 곧 화상 회의가 종료되었다.

"아니, 이런 외교적 결례가 어디 있습니까!"

하진이 윤중을 자극하지 않으려 먼저 호통을 쳤다.

"강 장관님! 사전에 제대로 협의하셨습니까?"

젊은 실세의 선 넘는 태도에도 강주호 외교부 장관은 별 대응을 하지 못했다.

"죄송합니다. 저희는 충분히 의견을 교환했으나……."

"대통령님, 죄송합니다. 우선 실무진들끼리 다시 사안을 확인하고 꼭 미국의 달 인력을 확인해서……."

윤중은 뒤통수를 얻어맞은 듯이 얼얼한 얼굴이었다.

"아르테미스 기지에서도 구조 인력을 보내는 것을 고려하겠다고 했습니다. 하지만 마지막 위치가 기지하고는 너무 멀어서 자력으로는 이동할 수가 없고, 추가적인 장비가 지구에서 도착하기를 기다려야……."

"아니야, 그게 아니야, 지금."

윤중이 오웬의 반응들을 곱씹으며 고개를 저었다.

"다들 잘못 짚고 있어. 오웬의 말뜻은 그게 아닌 것 같아."

"무슨 말씀이신지……."

"분명 무언가 숨기는 것이 있어. 캘리포니아 산불 따위에 저럴 양반이 아니라고."

윤중이 자리를 박차고 일어나자 회의실 안이 순간 정숙해졌다.

"우리 측 카드를 던질 때가 된 것 같네."

"예?"

"화염 분광 스펙트럼 결과. 보고서 정리되는 대로 언론에 터트리자고."

"대통령님! 그건……."

"왜? 뭐가 두렵습니까?"

강 장관이 주저하며 제지했으나 윤중은 오히려 결연하게 반문했다.

"저희가 미국의 미사일을 몰래 분해했다는 사실이 알려지면 걷잡을 수 없는 외교적 분쟁으로 이어질 뿐 아니라……."

"분쟁? 분쟁은 언제나 일시적일 뿐이지요. 서로 필요한 것이 있으면 또 아무런 일 없다는 듯이 회복되는 게 외교 아니던가요? 지금은 친목보다는 다툼이 필요한 시기인 것 같군요."

\*   \*   \*

"실장님, 저 채민서예요."

회사에서 나온 민서가 급히 하진에게 전화를 걸었다. 1시간 전 보안 메신저로 전달받은 파일을 확인한 직후였다.

"채 앵커님, 자료는 잘 받으셨습니까?"

"예, 다 봤어요."

"취재 소스는 저희가 따로 준비해놓았으니까 그쪽으로 넘기시고, 잘 정리해서 가능한 한 빨리 보도하시는 걸로……."

"저는 이거 못해요."

"뭐라고요?"

하진의 목소리에는 당황한 기색이 역력했다. 그동안 알게 모르게 자신이 제공한 정보들을 바탕으로 민서는 여러 차례의 특종을 터트린 경험이 있었다. 그녀가 특종을 마다할 이유는 없었다.

"이건 보도 못 한다고요."

"그게 무슨 말씀입니까? 한울 우주선과 관련된 가장 최신 팩트인데."

"사실 여부를 떠나서 이건 너무 세요."

"천문대 박사급 인력들이 컨펌한 자료입니다. 아무 문제가 없다고요."

"실장님."

차를 몰아 회사 지하 주차장을 빠져나온 민서가 도로 가장자리에 차를 세웠다.

"사실이고 아니고가 중요한 게 아니에요. 흐름을 좀 보세요."

민서의 목소리는 한껏 높아져 있었다.

"우리 우주선이 조난당해서 달 뒤편으로 들어갔는데, 군사 미사일을 맞고 격추당했다? 지금 스토리가 이런 거잖아요."

"그게 우리가 발견한 사실입니다."

"그걸 누가 믿을 것 같아요?"

무슨 의미인지 정확히 이해하지 못했는지 하진은 잠시 대답하지 못했다.

"사실이든 아니든 상관없다고요. 대중들의 뇌리에는 일정한 '과학적 기준선'이 있어요. 그걸 확 넘어버리면, 아무리 그럴듯한 근거가 있다 해도 타블로이드판 뉴스가 되어버려요. 지라시 취급을 당한다고요."

"채 앵커님, 그런 것이 더 상관없습니다. 지금 한울 우주선 승무원들의 생사 여부를 확인하기 위해서는 미국의 도움이 절실합니다. 그런데 그들이 호의적으로 나오지 않고 있어요. 우리도 우리대로 압박해야……."

"제가 당신 정권의 나팔수인가요?"

"그게 무슨 무례한 말입니까!"

"이거 보도하고 나면 뒷감당은 해줄 수 있어요? 제가 달에 가서 취재할 수 있는 것도 아니고, 여러 반론이 제기되면 그거 실장님이 반박해줄 수 있냐고요."

"당신 아니더라도 특종을 노리는 기자는 많습니다. 우리는 그동안의 관계를 생각해서……."

"예, 그럼 그쪽에 전달하세요. 저는 이거 보도 못 합니다."

"아니요. 이미 기밀 사항을 본 이상 당신도 자유롭지 못해요."

민서가 완전히 돌아선 것을 깨달았는지 하진의 목소리가 급격히 어두워졌다. 전화를 끊으려던 민서가 그것을 알아차리고는 잠시 말을 멈추었다.

"그게 무슨 말이죠?"

"그동안 공짜로 정보를 얻으셨으면 책임을 지셔야죠. 이런 식으로 냅다 빠지면 결말이 좋지는 않을 겁니다."

"지금, 협박하시는 건가요?"

"설마요. 제가 대한민국 간판 기자님께 그럴 리가 있겠습니까."

하진이 수화기 너머로 비열한 웃음을 흘렸다.

"어차피 보안 메신저로 주고받은 자료고, 파일은 제 핸드폰에도 남아 있지 않아요. 그다지 신빙성 없는 내용이라 생각해서 거부한 거니까 그렇게 알아주세요."

두려움을 느낀 민서가 서둘러 전화를 끊었다. 흥분한 심장이 쉬이 가라앉지 않았다.

그녀가 숨을 고르며 창밖의 하늘을 보았다. 중천으로 떠오른 그믐달이 가장자리만을 빛내며 기분 나쁜 미소를 짓고 있었다.

\* \* \*

"어떻게 할까요."

통화 내용을 전해 들은 윤중의 표정이 굳었다.

"채 기자가 그렇게 말했단 말이지."

"예, 여태껏 없던 반응입니다."

"이상하군. 우리 정책에는 놀라울 정도로 우호적이던 친구인데."

누리 10호 로켓 폭발 사고 직후, 우주개발에 대한 여론이 악화일로로 치달을 때에도 미국의 마스보이저 계획 특집을 보도하며 우주개발의 당위성을 주장하던 것이 채민서 기자였다.

"이미 극비 사항을 세부 내용까지 다 전달한 터라 그게 걱정입니다."

"……."

"리스트에서 완전히 배제하는 것이 어떠실지……."

하진은 민서를 토사구팽해야 한다고 생각했다. 그는 민서에 대한 배신감으로 들끓는 마음을 쉽사리 가라앉히지 못했다.

"아니야, 채 기자 말도 일리가 있어."

한참을 고민하던 윤중이 집무실 안을 서성이기 시작했다.

"안 그래도 강 장관도 우려가 크더라고. 그깟 천문학 분석 기술 하나 가지고 난리 법석을 떨다가 역풍을 맞으면 돌이킬 수 없을 거라고. 오웬 대통령은 우주 관련된 일이라면 제 몸처럼 생각하니까, 괜히 자극했다가는 외교 전반이 틀어질 수 있다고 하더군."

"그렇지만 지금은 미국의 반응을 이끌어낼 수 있는 방법이……."

윤중이 무언가 고민하는 듯 계속해서 제자리를 맴돌았다.

"그래도 8년 가까이 알고 지낸 친구인데 이럴 때일수록 성의를 더 보여야지."

"어떻게 말씀입니까?"

"내일 무슨 일정이 있지?"

윤중의 물음에 하진이 휴대전화를 꺼내어 일정표를 확인했다.

"예, 오전에 상춘재에서 업무 현안 보고하고 오후에는 코엑스에서 대한민국 장비산업 성과 간담회 참석이 있습니다."

"그래, 그리 중요한 것은 없군."

답을 들은 그가 무언가를 결심한 듯 돌아섰다.

"공군 1호기 대신 작년에 임차한 민간 국적기 준비해놓고, 이틀 동안 스케줄 싹 다 비워놓게."

"예? 이번 주에는 다 국내 스케줄만 있는 것으로⋯⋯."

"그러니까 말하는 거야. 강 장관에게 연락해서 가능한 한 빨리 출발할 수 있도록 지시하고."

"어디로 말입니까?"

"오웬에게. 얼굴을 직접 보고 이야기해야지."

"예?"

유례없는 외교적 상황에 하진이 자기도 모르게 목소리를 높였다.

"사전에 협의되지 않은 국가원수의 방문은 역사상 단 한 번도⋯⋯."

"뭐가 역사상 단 한 번도 없어? 한심하기는⋯⋯."

윤중이 씁쓸한 웃음을 지으며 양복 상의를 챙겼다.

"공식 스케줄로 만나는 게 아니라 그냥 저녁에 맥주 한잔하러 가는 거야. 오웬 스케줄이 다 끝날 때까지 내가 기다려야지."

윤중이 칼같이 답하고는 텅 빈 화상회의실을 먼저 나섰다. 문이 열리자 대기하고 있던 경호원들이 일제히 그에게 고개를 숙였다.

홀로 남은 하진은 초조한 듯 방 안을 서성였다. 좀처럼 돌발 행동을 하지 않는 대통령이었지만, 요즘 들어 부쩍 예측을 벗어나는 일이 늘어나고 있었다. 하진에게 이러한 대통령의 충동성은 늘 커다란 부담이었다. 게다가 지금처럼 동선이 큰 외교 행동은 더더욱…….

하진이 화상회의실 구석으로 자리를 옮기더니 품에서 휴대전화를 꺼냈다. 평소에 사용하던 것과 다른 구형 기종이었다. 그리고는 조심스럽게 어디론가 텍스트 메시지를 보냈다.

*　*　*

"이게 뭐 하는 겁니까?"

이사벨라가 회의실에서 나가자마자 존과 하퍼 그리고 데클런이 주머니에서 케이블타이를 꺼내 들었다.

"협조해주시는 게 좋을 겁니다."

총을 겨누지는 않았지만 존의 눈빛은 총구보다 더 차가워 보였다.

"아까 그 사령관 다시 들어오라고 하세요. 우리가 무슨 적군도 아니고. 이봐요, 우린 당신들 우방국 우주인이야! 지금 뭐하는 거야!"

서윤이 삿대질을 하며 자리에서 벌떡 일어났다.

"달에서는 국가 관계가 성립하지 않습니다. 당신들은 기밀시설을 무단으로 침입했기 때문에 절차를 따져야 합니다."

"나는 이거 절대로 용납 못 해. 당장 이사벨라 불러요! 어서!"

세 사람의 거센 저항에 존이 멈칫했다. 그사이, 회의실 안이 소란스러운 것을 알아차린 이사벨라가 다시 방 안으로 들어왔다.

"무슨 일이죠?"

"사령관님, 이들이 이송에 저항하고 있어서……."

"20년 만에 처음이네. 이런 난리 통은."

문을 반쯤 열고 서 있는 이사벨라가 또다시 헛웃음을 지었다.

"아직 뭘 잘못했는지 몰라서 그래. 아까 이야기했잖아. 원주민이 뉴욕 한복판에 갑자기 떨어진 셈일 테니까. 그런 정신적 충격은 강제로 어떻게 가라앉힐 수가 없어요. 그냥 잘 달래는 수밖에."

이사벨라가 존을 보며 케이블타이를 집어넣으라는 제스처를 취했다.

"우리 기지가 아주 협소하기는 하지만, 한번 둘러보게 해줘요. 뭐 하는 곳인지도 알려주고."

"예? 사령관님, 그건 저희가 본국과 논의를……."

존이 당황스러운 표정으로 반문하자 이사벨라의 얼굴이 순간 굳어버렸다.

"존 소령님, 방금 한 말은 못 들은 걸로 할게요."

"죄송합니다."

존이 즉시 이사벨라의 뜻을 알아차리고는 허리를 숙였다.

"어쨌든, 이 사람들은 달을 떠날 일이 없어. 아니, 달을 떠날 수가 없지. 어떻게 처리할지는 내가 고민해볼 테니까 그동안은 좀 자유롭게 내버려둬요."

이사벨라가 또 한 번 완곡히 지시했다. 잠자코 있던 존과 달리 하퍼는 당황스러움을 감추지 못했다.

"사령관님, 재차 말씀드려 죄송합니다만 저희 기지의 모든 시설은 1급 기밀 취급 자격이 있는 내국인조차……."

하퍼가 나긋한 목소리로 이사벨라에게 말했다.

"잘 알고 있다니까. 그거 내가 정한 건데 설마 몰라서 그러겠어? 그냥 이야기 나눠보니까 나쁜 사람들이 아닌 것 같아서 그래. 어찌 됐든 자기네들도 운명이라는 게 있는데, 받아들이려면 최대한 많은 경험을 하게 해줘야지."

내내 참고 있던 민준이 반복해서 엉뚱한 말만 내뱉는 이사벨라를 쏘아보았다.

"자꾸 이상한 소리 하지 마시고 우리나라와 통신하게 해주세요. 포로든 난민이든 우린 국제법상 인권을 보장받을 정당한 권리가 있습니다."

민준의 당당한 목소리에 일순 정적이 흘렀다.

"맞는 말씀이에요. 인권, 비밀유지, 삶. 다 중요한 것들이죠."

문턱을 밟고 선 이사벨라가 회의실 안으로 몸을 들이더니 문을 천천히 닫았다.

"정민준 대장님."

그리고는 붉게 상기된 얼굴의 민준과 마주 섰다.

"이곳은 1960년대 미국과 소련의 냉전이 극심할 때부터 기획되었어요. 당신들이 태어나기도 훨씬 전이지."

또다시 빙빙 둘러 말하려 하자 민준이 미간을 찌푸렸다.

"우리의 임무는 지구의 평화를 유지하는 것이었죠. 곳곳에 서로를 파괴할 핵미사일이 넘쳐나고 있었으니까. 왜 소련이 그렇게 쉽게 붕괴했는지 알아요?"

그녀가 태연한 표정으로 세 사람을 둘러보았다.

"경제난? 언론의 자유? 개별 공화국들의 독립?"

그녀의 눈빛은 점점 또렷해지고 있었다.

"다 맞는 이야기지만, 그건 현상의 표면일 뿐이야. 근원이 될 수 없지."

계속되는 이사벨라의 이야기에 서윤이 불길함을 느꼈다.

"그 근원은 극도로 기울어진 힘의 불균형이었어요. 어떻게 해도 미국을 이길 수 없다는 절망감을 심어준 힘의 불균형. 그게 뭔지 알아요?"

"핵미사일……."

무언가 알아차린 서윤이 혼잣말하듯 내뱉었다.

"그래, 역시 감이 좋군. 우리는 절대로 공격받지 않으면서 일방적으로 상대를 두들겨 팰 수 있는 무기를 원했죠. 잘 아시다시피 수십 기의 핵미사일을 실은 핵잠수함이 지구 곳곳을 누비고 있지만, 그걸로는 부족했어요. 결국 '지구 안'이라는 물리적 한계가 있으니까."

"설마, 이곳이……."

"미국이 아직까지 초강대국의 지위를 거뜬히 유지하는 것은 다 우리 덕이에요. 지구에서는 아무도 볼 수도, 공격할 수도 없는 이곳에 우리가 그 힘의 근원을 가져왔죠."

이사벨라의 표정은 섬뜩할 정도로 아주 평화로워 보였다.

"다크사이드 원(Dark Side One). 이곳은 지구 어디로든 2시간 내에 핵폭탄을 배달할 수 있는, 핵미사일 기지예요. 당신들이 어떤 곳에 잠입했는지 이제 감이 오시나요?"

# 12

## 다크사이드 원
### 2031년 07월 21일

"여기가…… 미국의 비밀 핵미사일 기지라고요?"

민준이 이사벨라의 광기 어린 눈을 똑똑히 마주 보며 되물었다. 짐짓 차분한 척했지만 그의 한쪽 손은 꽉 쥐어진 채로 덜덜 떨리고 있었다.

"'였다'는 표현이 더 어울리겠지. 이제는 별로 쓸모가 없어졌으니까."

이사벨라가 먼저 시선을 피하며 민준의 말을 바로잡았다.

"그걸 왜 우리한테 말해주는 거죠? 그토록 비밀스러운 시설이라면서요."

서윤은 차마 믿지 못하고 현실을 부정했다. 그녀는 인간의 생존이 불가능한 작은 천체인 달에 핵미사일을 발사할 수 있을 만큼 정교한 시설을 설치하는 것은 기술적으로 불가능하다고 생각했다.

"다크사이드 원을 건설하기 시작한 지는 60년이 조금 넘었어요. 여러분들이 잘 아시는 아폴로 프로젝트가 그 시작이었죠."

"말도 안 돼."

"텔레비전에서 우주인들이 방방 뛰어다니는 것만 보았지, 그들이 달에 여섯 번 내리는 동안 무슨 일을 했는지는 알 수 없었겠죠. 달 없는 밤마다 태평양 한복판에서 줄기차게 새턴V 로켓이 날아오르는 것도 본 적이 없을 테고요."

"당신들이 60년 전에 달에서 무슨 일을 했는지는 관심 없어요. 왜 이런 일들을 우리한테 다 말해주냐고요."

서윤은 이사벨라가 속내를 다 털어놓는 것에 막연한 불안감을 느꼈다. 그것은 자신들의 생존과 직결된 문제이기도 했다.

"서윤 대원, 누군가 말을 하면 좀 경청해서 들으세요. 아까 말했잖아요? 이 기지에 온 외부 손님은 당신들이 처음이라고."

이사벨라가 회의실 테이블에 걸터앉았다.

"아무튼 1975년을 마지막으로 인류의 달 탐사는 공식적으로 끝이 났어요. 그리고 50년 가까이 달은 그저 다시 미지의 공간으로, 대중의 관심에서 멀어졌고요. 생각해보세요. 인류가 그토록 대단한 기술을 이루어 내고도 50년 동안 그저 썩히기만 한 적이 있었나요? 야망이 있는 누군가에게 우주는 아주 매력적인 아이템이죠. 기자들이 드나들 일도, 사실을 확인하러 돌아다닐 사람들도 없으니까."

"됐고. 당신네들 역사 이야기는 충분히 들었어요. 우리는 더 기밀 사항을 듣고 싶지 않으니까, 어서 이곳에서 내보내줘요."

민준이 다시 자리에서 벌떡 일어나려 하자 하퍼가 그의 어깨를 짓눌렀다.

"안 된다고 했는데……. 자꾸 떼를 쓰는 버릇이 있네요? 어쩔 수 없어요. 당신들이 여기 온 이상 선택지는 둘뿐이에요. 우리와 같이 영원히 지내든지 아니면 삶을 포기하든지."

"뭐라고요?"

이사벨라의 소름 끼치는 대답에 서윤이 소리쳤다.

"존, 미안해. 왜 자네가 이들을 강압적으로 대했는지 알 것 같네. 아까 하던 직업 계속하세요."

이사벨라가 쓱 자리를 피하며 회의실 밖으로 나갔다. 그러자 존이 주머니에 넣었던 케이블타이를 꺼내어 다시 세 사람의 손목을 잡아챘다. 아까보다 한껏 더 거친 태도에 서윤이 몸부림을 쳤지만, 강화 외골격을 입은 군인들의 힘을 이겨낼 수는 없었다.

"당신들, 지금 하는 행동 결코 용서받지 못할 거야! 우리는 반드시, 반드시 돌아간다고!"

서윤의 몸부림이 더 거세지자 데클런이 허벅지의 홀스터에서 전기충격 권총을 꺼냈다. 그리고 주저 없이 그녀의 손에 발사했다.

* * *

"유럽연합에서도 부정적입니다. 자원이 부족하다고 하네요."

나로우주센터의 발사관제실은 종전과는 달리 한산했다. 분광 스펙트럼 분석 결과가 무언가 성과를 이루어낸 듯싶었지만, 관련 소식은 더 이상의 주목을 끌지 못했다. 게다가 스펙트럼에서 발견된 산화알루미늄 원소가 한울 우주선의 외피가 녹으면서 포함된 것일 수도 있다는 반론이 제기되면서, 관제실 분위기는 더욱더 침울해졌다.

"왜 안 된다고요?"

교신 내용을 뒤늦게 곱씹던 재윤이 물었다.

"유럽연합이 가지고 있는 유로서브(EuroServe) 위성은 배터리 이상으로 동면에 들어간 지 몇 주 되었다고 합니다. 재가동을 하더라도 지형 레이더 같은 장비는 사용할 수 없다고 합니다."

지선이 풀이 죽은 목소리로 설명했다. 달 주위를 돌고 있는 세계 각국의 위성 중에서 유로서브는 유일하게 달 표면을 훑을 수 있는 '지형 레이더'를 가지고 있었다. 그 장비를 이용한다면 혹여나 달 뒷면에 흩어져 있을지 모르는 한울 우주선의 금속 파편을 발견할 수도 있었다.

실낱같은 희망마저 사라지자 재윤은 눈을 감은 채 조용히 생각에 잠겼다. 자신의 인생을 모두 털어 넣은 프로젝트였다. 실패할 수도 있다는 것은 늘 예상했지만 이렇게 미궁에 빠질 줄은 생각지도 못했다. 우주인들의 생사뿐 아니라 한울 우주선에 무슨 일이 일어난 것인지도 알아내지 못한 지금은 가늠조차 해 본 적 없는 최악의 상황이었다.

"다른 나라들은 답이 없나요?"

달에 독자적인 위성을 가지고 있는 여섯 개 나라 중, 아직까지 답을 주지 않은 곳은 러시아와 일본이었다.

"예, 유럽연합을 제외하고는 모두 통신 중계기 수준의 장비여서 큰 도움이 되지는 않을 것 같습니다."

지선이 콘솔 화면을 확인하며 말했다.

더 이상 아무것도 할 수 없다는 무력감이 재윤을 지배할 즈음, CAPCOM 콘솔 앞에 하염없이 앉아 있던 시찬이 조심스레 손을 들었다.

"감독관님……."

시찬의 수신호를 확인한 재윤이 터벅터벅 계단을 내려갔다.

"승무원들 연락이 온 것은 아닐 테고……."

"예, 죄송합니다. 그저 드릴 말씀이……."

재윤이 심드렁하게 반응하자 시찬이 입을 열려다 다시금 머뭇거렸다.

"해보세요."

"가능한 건지 가늠이 안 되어서 조금 고민하긴 했는데요. 이렇게 다른 나라 도움을 받기도 어려운 이상, 우리가 직접 구조대를 보내는 건 어떨까요?"

"구조대?"

시찬의 갑작스러운 제안을 들은 재윤은 뒤통수를 얻어맞은 표정이었다.

"예, 저희가 직접."

"무슨 수로?"

달에 한국 우주인을 보내는 한울 프로젝트는 일회성 계획이었다. 누리 14호 로켓을 이용한 한울 프로젝트가 성공할 경우, 그 기세를 이어받아 미국이 주도하는 화성 유인 탐사 프로젝트 '마스보이저'에 직접 참여하는 것이 최윤중 2기 정부의 마스터플랜이었다.

"그게 문제인데……."

"지금 생각은 하고 날 부른 거죠?"

"아, 그럼요."

재윤은 시찬이 쓸데없는 장난을 치고 있는 게 아닐까 의심했다.

"우선 지금 로켓조립동에서 만들고 있는 누리 15호 로켓이 있고요."

"그건 통신위성을 발사하기 위한 용도예요. 발사도 3개월 후로 잡혀 있잖아요."

"그건 잘 알죠. 그래도 누리 14호 로켓하고 베이스가 같으니까."

터무니없는 소리였지만 재윤은 시찬의 얼굴에서 진지함을 읽고서 귀를 기울였다.

"계속해보세요."

"한울 우주선도 한 세트만 제작한 게 아니잖아요. 물론 지상 시험 용도지만 착륙선하고 사령선도 완제품이 보관되어 있고……."

한번 입이 터진 시찬은 빠른 속도로 말을 이었다.

"물론 누리 15호 로켓의 상단 페어링을 개조하는 작업이 필요하겠죠. 그런데 그리 오래 걸리는 일은 아닐 것 같아요. 어쨌든 하드웨어가 다 구비되어 있다면……."

"우주인들은? 달에서 구조 임무 훈련을 받은 우주인이 없는데?"

덩달아 재윤의 말하는 속도도 빨라졌다.

"당연히 저도 그 생각을 안 한 건 아닌데……."

대한민국 최초의 유인 우주로켓 누리 10호 발사 때와 마찬가지로, 이번 프로젝트에도 두 명의 백업 우주인이 있었다. 하지만 그들은 사령선과 착륙선 조종 임무만 훈련받은 초짜 우주인이었다. 난도가 훨씬 높은 구조 임무를 수행하기엔 경험과 역량이 턱없이 부족했다.

"우주인이 필요 없겠군."

"예, 맞아요. 어차피 사령선과 착륙선의 탑승 정원은 세 명이니까, 여기서 우주인을 태워 보내는 것은 무의미하죠."

"그럼 예전처럼 무인으로 달 궤도로 보낸 다음……."

"마지막 교신 위치에 착륙선을 내리든지, 관측 장비를 이용해서 한울 우주선의 흔적을 찾든지……."

시찬의 계획이 점점 구체화되자 재윤의 얼굴에 희미하게 화색이 돌았다.

"무인으로 보낸 경험은 두 번이나 있으니까 말이지."

누리 14호 로켓 발사 이전에 각각 12호와 13호 로켓은 달 궤도 진입과 착륙을 위한 무인 프로젝트였다. 두 프로젝트를 모두 성공적으로 이끈 팀원들이 지금 이곳에 그대로 근무하고 있었다.

"다만 한 가지 걱정되는 것이 있어요."

"뭐지?"

"제가 계산해봤어요. 승무원들이 착륙선의 자원을 최대로 활용한다고 가정했을 때, 달 표면에서 생존할 수 있는 기간은 일주일에서 길어야 열흘에 불과해요."

"그렇겠지. 식량이 충분치 않으니까."

"뭐, 훈련된 우주인들이니까 극한 상황에서 생존하는 식으로 움직임을 제한하면 2주 이상도 버틸 수 있겠죠."

"그 기간 안에 로켓을 달까지 도달시켜야 한다……."

재윤이 콘솔 윗면을 두드리며 생각에 잠겼다.

"가능할까요?"

발사관제팀을 이끌고 있는 재윤은 로켓공학을 공부한 경험이 있었지만, 그는 곧 지금은 그 경험을 되살릴 때가 아니라는 것을 깨달았다.

"이건 결정의 문제인 것 같아."

"그게 무슨 말씀이죠?"

"이미 모든 것은 갖추어져 있잖아. 하드웨어도, 인력도 그리고 경험도. 다만 3개월 후에 하기로 한 일들을 일주일 내에 완료하는 추진력이 필요한 거고."

"그런 셈이죠."

"그러니까 모두가 에너지를 쏟아붓도록 이끄는 결정이 필요하다는 거지."

재윤이 결심이 선 듯, 헤드셋을 벗어 내려놓았다.

"아, 저는 그냥 제 의견을 말씀드린 거예요. 하도 방법이 안 보여서……."

"아니야. 아주 좋았어. 내가 해결해볼게."

그가 붉게 달아오른 얼굴로 시찬의 어깨를 두드리더니, 빠른 걸음으로 관제실 중앙 계단을 올랐다.


*   *   *


21시간 후

워싱턴 앤드류 공군기지(Andrew Air Force Base)


활주로 불빛만이 보이는 어두운 저녁, 대한민국 국적기 보잉 787-1000 한 대가 활주로에 내려앉았다. 통상적인 착륙 상황과 달리 주변은 온통 깜깜했다. 외부의 모든 등화와 랜딩라이트마저 끈 채 야간투시경과 계기에만 의존한 착륙이었다. 유도로를 빠져나온 비행기가 계류장의 외딴곳에 스르르 멈춰 섰다.

"곧 착륙하신다고 합니다."

하진이 윤중에게 상황을 보고했다. 비행기가 멈추었지만 자리에서 일어나는 참모들은 아무도 없었다.

막무가내로 서울공항에서 출발한 윤중은 대구 상공에 이르렀을 무렵에야 오웬 대통령에게 전화를 걸었다. 외교적으로 유례를 찾기 어려운 '즉석 방문'이었지만, 오웬 대통령은 윤중의 제안을 흔쾌히 받아들였다. 캘리포니아 산불 현장에서 다시 백악관으로 복귀할 예정이었던 오웬 일행은 윤중이 착륙할 즈음 마침 워싱턴 앤드류 공군기지에 내려앉을 참이었다.

"타이밍 하나는 기가 막혔군."

"예, 시간을 맞출 수 있도록 속도를 조금 높였습니다."

"그래, 그런 이야기를 비행 중에 하지 않아서 다행이야."

윤중이 쓸쓸한 표정을 지으며 일등석 의자의 등받이를 뒤로 젖혔다.

"의제는 어느 정도 조율했습니다. 사실 조율이라기보다는 통보에 가깝지만요."

"뭐라고 하던가?"

"아무 말도 없었습니다. 그냥 알았다고만 하고 두 분께서 직접 담판 짓는 걸로……."

"그래. 그러려고 온 거니까."

마침 저 멀리서 랜딩라이트를 켠 비행기 한 대가 활주로를 향해 내려오는 것이 보였다.

"이제 오시나 보군."

등을 채 기대지 못했던 윤중이 자리에서 일어나더니 양복 상의를 갖추어 입었다. 비서진이 양옆에 붙어 그의 옷매무새를 가다듬었다.

"내외부에서 알아차린 사람은 없지?"

"예, 예비기를 이용해서 이륙했기 때문에 기자들도 전혀 눈치채지 못했을 겁니다. 스케줄은 국무총리가 대신 가도록 조정했고, 안보상의 이유로 올렸습니다."

"잘했어. 괜히 알려지면 곤란하니까."

"오웬 대통령 측도 이곳은 보안이 철저해서 유출 우려는 없다고 했습니다."

"여러모로 맞아 들어가는군."

윤중이 긴장한 듯 숨을 크게 들이켰다.

곧 수직 꼬리날개에 미국 국기가 선명한 에어포스 원(Air Force One)이 등화를 깜박이며 활주로에 내려앉았다. 속도를 줄이지 않고 그대로 유도로를 빠져나온 에어포스 원은 곧장 윤중이 있는 곳으로 가까이 다가왔다.

"시간이 많지 않다고 했지?"

"예, 오웬 대통령의 다음 일정을 고려하면 최대 50분 정도입니다."

"길진 않지만 또 결론을 내기에는 충분한 시간이지."

고개를 끄덕이던 윤중이 잠시 무언가를 다짐하듯 눈을 질끈 감았다 떴다.

"자, 다들 내려가지. 이럴 때일수록 오웬의 비위를 잘 맞춰야지."

윤중이 앞쪽 출입구를 향해 걸어가자 승무원들이 문을 활짝 열었다. 그는 차분하게 붉은 카펫이 깔린 스텝게이트를 따라 섰다. 오웬의 도착을 기다리던 비밀경호국 차량들이 어느새 에어포스 원 주위로 몰려들고 있었다.

                    *    *    *

　세 명이 몸을 누일 수도 없는 작은 방 안에 서윤과 민준 그리고 주원이 쪼그린 채 앉아 있었다. 벌써 이곳에 들어온 지 17시간이 지났지만, 그동안 그들에게 주어진 것은 몇 조각의 빵과 차가운 물이 전부였다. 간단한 용변을 볼 시설조차 없는 이작은 방의 문밖에는 중무장한 군인 두 명이 버티고 서 있었다.

　"말도 안 돼요. 이 사실이 알려지면 분명 대가를 치르고 말거예요."

　아직 분이 삭지 않은 서윤은 정신이 들 때마다 울분을 토해냈다. 주원은 이미 모든 것을 포기한 듯한 표정이었다.

　"저기요! 저 화장실!"

　서윤이 자리에서 벌떡 일어나더니 문을 세차게 두드렸다.

　"다녀온 지 얼마 안 되었는데요?"

　문 너머로 군인의 무뚝뚝한 목소리가 들렸다.

　"어서요! 급해요!"

　개의치 않고 쾅쾅거리며 재차 문을 두드리자 경계를 서고 있던 올리비아(Olivia)가 얼굴을 들이밀었다. 서윤은 자연스레 양손을 내밀었다. 올리비아는 케이블타이로 서윤의 양손을 다시 결박했다.

　"아, 살살 좀 해요! 벌써 몇 번째인지."

394

서윤이 신경질을 내었지만 올리비아는 개의치 않았다. 얼굴에 마스크를 덮어쓴 올리비아는 담담하게 팔짱을 끼며 서윤을 데리고 나갔다.

"언제까지고 이렇게 가두어놓지는 못할 거야."

"예, 그랬으면 좋겠네요."

주원은 벽에 몸을 기댄 채 눈을 감고 있었다.

"아까 봤지? 여기는 사람이 살 수 있는 공간이 아니라고. 다들 미치지 않고 버티는 것만 해도 믿을 수가 없을 지경이야."

감옥이나 다름없는 지하 회의실로 이송되기 직전, 세 사람은 존 타일러 소령을 따라 다크사이드 원 기지 곳곳을 둘러보았다. 온갖 1급 기밀들로 가득한 시설이었지만, 이사벨라 중장은 이들에게 '가능한 한 모든 것'을 보여주기를 원했다. 그것은 이 기지에 최초로 찾아온 외부인에 대한 가식적인 호의이자 20년째 지구로 돌아가지 않고 이곳에 머물고 있는 이사벨라의 비틀어진 횡포이기도 했다.

미국 정부의 지속된 귀환 권유에도 불구하고 이사벨라는 업무의 중대성과 연속성을 이유로 이곳에 머무르기를 원했다. 오웬이 아직 취임하지 않은 7년 전, 한차례 강제 귀환 시도가 있었지만 대원들의 두터운 신임을 얻고 있는 그녀를 이곳에서 강제로 끌어내는 것은 불가능에 가까운 일이었다. 다크사이드 원 기지의 공식 근무 기한은 2년이었으나 그녀는 그 규칙을 무시할 수 있는 존재였다.

이곳에 발령받은 열다섯 명의 군인들은 모두 본국에서 최고의 성과와 성적을 거둔 군인 출신 우주인이었다. 아주 엄격한 출신 검토를 거친 자만 올 수 있는 명예로운 자리였고, 막대한 보수를 받을 수 있는 자리였다. 그래서 이곳에서의 근무를 마다하는 이는 아무도 없었다. 평생 비밀을 지켜야 한다는 것과 만약 이를 위반할 경우 '불가피한 조치'가 취해짐을 잘 알고 있었지만, 비대칭적인 힘의 우위에 만족감을 느낀 '애국자'들은 이곳에서의 근무를 자랑스러워하며 여생을 보냈다.

"아까 존이 그랬어요. 자기는 6개월 있으면 지구로 돌아가야 하는데, 연장 근무를 신청했대요."

최소한의 인원만이 다크사이드 원 기지의 존재를 아는 것이 비밀을 유지하는 데 유리했기에, 미국 정부는 이들의 연장 근무를 적극 권장했다.

"단단히 미쳤군."

"하퍼가 농담조로 '이미 충분한데 더 벌어서 뭐 하시게요' 하던 걸로 봐서는 보수가 어마어마한 것 같아요."

"그렇겠지. 이 정도 환경에서 근무하려면⋯⋯."

민준이 숨을 크게 들이켜며 주위를 둘러보았다. 작은 창문 하나 없는 이 방에서 탈출할 방법은 도무지 없어 보였다.

잠시 후, 방문이 덜컥 열리더니 서윤이 내던져지듯 안으로 들어왔다. 그리고 순식간에 방문이 닫혔다. 어두운 방 안엔 한동안 침묵이 감돌았다.

"어떻게, 좀 알아봤어?"

눈치를 살피던 민준이 서윤에게 물었다. 서윤은 화장실을 핑계로 바깥 상황을 염탐하고 있었다.

"달라진 것은 없어요. 여전히 통로에는 경계 병력이 있고, 위로 올라가려면 방화문을 통과해야만 하는데 우리가 열 수는 없어요."

"난감하군."

지하 3층으로 이루어진 다크사이드 원 기지에는 세 개의 다탄두 핵미사일(MIRV) 사일로가 있었다. 각각의 핵미사일은 20여 개의 20메가톤급 수소폭탄을 탑재하고 있었는데, 한 개의 핵탄두만으로도 서울 규모의 도시를 날려버릴 수 있었다. 이러한 미사일을 관리하는 공간을 제외하고는 널찍한 공간이 거의 없었다.

"생각보다 기지가 너무 단순하고 좁아요. 그게 오히려 악재예요."

"그러니까. 미사일 발사를 위한 시설들 이외에는 다 조막만한 공간들뿐이야."

"예, 그래서 우리가 이곳을 벗어나더라도 밖으로 나가기 전에 들킬 수밖에 없어요. 출입문도 저희가 로버를 타고 내려온 엘리베이터 하나뿐이고요."

이사벨라가 세 사람에게 기지 전체를 보여준 데에는 또 다른 뜻이 숨겨져 있었다. 미로처럼 얽혀 있다고 하기에도 협소한 이 작은 지하 기지에서 탈출할 방법은 없다는 것, 그 실체적 절망감을 심어주기 위해 이사벨라는 기꺼이 기지를 한국 우주인들에게 공개했다.

"그럼 어떻게 할까요?"

"평생 우리를 이렇게 가두어놓지는 않겠지."

"저도 같은 생각이에요. 아마 말은 저렇게 해도 다음 보급 우주선이 오거나 인력 교체가 있을 때쯤엔……."

서윤이 희망적인 이야기를 꺼내었지만 금세 상황에 맞지 않는다는 것을 알아차리고 말을 줄였다.

"그래, 여기 사람들 2년마다 교대한다고 했지? 그전에는 외교적으로 결판이 나겠지."

민준이 그런 서윤을 가볍게 달랬다.

"어쩌면 완전히 잊히기에도 충분한 시간이죠."

서윤이 다시 절망스러운 톤으로 말하자 민준이 무의식중에 몸을 움찔했다.

"잊힌다……."

한울 우주선의 세 한국 우주인들은 아직 공식적으로 자신들의 존재를 지구에 알리지 못했다. 우주선이 달 뒷면으로 접어들 즈음 마지막 위치를 발신했지만, 그것은 어디까지나 다크사이드 원에서 전파 방해를 하지 않았다는 가정하에 유효한 것이었다. 어쩌면 지구에서 자신들이 달 뒷면에 추락해 사망한 것으로 결론 내릴 수 있다는 생각에 민준의 머릿속이 복잡해졌다.

"왜 이제야 이걸 알게 된 거지?"

"뭐를요?"

"우리가 완전히 잊힐 수도 있다는 거."

"……."

민준의 뜬금없는 말에 주원과 서윤이 대꾸를 하지 못했다.

"너무 당황한 탓에 가장 중요한 것을 잊은 것 같아."

"어떤 것을요?"

"우리가 살아있다는 것. 이렇게 멀쩡하게 숨 쉬고 있다는 것을 알려야만 했어."

민준이 갑작스레 자리에서 일어나 방 안을 맴돌았다.

"연락, 연락……."

같은 단어를 반복하며 서성이는 민준을 서윤은 불안한 눈빛으로 올려다봤다.

"대장님, 진정하세요."

"연락, 비상 연락……."

그의 호흡이 점점 더 가빠졌다. 이내 머리에서는 식은땀이 흐르기 시작했다.

"연락, 연락!"

그가 크게 심호흡을 하며 목소리를 높이더니 급작스레 방문을 주먹으로 두드려댔다. 그제야 상황이 심각하다는 것을 깨달은 주원이 황급히 민준을 붙들어 말렸다.

"연락! 연락! 제발 내보내줘! 당장, 여기서!"

민준이 극도로 흥분하며 소란을 일으켰지만 밖에서는 어떤 기척도 들려오지 않았다.

"제, 제발……."

곧이어 민준이 눈을 한껏 치켜뜨며 발작하더니 그대로 바닥에 털썩 주저앉았다.

"여기요! 제발 좀 도와주세요!"

서윤이 소리치며 철창살 밖으로 손을 내밀어 흔들었다. 하지만 경계를 서는 군인은 야속하게도 미동도 하지 않고 멀리서 바라볼 뿐이었다.

모든 곳과 차단된 달의 뒷면에서, 세 우주인은 속절없이 누구에게도 닿지 않는 외침을 되풀이했다.